TIEMPOS MODERNOS
—AMÉRICA—

CARLOS CERDA

MORIR EN BERLÍN

1.ª edición: septiembre 1995

La presente edición es propiedad de:
Grupo Editorial Zeta S. A.
Florida 375 7° «A»
1005 Buenos Aires, Argentina

© Carlos Cerda, 1995
© Grupo Editorial Zeta S. A., 1995

Impreso en España
Printed in Spain
ISBN 950-699-048-4
Depósito de ley 11.723

Impreso por PURESA, S. A.
Girona, 139 - 08203 Sabadell

Ilustración de cubierta:
Óscar Astromujoff

CARLOS CERDA

MORIR EN
BERLÍN

Para Mariana

La ciudad a la que se celebra en estas páginas hace mucho tiempo que dejó de existir; y los acontecimientos que se relatan resultarían ahora inconcebibles.

PAUL BOWLES,
Déjala que caiga

1

Pensándolo ahora a la distancia, parece que todo empezó a verse más claro, a ser distinto y a dolernos de otra manera, el día que supimos que don Carlos se iba a morir. Sin embargo, aunque el Senador ya se acercaba a los setenta y todos sabíamos de sus achaques, ninguno de nosotros imaginó ese día el motivo de la *Zettel* que deslizó bajo la puerta del departamento de Mario, escrita con la caligrafía pretenciosa que le conocíamos y en la cual lo invitaba a visitarlo esa tarde «después que pase por el caujale».

El caujale...

Don Carlos vive en el edificio de la Volkradstrasse que está a la vuelta del *Kaufhalle*. Todas las tardes —y en los meses de invierno ya entrada la noche— al regresar de la Oficina don Carlos pasa por el supermercado. Nos cuenta que ahí, en el caujale, se distrae mirando diarios y etiquetas que no puede leer, botellas de licor y habanos que le prohíben probar. Compra un pote de *Schmelzkäse* —un queso suave que le enseñamos a reconocer por el color plateado del envoltorio—, algo de pan especial que no le produce acidez y una botella de vino *Stierblut*, por la que se decidió luego de escuchar que Neruda había escrito un poema para canonizar ese vino.

Con la modesta merienda que le impone la gastritis llega a su departamento a eso de las siete. Por lo general no recibe visitas ni habla con nadie hasta el día siguiente, pero a veces —aunque esto de manera excepcional— nos cita en su cuarto para discutir allí asuntos que correspondería más bien tratar en la Oficina. La naturaleza de estos asuntos es bastante variada, pues abarca la amplia gama de demandas insatisfechas y deseos prohibidos que configuran el caleidoscopio de nuestras penurias. En la Oficina se ha determinado que, si bien estas solicitudes deben ser resueltas por el Secretariado, se requiere para su discusión del informe favorable del Encargado de Control y Cuadros, cargo que ocupa el Senador desde los comienzos del *ghetto*, porque tanto los anfitriones como los allegados son reacios a introducir mudanza en la costumbre. La índole privada y muchas veces conflictiva de la mayoría de estos asuntos aconseja que no sean discutidos en la Oficina, lugar que después de las horas de trabajo es visitado por los residentes que no pertenecen al núcleo de su estructura. Tal vez sea esta la razón por la cual recibimos estas notas de don Carlos en que nos pide pasar por su casa «si es que van a andar por el caujale», con lo que evita, además, darle al asunto el carácter de una citación perentoria. Estas sesiones extraordinarias que el Senador dedica en su departamento a los asuntos de la comisión reducen en algo sus largas veladas solitarias, las que diariamente se inician tan pronto abandona la Oficina.

Don Carlos enviudó allá en Chile y cuando recién había cumplido los cincuenta. Es larga su costumbre de hablar amistosamente con su sombra, acortando las noches mientras toma algunas copas asustado, sintiendo ahora que su otra compañía, tan permanente pero menos silenciosa que su sombra, es la dolorosa sonajera de sus tripas.

Hay muchas maneras de organizar la soledad de la gente, pero ya estamos convencidos de que aquí se han inventado las más patéticas. La estupidez con capacidad resolutiva puede acercar bastante el infierno a la tierra. Don Carlos fue trasladado por el *Rat des Bezirkes* —el Consejo Municipal— a un departamento de un ambiente, con baño pequeño y una cocina también diminuta, en un edificio en el cual *todos* los departamentos eran de un ambiente, *todos* fueron entregados a personas mayores de sesenta y cinco años... y *todas* estas personas mayores que fueron llevadas a las ciento sesenta viviendas del edificio —ocho departamentos en cada uno de los veinte pisos— tenían en común no sólo su calidad de ancianos sino la común condición de ser viudos recientes. *Todos* habían perdido a sus parejas en el lapso de los últimos seis meses.

La nave de los viudos naufraga junto a un arroyo que transcurre indiferente a espaldas del edificio. El sol de la tarde alienta las flores que las viudas riegan en sus mínimas terrazas, mirando pasar las aguas contaminadas y el resplandor que va desapareciendo tras la multitud de bloques recién construidos. Por las tardes, siempre a eso de las siete, don Carlos aborda el ascensor rodeado de ancianos, algunos simpáticos y conversadores, otros reconcentrados quién sabe en qué, casi todos acompañados por sus perros, esa última compañía que don Carlos, a pesar de sus años, puede desdeñar.

A la hora en que el Senador regresa al departamento, la presencia de los perros se le hace intolerable. Al llegar al primer piso una verdadera jauría, que se anuncia desde el interior con sus ladridos, abandona el ascensor como si fuera una estampida, perseguidos por los gritos agudos de los ancianos. Los perros que recién van a disfrutar el paseo de la tarde se confunden con los muchos que a esa hora vuelven de la calle. Con ellos y con sus vecinos sube don Carlos al ascensor, esquivando coletazos ansiosos y lengüeteos que siempre están a punto de alcanzarlo. Fue haciéndose hábil en el arte de eludir estas efusiones, pero nunca logró evitar las penurias del olfato. Detesta el olor de la perrada a un grado tal que su presencia le produce náuseas. El único olor que le causa trastornos semejantes es el olor de los viejos, que don Carlos identificó siempre con el olor de la muerte. Así es que en las tardes, al volver de la Oficina, prefiere postergar en el supermercado, olfateando las cajas de tabaco o las frutas, el encuentro inevitable con la fetidez de los perros y de la muerte.

AUNQUE ESA TARDE Mario no pasó por el *Kaufhalle*, igual estuvo a las ocho en punto en el departamento de don Carlos, convencido de que la causa de la cita era su decisión de separarse de Lorena. De abandonar a la pobre y a esos ángeles, según el decir de las viejas en los corrillos del *ghetto*.

Y la sensación desagradable que se instaló en la boca reseca desde que leyó la citación esa mañana, tenía que ver con la determinación dolorosa de la ruptura, pero también —según nos contó Mario después— con algo que no se atrevía a reconocer, pues si lo hacía, al dolor de la separación se sumaba un sentimiento indefinible, algo que se parecía mucho a la rabia pero también a la vergüenza, un bochorno que unía en la misma excitación la rebeldía y el sometimiento: la *Zettel* anticipaba —aun cuando no se dijera en ella nada de eso— una seria amonestación no tanto por haberse separado de su mujer, sino mucho más por su determinación de hacerlo (más aún, por el hecho de haber abandonado ya su casa) sin escuchar antes «la opinión de la Oficina».

Supuso entonces que la cita con el Senador caería en una serie de preguntas no muy directas y respuestas más oblicuas todavía «en torno a la cuestión principal». Y esta cuestión principal nada tenía que ver con los sentimientos de Mario, ni con la amargura que ahogaba las noches insomnes de Lorena, ni con las penurias de los niños, sino con algo ajeno a todos ellos y situado en lo alto. Algo muy importante que no se dejaba contaminar por el dolor ni la compasión; algo que parecía estar por sobre todos ellos como una divinidad indiferente que ignoraría siempre sus efectivos problemas: «la cuestión intransable de la lealtad». Pero la cuestión de la lealtad tampoco tenía que ver con su fidelidad a Lorena, al matrimonio de tantos años, a los hijos de aquel matrimonio. «La cuestión de la lealtad» estaba, ante todo, vinculada con la «manifestación de un quiebre en la fidelidad a la Institución» y tanto para hacer un homenaje como para dar por terminado un debate, se expresaba así: Prefiero equivocarme *con* la Oficina, antes que tener la razón *contra* la Oficina.

Sí. Seguro que escucharía de nuevo la frasecita. Y mientras estacionaba el Trabant frente al edificio de diminutos balcones, Mario pensó que lo más deseable sería no reprimir esta vez la carcajada que acompañaba siempre la mención de esa frase en las tertulias del *ghetto*. Sí, claro. Reírse abiertamente era mejor que fingir esa expresión de recogimiento que adoptábamos al escucharla en la Oficina.

Para Mario el problema era ahora, sin embargo, mucho más complicado. Mal que mal, los sermones del viejo habían llegado a formar parte del chispeante anecdotario del exilio. A lo largo de tantos años prácticamente todos habíamos pasado por el famoso cuartito azul —apodo que tuvo su origen en otro lugar y en otro tiempo, ambos lejanos— y era cosa de ver al Senador paseando por la Alexanderplatz un sábado por la mañana, para que se nos vinieran de golpe a la cabeza varias frases tan geniales como ésa y que don Carlos repetía con profunda convicción en las privadísimas reuniones de la Oficina. Pero el problema ahora no era la opinión de la Oficina sobre el divorcio de Mario, sino una autorización aún más delicada, si se tiene en cuenta que en este caso la Oficina sólo puede aprobar la solicitud del residente si cuenta con el consentimiento del Ministerio del Interior.

No se quiere sugerir aquí algún tipo de intromisión del Ministerio del Interior del Primer Estado de Obreros y Campesinos en Suelo Alemán en las privadísimas tribulaciones de Mario, algo semejante a una autorización de este Ministerio para que Mario pudiera separarse de su mujer. Claro que no. Se trataba ahora del consentimiento del Ministerio en una materia enormemente más delicada, de la cual siempre en la Oficina se hablaba en sordina, a puertas cerradas, con una suerte de recogimiento aún mayor que el provocado por «la cuestión principal». Se trataba —¡ni más ni menos!— de la cuestión de las visas.

Quien no haya vivido en ese mundo puede pensar que la obtención de una visa no pasa de ser un trámite burocrático menor, en nada comparable a un juicio de divorcio. Allí, entonces, tampoco se estimaba que fueran asuntos de importancia semejante. De hecho, cientos de miles de súbditos del Primer Estado de Obreros y Campesinos en Suelo Alemán anulaban sus matrimonios cada año, en tanto que eran poquísimos los que podían visitar a un familiar al otro lado del muro.

Tal vez por esta razón, Mario tenía la recóndita esperanza de que el asunto de su separación se resolviera favorablemente —luego, claro está, de un rotundo y explícito acatamiento de *la cuestión principal*— y la más absoluta certeza de que la petición de las visas daría lugar a escenas *muy* desagradables, y para ser más exactos, *doblemente* desagradables: sería penoso plantearle la solicitud al Senador, dentro de un par de minutos, y más triste todavía comunicarle esa misma noche a Lorena el rechazo perfectamente previsible de don Carlos.

En el ascensor, rodeado de la fetidez de los perros y de las sonrisas tartamudas de los ancianos, Mario piensa que no hay derecho a tener al viejo viviendo ahí, tan lejos del *ghetto*, de esos otros ascensores siempre llenos de giros conocidos y palabras familiares. Piensa que este invierno será aún más duro para don Carlos pasar sus noches solo, ausente de las sobremesas de Elli-Voigt-Strasse, esas con pan amasado y chancho en piedra para acompañar el *Stierblut* y la conversa que se va enrollando en el tema repetido hasta formar ese carrete inmenso, al que se han ido sumando las voces nuevas de los que llegaron sin palabras. El viejo, mal que mal, era una eminencia en nuestras veladas. Se le sentaba siempre a la cabecera mientras las dueñas de casa salían disimuladamente a la cocina y en un dos por tres le preparaban sus dietas con algo de largona, un poco más de sal esta vez o una cucharadita de pebre disimulada en la gordura del caldito de ave. Los cuarentones, que habíamos escuchado muchas veces las historias del Senador, le hacíamos preguntas como si hubiésemos olvidado algún detalle, dando pie a una reiteración que para los más jóvenes sería la primera vez, el primer contacto con esas imágenes de la pampa que don Carlos recorrió con Neruda en la campaña electoral del 46 y entonces los ojos de los niños se llenaban de trenes antiguos e interminables extensiones de salitre, un país tan raro este que sus padres habían perdido, tener que imaginarse desiertos y cordilleras, y ciudades que jamás habían sentido el beso nupcial de la nieve.

A esa altura en nuestro pequeño mundo todos éramos testigos de la pérdida de ciertos privilegios y de la decadencia de algunas dignidades. El traslado de don Carlos desde Elli-Voigt —bullente corazón del *ghetto*; once bloques en los que se concentró a gran parte de los residentes— a la crepuscular Volkradstrasse, fue el signo más agudo de una serie de cambios que nos desconcertaron no sólo por lo sorpresivos, sino también por la extraordinaria celeridad con que fueron puestos en práctica. De pronto las familias de los dirigentes fueron ubicadas en departamentos más pequeños, en barrios de los suburbios que se iban terminando de construir y ya no en las amplias avenidas de verdes bandejones y edificios de solemnidad pesada, tan característicos de las primeras etapas de la reconstrucción La casa señorial que el Partido ocupaba en Heinrich-Mann-Strasse, rodeada de tranquilos jardines y residencias de embajadas, se transformó en la Oficina como consecuencia de su traslado a uno de los departamentos de la misma Elli-Voigt. Finalmente, todos los solteros, separados o viudos fueron instalados en departamentos de un ambiente. Todos pensamos que con don Carlos se haría una excepción y que el anciano Senador, que ya había sido condecorado una veintena de veces por instituciones sindicales y solidarias, pasaría sus últimos años rodeado de esa calidez especial que es tan común en las comunidades separadas, y que —así lo sentimos nosotros al menos— era la principal característica de Elli-Voigt. Sin embargo, dado que allí no había viviendas para personas solas, fue trasladado sin más a un edificio para viudos. Aunque ésta fue una de las mudanzas más lamentadas en medio de la serie de cambios y caídas que asolaron a nuestra reducida comunidad a comienzos de los ochenta, ninguno de nosotros se atrevió a discutir la coherencia de la medida. Don Carlos pertenecía tanto al universo de los chilenos como al de los viudos. El propio Senador —recuerda ahora Mario— no hizo nada para impedir el cambio, no sólo porque jamás discutió una decisión de los «dueños de casa», como solía decir, sino porque a esa altura, bastante cansado y ya enfermo, aceptó la mudanza como el inicio natural de una etapa en que serían deseables noches más largas y más tranquilas.

El departamento de don Carlos está al final del pasillo. Hay una larga fila de puertas a través de las cuales Mario va escuchando los sonidos que acompañan a la soledad: la ópera; un partido de fútbol; algunas toses; el silencio; la voz de una anciana conversando con su perro; otros silencios; otras pálidas réplicas de la vida a través del escuálido muro y de las puertas. Del departamento vecino al Senador no sale sonido alguno, pero Mario advierte que en la puerta hay una nota clavada con un alfiler.

El techo del corredor es más bajo que el de los departamentos y su color blanco ha decaído en un ocre sucio, más oscuro aún en los rincones. Las paredes, en cambio, han sido recién pintadas. No hay manchas sobre su tono esmeralda diluido y se siente aún el olor de la pintura.

A medida que se acerca al final del pasillo, Mario trata de aplacar el ruido de sus pisadas. Ya está ante la puerta blanca, amarillenta como el techo, a punto de llamar. ¿Tiene algún sentido una discusión sobre las visas? ¿Con qué cara pedirlas si sólo faltan horas para la llegada de sus suegros? ¿Qué ha resuelto la Oficina sobre su divorcio? Una cosa está clara: no te dejes llevar por la urgencia y procura obtener lo principal. Porque si la Oficina rechaza el divorcio, ¿cómo conseguir un departamento? *Ninguna solicitud será considerada por el Consejo Municipal sin el debido respaldo de la Oficina.* Recordó la hoja pegada en la pared, detrás del escritorio del viejo, inapelable como el tiempo, como el color amarillento en que fueron cayendo todos los anuncios de la Oficina, como el color de la puerta que ahora Mario tiene frente a sus narices. Estuvo a punto de desandar lo andado y pensó que lo mejor sería ir donde Lorena y decirle derechamente que era ella quien debía encargarse de las visas, al fin y al cabo eran sus padres y él ya tenía bastante con la separación, asunto que caía íntegramente sobre sus hombros, pues Lorena no daría un solo paso para acelerar un trámite que no deseaba. Sin embargo, no se movió de la puerta: es más, acercó la cabeza hasta tocar la fría madera con su oreja también helada y escuchó: Apenas se percibía el traqueteo lento del viejo y el roce de sus pantuflas sobre el piso, un ruido sordo y cansado que a Mario le pareció el retrato acústico del Senador. Hacía tiempo que don Carlos había iniciado su despedida. Su presencia se fue encogiendo y su antigua corpulencia se transformó en algo leve, extrañamente parecido a la transparencia. Sentíamos que le era menos necesario ocupar un espacio. Y sin embargo, de esa presencia ya tan adentro de la muerte seguían dependiendo nuestras vidas.

Finalmente Mario tocó el timbre, resignado a lo que viniera. Tuvo en cuenta que a diferencia de la visita anterior, cuando por propia iniciativa acudió a don Carlos para plantearle su problema, ahora estaba allí porque había recibido una citación, y toda citación era perentoria, aun cuando en el papel que don Carlos deslizó esa mañana bajo la puerta de su departamento dijera «pase a verme hoy si va por el caujale».

—¿Ya hizo sus compras, compañero?

Lo saludó con una sonrisa amistosa y Mario sintió cierta ansiedad en el apretón de manos.

Los que habíamos estado alguna vez en el departamento del Senador lamentábamos la irremediable soledad del viejo, pero de alguna manera también nos seducía esa total libertad que parecen disfrutar los que viven solos. En su pieza uno tenía la impresión de estar en el cuarto de un hotel, lo justo en el lugar preciso, las cosas allí como de paso, ninguna amarra, nada que hablara de alguna permanencia.

—¿Algo caliente? ¿Un tecito?

—No se moleste, don Carlos.

—¿O mejor un vinito?

—Bueno, un vinito.

Don Carlos pasó del espacio estrecho de su pieza al otro más estrecho de la cocina. Mario observó entonces dos enormes paquetes sobre el escritorio, prolijamente envueltos en papel de regalo. Le pareció extraño que en ese lugar, donde todo era más bien tristón y viejo, hubiera ese alarde alegre de los paquetes, con su despilfarro de cintas que parecían serpentinas. Entonces fue cuando se sintió cazado en una trampa, entrando a escena en un momento en que no correspondía.

¿Por eso el viejo le pidió que viniera? Era una invitación, entonces. Una fiesta. Y él era el primero en llegar y con las manos vacías. ¡Claro! ¡El cumpleaños del viejo! También el año pasado estuvo allí en esa fecha y recuerda la nevazón. Les costó sacar el Trabant hundido en la nieve, hubo que dejar a Lorena al volante y varios empujaron, convirtiendo esa algarabía callejera en el último jolgorio de la noche.

—Un té o un vino tinto, algo hay que tomar con este tiempo de miéchica. Hay que ayudarle al cuerpo, ¿no le parece? Siéntese, compañero. Póngase cómodo.

Pero la alegría se acabó apenas partieron. Dejaron al pequeño grupo de amigos, apretujados bajo la ventisca, dando la pitada final al último pucho de la fiesta. En el regreso a casa no hablaron. Hacía ya varios días que casi no se hablaban. Sí, varios días, porque recuerda ahora que después de esa fiesta, luego de dejar a Lorena en el departamento, fue a casa de Eva. Un mes antes Mario había pasado la primera noche en casa de Eva y algunas semanas después Lorena sabía todo lo que bastaba saber. Por eso no hablaron tampoco esa noche, de regreso a casa. Y es como si estuviera viendo en este momento el perfil de Lorena, ese derrumbe y al mismo tiempo esa dolida dignidad, la vista clavada en el parabrisas, en la nieve que revoloteaba iluminada por los focos, tan silenciosa, tan penosamente vulnerable como Lorena, tan a punto de dejar de ser y sin embargo cubriéndolo todo. ¡Ya había pasado un año! ¡Otro año!

—¿No se va a sentar? Póngase cómodo.

Póngase cómodo. Era una fiesta entonces y ya empezarían a llegar los otros. Seguro que también Lorena estaba invitada. Pensó que ya no tenía sentido dar una excusa.

—Bueno, usted dirá, don Carlos.

—¿Está muy apurado?

El viejo se llevó a los labios el primer sorbo de vino.

—No, no. Cómo se le ocurre.

Claro. Él era el primero, el olvidadizo, el gran volado, el

irresponsable sin remedio. Seguro que uno de esos regalos era el del Partido Socialista Unificado Alemán. El enorme, traído muy temprano por los chicos del Ministerio. El otro sería el de la Oficina. Y ahora seguirían sumándose nuevos gestos de simpatía con el viejo, en paquetes más pequeños, pero gestos sinceros, al fin y al cabo. ¡Todos menos él! El huevón de siempre. El que llamaba al viejo todas las tardes para pedirle que apurara su asunto. El que había llegado ahí esa mismísima noche ¿a qué? ¿A saludar al viejo en el que podía ser su último cumpleaños? No, claro que no. El irresponsable venía a pedir un favor... ¡otro favor!

Don Carlos se quedó junto al ventanal, mirando caer la nieve sobre el balcón.

—Quería hablar con usted una cuestión personal —dijo.

Por supuesto. Por eso lo organizó todo para que fuera el primero en llegar. Mario sintió que se le secaba la garganta y tomó un trago de vino. Sintió que estaba justo en el instante anterior al hundimiento de todo. Las manos vacías, los dos regalos sonriendo por la ancha boca de sus cintas y don Carlos, sin mirarlo, diciendo en tono grave, demasiado grave, que quería hablarle de una cuestión personal.

—Sí, claro. —Mario dejó el vaso sobre la mesa y encendió un cigarrillo—. ¿Hay alguna novedad?

—Hoy hablé con el médico —dijo don Carlos, desentendiéndose de la ventana.

¿Con el médico? Lo llamó por eso, entonces.

—¿Qué le dijo el médico?

—Que habría que operar.

—¿Cómo que *habría*? ¿Lo tienen que operar?

—Me dijeron que ya tenían el resultado de la biopsia.

—¿Es un tumor?

El viejo vaciló. La pregunta cortaba una débil amarra con su última esperanza. Hizo girar la copa sobre la mesa y Mario vio que tenía la vista fija en la puerta. Seguro que miraba los rasguños en la madera, las infinitas rayas y surcos en la pintura que el perro de otro amo había dejado allí como la huella de otra angustia.

—Es apenas una manchita. Le juro que no es más grande que una aceituna.

El viejo se aferró un instante a la posibilidad del autoengaño, pero luego volvió a clavar su mirada en la puerta y permaneció en silencio. Tal vez ahora está viendo de otra manera esos rasguños, pensó Mario; está sintiendo el aullido, está arañando otra puerta, sabiendo que ya no podrá salir.

—¿Y qué le dijeron de la biopsia, don Carlos?

—Lo que le conté, que tengo que operarme. Y quiero saber su opinión.

Mario apagó concienzudamente el cigarrillo mientras pensaba una respuesta. Intuyó de inmediato que don Carlos no quería un consejo médico, ni mucho menos saber la verdad. Quería un apoyo, una mentira creíble, quería seguir viviendo.

El silencio de Mario duraba hasta doler.

—¿Quién tiene los exámenes?

—Su médico, el doctor Wagemann. Por eso lo llamé.

—Bueno, mañana hablaré con él.

—En cuanto a lo suyo —dijo entonces don Carlos—, en cuanto a eso, puedo asegurarle que he hecho todo lo posible. Les informé que usted ya ha tomado una determinación. Supongo que es seria y que ha tenido en cuenta todo lo que una separación conlleva, sobre todo si la compañera sigue en el Partido. Yo creo que en este mes habrá una resolución. Antes que termine el año, como le había dicho. —Y llevándose el vaso a los labios, agregó tratando de hablar desaprensivamente de su enfermedad—: Supongo que a esa altura ya me habrán operado.

—Perdón, don Carlos, pero eso significa entonces que usted lo informó... —quiso decir «favorablemente». No se atrevió y dijo «personalmente»—. ¿Usted lo informó personalmente?

—Yo entregué los antecedentes, compañero. Eso lo discute y resuelve el Secretariado.

—Sí, pero usted es parte del Secretariado, don Carlos.

—Parte no más, Mario. Tenga paciencia.

Paciencia. Había pasado años acumulando paciencia. No

quiere decirme cómo informó mi caso. Si su informe hubiese sido favorable, ¿qué razón tiene para ocultármelo, sobre todo ahora, que está ya muerto de susto? Lo más seguro es que haya solicitado... No. No había nada seguro, se dijo Mario. Es imposible saber quién está decidiendo tu vida. Siempre es el Secretariado, la Oficina, la Comisión de Control... Nunca alguien con nombre de persona, nunca algún compañero del *ghetto*. Nunca alguno de los que te invitan a su casa y te ofrecen un trago de la última botella de pisco que alguien trajo de Santiago y vamos dándole a la lengua, comentando el programa de Radio Moscú de la última noche o un artículo de una revista chilena que acaba de llegar pero que apareció allá hace dos meses, organizando una pichanga o un trabajo voluntario para el fin de semana, tema que surge espontáneamente cuando don Carlos llega algo atrasado porque tuvo que estar hasta tarde en la Oficina, y entonces la dueña de casa lo saluda con reverencia y sin preguntarle si ha comido va a la cocina y en un santiamén le prepara el caldito de ave o los fideos cabello de ángel, andan diciendo que está tan mal el pobre... No. Nunca ellos, los de carne y hueso, los que tienen que tomar caldito porque ya se sabe que viene lo peor y entonces cómo no correr a la cocina a preparar la dieta, el apoyo, la mano que alivia, que hace lo más difícil menos duro. Siempre alguno de ellos, claro. Pero transfigurado. Participando del carácter impersonal de las estructuras. Sí. Transfigurado en «parte» de la Santísima Trinidad del Secretariado; en «parte» de la Comisión de Cuadros; en «parte» de la Oficina.

Mario tomó otro trago. Sabía que el viejo estaba ya medio muerto y que en un par de meses se moriría entero y para siempre. Sin embargo tuvo la certeza absoluta de que en ese momento lo odiaba y quiso decirle sobre su enfermedad algo tan miserablemente vago como la respuesta que el viejo le acababa de dar. Sí; también algo vago y cobarde, algo ambiguo y desalentador algo así como: «Wagemann piensa que es más serio de lo que imaginaba, pero nunca hay que perder la esperanza...», para que la perdiera bien perdida, como él la estaba perdiendo en ese momento, porque don Carlos no había sido capaz de decirle «Sí, yo informé a favor de su solicitud y la resolución ya está tomada...» Porque había eso, además. No sólo le oculta su propia opinión; en el fondo le oculta lo que ya se ha decidido.

Había avanzado la noche, los enormes regalos eran los únicos invitados alegres a esa fiesta que no empezaba nunca. Los dos hombres seguían su conversación aportillada por pausas penosas que apenas disimulaban unos tragos de vino húngaro. Mario creía que el viejo le ocultaba lo que ya habían resuelto. Y el viejo pensaba que Mario sabía que lo más probable a su edad eran el cáncer y la muerte. Mario se aferraba, sin embargo, a una remota esperanza. Una esperanza que se nutría de la intransigencia con que el viejo practicaba tanto sus defectos como sus lealtades. Don Carlos —de eso Mario no tenía duda— jamás haría algo que estuviera reñido con los estatutos de la Oficina. *Los acuerdos de los organismos superiores son decisiones colectivas. Una vez adoptados no hay votos de mayoría o minoría. Se debe informar de la resolución en el momento oportuno; jamás de la discusión que condujo a ella.* Aunque el viejo hubiese informado favorablemente su solicitud, estaba igualmente impedido de contarlo. Y si el acuerdo de la Oficina era favorable a su solicitud, don Carlos jamás se adelantaría a comunicárselo. Mario miró al viejo como hubiese mirado a su padre si éste no estuviera tan lejos; como se mira a una persona con la cual la absoluta falta de identificación es también la razón del perdón y del cariño.

El Senador, por su parte, zorro en años y en celadas, sabía perfectamente bien que Mario en ese momento lo odiaba. Pero esa odiosidad era menos molesta que una piedra en el zapato. Bastaba detenerse, sacarse el zapato y retirar la piedra. Bastaba una leve alteración de la verdad, una mentira piadosa o una venial transgresión de las normas de la Oficina, para que el odio de Mario se transformara en instantánea simpatía, incluso en complicidad. Y esa pequeña adulteración era precisamente lo que don Carlos no se podía permitir.

Cuando Mario pensó que los invitados estaban tardando demasiado, empezó a escucharse una música que llegaba desde el departamento vecino.

—Por lo menos tiene un vecino con buen gusto, don Carlos. Lástima que no se escuche mejor.

—Cuando me acuesto, con la cabeza pegada a la pared, se escucha muy bien. Hace días que la escucho.

—Bueno, tiene suerte de oír sólo esa música.

Don Carlos miró a Mario sin entender lo que le estaba diciendo. Mario pensaba en las toses, en los quejidos, en la difícil respiración de los viejos que había escuchado esa noche, también apenas y como un involuntario intruso, a lo largo del pasillo. Miró los rasguños en la puerta y recordó los ladridos, el aliento, el olor de la perrada, y la voz de la anciana que dialogaba con los débiles gemidos de su perro.

—Usted tiene que saber cómo se llama —preguntó don Carlos a pesar del tono afirmativo.

—No estoy seguro. Es una ópera, en todo caso.

—¿Una ópera? Pero si no cantan.

—Es la obertura. Y creo que es *El buque fantasma*.

—¿Y de quién es eso, si me permite?

—De Wagner, don Carlos. —Y Mario no pudo evitar un tonito que le pareció pedante en la modesta afirmación.

Mario había decidido no decirle una palabra sobre el asunto de las visas. Y no lo haría tan sólo por una calculada conveniencia, sino porque estaba convencido de la absoluta inutilidad de la petición. Era muy difícil conseguir visa para Berlín Occidental y era definitivamente imposible conseguirla en cuarenta y ocho horas. Si a eso sumaba su condición de hombre en tela de juicio por el asunto del divorcio y el hecho de que aún no hubiese una respuesta de la Oficina, resultaba evidente que venir esa noche con el asunto de las visas, sobre todo si don Carlos lo había invitado para celebrar su cumpleaños, era inútil y hasta de mal gusto.

No. No quería hablarle de las visas. Después pensaría la forma de explicárselo a Lorena.

Se refugió entonces en una concentrada atención al débil

llamado de esas notas que ofrecían algo distinto y remoto a través del tabique. Ahora el mutismo y las pausas eran por fin tolerables y el viejo se permitió llenar de nuevo los vasos sin buscar excusas ni repetir palabras inútiles.

Después de un largo rato y cuando ya les parecía que a pesar de la música había llegado el momento de decir algo, alguien llamó a la puerta. Eran unos golpes débiles en lugar del timbre. El viejo dejó el vaso y se puso de pie algo sorprendido. Cuando abrió, la luz del corredor invadió la pieza y Mario vio recortarse contra ella la silueta de una muchacha delgada, al tiempo que escuchaba una voz muy fina.

—Buenas noches. Perdone que lo moleste, pero he recibido esta nota. Creo que alguien ha dejado un paquete para mí.

Mario notó la confusión del viejo y fue a la puerta en su ayuda. Con una mirada de angustia don Carlos le rogaba que tradujera esas palabras ininteligibles y Mario lo hizo. De inmediato don Carlos la invitó a pasar y cuando la muchacha estuvo en el centro de la pieza, Mario le ofreció asiento. Pero ella se disculpó y permaneció de pie. No quería molestarlos, sólo venía a recoger los paquetes.

El Senador le mostró entonces las dos cajas envueltas en papel de regalo y le pidió a Mario que tradujera.

—Esto lo dejó su padre para usted —le dijo pasándole los paquetes.

La muchacha los tomó con dificultad. Amparó esa alegría de cintas y colores con sus brazos, apoyando las cajas contra su cuerpo.

—¿A qué hora vino? —preguntó con un acento que anunciaba su origen sajón.

—Quiere saber a qué hora vino la persona que le trajo esos paquetes —tradujo Mario

—Esta mañana. A eso de las diez.

—Oh, yo estaba en la Ópera —dijo la muchacha y Mario no creyó necesario traducir.

La muchacha era hermosa. Tenía el cuerpo fino de una bailarina y su pelo negro, largo y liso, le cubría completamente la espalda. Vestía unos pantalones de cotelé y un amplio pulover blanco con las mangas recogidas. Sus brazos eran muy delgados y apenas abarcaban los enormes paquetes.

Cuando reparó en la música que llegaba a través del tabique dijo con cierta confusión:

—No pensé que los molestaba con mis estudios.

—Dígale, por favor, que no me molesta en lo más mínimo —le pidió don Carlos a Mario.

—Es él quien vive aquí y dice que no le molesta para nada —dijo Mario.

—Dígale que me gusta dormirme escuchando esa música —agregó don Carlos, interesado en que la muchacha entendiera ese mensaje. Ella era la primera persona del edificio que entraba a su casa; y era distinta, era irreal y al mismo tiempo cercana, era como un magnífico mascarón de proa en la nave a la deriva de los viudos.

Mario vaciló. La muchacha lo miraba esperando oír sus palabras.

—Le gusta esa música —repitió Mario rápidamente—. ¿Estudia algún instrumento?

—No. Soy bailarina. Bailo en el ballet de la Ópera —le dijo la muchacha a Mario y luego agregó mirando a don Carlos—: Le prometo que bajaré el volumen de mi tocadiscos.

—No, no. Es verdad que a él le gusta escuchar su música.

—Está bien. —Y luego de una pausa se atrevió—: Por favor, pregúntele cómo era.

—Ella quiere saber cómo era, don Carlos.

—¿Quién? —preguntó el viejo.

—La persona que dejó ese regalo.

—Ya le dije. Era su papá —contestó el viejo.

—Bueno... Era su papá —tradujo Mario.

El rostro de la muchacha expresó un fugaz desconcierto, una leve sombra de contrariedad apenas perceptible. Antes de dirigirse a la puerta miró de reojo la nota que sostenía difícilmente entre sus dedos, pues estaba cargando los dos enormes paquetes.

Don Carlos la acompañó hasta la puerta.

—¿Cómo te llamas? —preguntó Mario cuando la bailarina se volvía para despedirse.
—Leni.
—*Gute Nacht*, Leni —dijo don Carlos, poniéndose colorado como un tomate.
Le pasaba cada vez que decía un par de palabras en alemán.

ÉRAMOS PECADORES.
Llegamos al ghetto con la mancha original marcada en la frente: nos habíamos asilado. Abandonamos el combate en su momento culminante y aunque nos alegraba haber sobrevivido, luego del primer informe se fue imponiendo la convicción de que todos éramos culpables.
El informe que se nos solicitó debía responder a dos preguntas precisas:
1.- Diga en qué condiciones se asiló, mediante qué contactos y en qué Embajada.
2.- Diga si le pareció inevitable hacerlo y por qué.
Llegamos al paraíso con el pecado original bajo el brazo, la carpeta con las respuestas que debíamos entregar a la Oficina. Nunca se aclaró la finalidad del interrogatorio, pero con él se nos hizo sentir que el pecado existía, que ese pecado inauguraba nuestra nueva vida y que para la Oficina ese pecado tenía un nombre preciso: renuncia. Teníamos que vivir para demostrar que no habíamos renunciado ni a nuestras lealtades ni a nuestros principios. Podíamos seguir siendo lo que éramos si no había tal renuncia. De alguna forma la inocencia perdida podía ser recuperada, aunque con grados distintos de constricción, pues si bien todos nos sentíamos culpables, la culpa misma exigía la reivindicación de las diferencias. No todos lo hicimos en las mismas condiciones. Alguien pecó porque no tenía otra opción, otro pensó que al salvarse evitaba un daño aún mayor a la Oficina, muchos murmuraban que tal o cual se había asustado más de la cuenta y movido por el miedo había tomado una decisión precipitada. Probablemente a estos últimos les calzaba un calificativo que nunca fue explícito. Es-

cuchábamos expresiones tales como precipitado, injustificado, incomprensible, inaceptable. Nunca escuchamos la palabra traición. Pero esa palabra no dicha estaba en el aire, en nuestras recurrentes pesadillas, en nuestros secretos remordimientos. Todos éramos culpables en alguna medida. Los únicos inocentes estaban allá. Eran los mártires y finalmente, así como se impuso el reconocimiento de la culpa, se impuso también la veneración de los mártires.

Cuando en las ceremonias llamadas a levantar nuestras alas caídas se hablaba con ardor de las víctimas y de los mártires, escuchábamos en sordina, como una réplica que entraba sibilinamente por nuestros oídos, una sentencia que nunca nadie formuló, pero que todos creíamos escuchar: eres lo contrario del mártir; eres culpable.

Había, claro está, grados de culpabilidad. Pero como nada era explícito, ese grado lo determinaba cada cual y entonces la noción de culpa se internalizaba aún más.

Este sentimiento inicial, absolutamente generalizado, fue luego cediendo a una forma de acusación que se filtraba no ya en el modo o la forma, sino en el origen mismo del pecado: asilarse había sido una manifestación de debilidad y la debilidad era una característica pequeño-burguesa. Los cuadros proletarios pecaban por excepción. Eran los menos y dentro de ese universo reducido había incluso quienes lo hicieron por la continuidad de la lucha, en tanto que los otros —las excepciones— fueron tentados por conductas extrañas a la clase, producto a su vez de sus contactos nefastos con el mundo no proletario, por sus vínculos con los medios diplomáticos, por su acceso a la esfera del poder. Resuelta así la cuestión de las excepciones, esa gran marea dolorida que repletó las embajadas, los aviones, los barcos, los refugios para inmigrantes, los pequeños cuartos de hotel y finalmente los bloques de algún ghetto, debía ser tratada de una manera que resultara aleccionadora. Había que combatir el espíritu pequeño-burgués. Así es como se terminó combatiendo la más modesta y honrada manifestación del espíritu.

No sólo éramos culpables. Además lo éramos por nuestra

condición. El pecado estaba en el ser. Y por eso era anterior e independiente de la acción. Había que desconfiar, allá, de quienes no habían tenido aún actitudes de renuncia, en tanto que se debía esperar, aquí, nuevos renunciamientos de los iniciados.

Y como terminamos creyendo en este pecado original, terminamos también olvidando nuestro verdadero origen.

2

Querida Leni:
Estoy de paso en Berlín. Mañana regreso a Frankfurt. Me gustaría verte. Te dejé algo con tu vecino del departamento 136.

Tu padre.

P.D. Vendré mañana temprano. Espero encontrarte.

DE VUELTA EN SU PIEZA, Leni había colocado los paquetes sobre la cama y ahora, sentada junto a los regalos, leía una vez más la nota que encontró al volver del ensayo, ensartada con un alfiler en la puerta de su departamento.

Era lunes, el día que regresaba más temprano de lo habitual porque no había función en la Staatsoper. Es el único día en que al salir a la calle después del ensayo es posible encontrar algo de vida en la Unter den Linden, movimiento y voces que hacen más animada aún la avenida alegre por la luminosidad de la nieve. La luz de los faroles dibuja círculos amarillos sobre la blancura asentada en el pavimento, pero no puede decirse que ilumine lo nevado. Es la nieve la dueña de la luz, la luminosa. Y ese lunes Leni había caminado con Anna, su mejor amiga, desde el frontis de la Ópera hasta la Alexanderplatz, blanca también como una luna recién caída, y mientras sentían el aire limpio y una fragancia de agua suspendida, intocada, hicieron los últimos chistes sobre los chascarros de esa tarde. Una tarde buena, en verdad. Sobre todo si ahora podían tomar el S-Bahn hasta Marzahn, despedirse en Frankfurter Tor con una última broma, una caricia disimulada y repentina que podía tomar la forma de un pequeño palmoteo en la mejilla o directamente un beso y entonces Anna ya estaba del otro lado de la ventanilla, su gesto de despedida se iba perdiendo entre la multitud que avanzaba por el andén hacia la escalera de salida y cuando finalmente desaparecía el último paso de sus botas en los escalones finales y su único vestigio era la tibia humedad del beso en su mejilla, Leni seguía recordando las pequeñas situaciones de esa tarde, pensando en su amiga y sintiendo que por fin no estaba sola.

Para Leni había sido duro el traslado desde Dresden a Berlín. Después de una exigente competencia por los escasos cupos que se produjeron esa temporada en la Staatsoper, debió convivir aún algún tiempo con sus compañeras de escuela, transformadas en involuntarias rivales que no podían sino contraponer el éxito de Leni con sus expectativas defraudadas. Y como Leni sufría terriblemente con cualquier situación que la colocara en la obligación de competir, tuvo nuevos sinsabores cuando ya en Berlín debió resolver el problema de su vivienda. Al cabo de cuatro meses, tiempo que a sus nuevos colegas les pareció sorprendentemente rápido para las condiciones de Berlín, se había impuesto una vez más a sus competidores, desplazando a varias decenas de aspirantes al departamento de la Volkradstrasse 8 que habían sido ya seleccionados por el *Rat des Bezirkes* con anterioridad a su llegada. Una decisión del Ministerio de Cultura pudo más que las asignaciones ya resueltas, y esto explica que, de manera transitoria, Leni haya recibido —cuando aún no cumple los veintidós años— un lugar en la nave de los condenados; una habitación con baño y cocina en el piso trece del edificio en que sólo gente anciana espera junto al arroyo la llegada de su último día.

Y sin embargo se siente contenta. Está por fin en Berlín,

donde quería estar; donde soñó estar desde niña. Tiene ahora una buena amiga, y como ambas acaban de llegar a la Staatsoper, seguirán por algún tiempo en el cuerpo de baile sin pasar por alguna situación odiosa que las obligue a entrar en relaciones de competencia. La vida en el edificio de Volkradstrasse 8 resultó a la larga menos triste de lo que pensó en un primer momento. Era en todo caso mucho menos tenso que seguir en la casa de su madre, la que debía compartir con su padrastro, un hombre bueno y rudo, incapaz de entender que era preferible cuidar las comidas para dedicarse a la danza, que dejar de bailar para poder comer hasta hartarse.

Sí, todo estaba bien. Casi perfecto, hasta el momento en que se encontró con esa nota ensartada como un insecto en la puerta de su departamento.

Leni dejó la nota de su padre sobre la cama y se acercó a los paquetes. Abrió el más grande desatando cuidadosamente la rosa que remataba el nudo, retiró el papel de regalo y destapó una caja azul en la que se repetía el nombre de una boutique. Primero sacó de la caja una blusa de lino, luego una falda floreada con grandes bolsillos y finalmente unos jeans de color celeste pálido. Las tres prendas eran de la misma talla: 42; dos tallas más grandes que la correspondiente a su porte. El segundo paquete, envuelto en papel amarillo brillante con estampas de guirnaldas y campanas, contenía dos cartones de cigarrillos americanos, una botella de whisky, un frasco de Nescafé y barras de chocolate.

Con desánimo Leni se probó frente al espejo. La blusa blanca era linda, pero si quería usarla tendría que hacerla de nuevo. Sería mejor regalarla. La falda podía angostarse, pero en ese caso los bolsillos resultarían desproporcionados. Pensó lavar los jeans con la esperanza de que encogieran. Volvió a colocar los regalos en las cajas, sacó una cajetilla de uno de los cartones y encendió un cigarrillo. Se hincó junto al tocadiscos y tuvo entonces la imagen de su viejo vecino diciéndole palabras que ella no podía entender, mirándola intensamente, rogándole algo que al parecer —así piensa ahora— se relacionaba con esa música que empieza a sonar de nuevo, a la hora de siempre, cuando don Carlos se mete en la cama y pega la cabeza al tabique, aunque ahora el *allegro con brío* de la obertura tiene la compañía de los papeles, las cintas y los regalos del padre abandonados en el fondo de las cajas. Tiene también la compañía de esa nota que ha leído mil veces y que, como el regalo, es dos tallas más grande, algo que no calza con lo que ella hubiese querido, ni con lo que siempre había imaginado, ni con lo que en ese momento era capaz de enfrentar.

Leni se tendió en la cama y estuvo largo rato mirando la carta de su padre.

Lo primero que vio a la mañana siguiente, al despertar, fue el regalo sobre la mesa y junto a las cajas el papel y las cintas de colores y se alegró al pensar que era su cumpleaños. Se lavó la cabeza, estuvo más tiempo esta vez bajo la ducha y luego preparó meticulosamente su desayuno: Nescafé (una cucharadita colmada) con leche y una cucharada de crema que se permitió con la promesa de que no volvería a vulnerar la dieta. Con la misma promesa puso en un platillo tres chocolates envueltos en papel plateado y decidió que esos excesos se compensaban en parte si esa mañana renunciaba a las tostadas. Leyó hasta las nueve y media esperando que su padre llegara, pero como debía estar a las diez en el ensayo, escribió una nota que al salir ajustó a un resquicio de la cerradura.

Querido papá:
Perdóname, no pude esperarte. Juntémonos en el Café de la Ópera a las dos de la tarde. Gracias por tus lindos regalos. Me alegro de que hayas venido.
Tu Leni

PERO COMO AL terminar el ensayo sus compañeros quisieron celebrar con una copa de champagne, Leni llegó al café poco después de las dos y media. Vio que todas las mesas estaban ocupadas, pero también divisó que en una de la esquina, junto al ventanal, había un hombre solo que esperaba. El presentimiento de que era su padre fue para Leni más instantáneo y seguro que cualquier certeza. Se acercó a la mesa y comprendió que el hombre tampoco la reconocía, pero su sonrisa insegura delataba el mismo presentimiento.

—¿Leni? —preguntó el hombre poniéndose de pie con un movimiento vacilante.

—Sí..., papá.

El hombre se acercó a la muchacha y la besó en la mejilla.

Luego, azorado, le dio la mano, pero de inmediato la retiró, la puso delicadamente sobre sus hombros sin atreverse a abrazarla y le señaló la silla vacía.

—Siéntate, Leni.

El padre se sentó junto a su hija y se quedó mirándola. Observaba su rostro cuidadosamente pintado, el pelo negro tirante recogido en una larga trenza, su delicada figura de bailarina. Leni tuvo la certeza de que la había imaginado distinta y fue reconociendo lentamente el cuerpo grueso de su padre, las manos enormes que se entretenían nerviosamente con un encendedor, su rostro extrañamente familiar y su vestimenta de ostentoso mal gusto.

—¿Qué quieres comer? —preguntó el hombre, solícito.

Leni tomó la carta, aunque sabía lo que podía comer. Tomó la carta para mirar algo que no fueran los ojos de su padre.

—Quiero una sopa de carne —dijo después de un rato y dejó la carta sobre la mesa.

—¡Estupendo! ¿Y qué más?

—Nada más. Sólo una sopa —dijo Leni sonriendo.

—Tienes que comer algo más. Por eso estás tan flacuchenta.

Leni rió nerviosamente.

—No debo comer mucho. Tengo que mantenerme delgada.

El padre se encogió de hombros sonriendo. Cuando se acercó el mozo le preguntó a Leni qué quería tomar.

—Un jugo —dijo Leni mirando al mozo.

—Entonces dos sopas de carne, un *Schweinesteak*, un jugo y dos cognacs —dijo el padre. Y cuando el mozo se alejó puso su mano sobre el hombro de Leni y mirándola a los ojos le dijo con voz aún insegura:

—En eso no has cambiado. Cuando niña tampoco te gustaba comer. Cada sopa era una batalla.

Leni sonrió bajando la vista. La mirada del padre le producía rubor e incomodidad. Pero la mano sobre su hombro estaba a punto de causarle un escalofrío. Por eso, con un cuidadoso movimiento giró para tomar su bolso y sacar de él un pañuelo.

El padre se sirvió el resto del cognac y encendió un cigarrillo.

—¿Puedo? —preguntó Leni señalando la cajetilla.

—Claro —dijo el padre ofreciéndosela—. ¿Fumas mucho?

—No mucho.

—Si fumas mucho y no comes te vas a enfermar. —Y luego de una pausa más incómoda que las anteriores, insistió—: Cuéntame qué haces. Así podemos empezar a conversar, ¿no te parece? Oye, ¿tú sabes que me gustas mucho? Eres distinta a como te imaginaba. No te imaginaba tan linda, esa es la verdad. Pero dime, ¿qué haces? ¡Eso! ¡Empecemos por eso! ¡Cuéntame lo que haces!

—Soy bailarina.

—Pero...bailarina...cómo... —El padre buscaba una palabra que no hubiese querido decir para hacer una pregunta que no quería hacer—. Bailarina... Digamos, ¿de esas que salen en las varietés...?

—No sé qué me quieres preguntar. Bailo ballet. Trabajo en la Komische Oper.

—¡Ballet! —exclamó el padre y lanzó un silbido—. Oye, pero ¿cómo puedes bailar? Cómo aprendiste quiero decir.

—Bueno, fui a la escuela de danza en Dresden. Estudié nueve años y terminé. Eso. —Y lo dijo como si explicara la forma de romper un huevo.

—¡Nueve años! —Y lanzó otro silbido—. ¡Nueve años para aprender a bailar!

—Nueve o más —repitió Leni riendo—. Y después estuve dos años en Leipzig, y ahora aquí.
—Oye, dime...Y a tu mamá... ¿la ves?
—A veces, cuando viene a Berlín. Yo no puedo viajar. Tengo funciones o ensayos casi todos los días.
—¿Y vives sola?
—Sí. Vivo sola.
—Y... ¿No es difícil para ti vivir sola? ¿No podrías vivir con una amiga?
—No, papá. Quiero vivir sola. Me gusta así.
El mozo se acercó con una bandeja y puso los dos cognacs y el jugo sobre la mesa. El padre tomó un vaso de cognac y se lo pasó a Leni. Luego alzó el suyo y brindó.
—A la salud de tu cumpleaños.
Leni le sonrió, miró su vaso y dijo con voz débil:
—A la salud de nuestro encuentro.
—Dices salud pero no tomas nada —dijo el padre al ver que Leni apenas se había llevado el vaso a los labios.
—No puedo. Ahora no puedo. En la noche sí.
—Oye, pero dime, ¡qué trabajo es ese que tú tienes! No puedes comer, no puedes tomar un cognac. Y cuéntame, ¿es que no pudiste encontrar algo mejor? ¿O es que te pagan muy bien? Seguro que te pagan muy bien.
—Me gusta lo que hago —dijo Leni mirando el vaso. Luego aplastó el cigarrillo en el cenicero—. ¿Y tú qué haces? Sé que vives en Köln.
—Vivía. Ahora estoy en Frankfurt. Hago lo mismo que hacía aquí, ¿sabes? Manejo camiones.
—¿Y te gusta tu trabajo?
El hombre se encogió de hombros, pero luego negó con la cabeza.
—¡Qué significa «te gusta»! De algo hay que vivir, ¿no? Llevo casi treinta años metido en la cabina de un camión. ¡Mira! —Y súbitamente le mostró la palma de sus manos extendidas—. ¡Toca! ¡Toca aquí!
Leni vaciló y luego, con gran esfuerzo, adelantó su mano y rozó apenas las palmas del padre.

—No. Aquí. ¡Tienes que tocar aquí! Está duro, ¿verdad? Aprieta fuerte que no siento nada. Tócame sin miedo. Podría ponerme la llama del encendedor bajo la palma y apenas sentiría. ¿No me crees? ¿Quieres que haga la prueba? —Y con un gesto decidido tomó el encendedor.

—No, no, te creo —dijo apresuradamente Leni, mirando a la pareja que los observaba desde la mesa vecina—. Apaga eso, por favor.

—¡Treinta años manejando! Pero así pasa el tiempo. Y no me siento viejo. ¿Me encuentras viejo?

—No —dijo Leni—. Encuentro que estás muy bien. ¿Qué edad tienes, papá?

—Cincuenta y cuatro. Soy joven todavía, ¿no te parece? ¿Y tú? Hoy cumples veintidós, ¿verdad? Por eso estoy aquí. Salud. —Y se zampó el resto del cognac—. Pero dime una cosa, ¿tu mamá te habla de mí?

—No.

—¿Nunca?

—No.

—Pero alguna vez tiene que haberte dicho algo.

—No.

—¿Nunca te contó por qué tuve que irme?

—¡Papá, por favor!

—¿Nunca te explicó?

—Nunca dijo algo malo de ti.

—¿Y qué podría decir? ¡Dime! ¿Crees que podría decir algo malo de mí? Yo en cambio...

—¿Puedo? —preguntó Leni tomando el paquete de cigarrillos.

—Claro, claro. Esa cajetilla es para ti. Y toma —dijo sacando otra del bolsillo—. Son americanos. Aquí no hay de éstos.

—Sí hay, papá.

—Pero son caros.

—Sí. Son caros.

—Oye, dime. ¿Te gustaron mis regalos? No me has dicho una palabra. Esas cosas sí que no las encuentras aquí.

—Sí, papá. Me gustaron. Mucho.

—Yo no sé cuál es tu talla. Pero supongo que te quedan bien.

—Sí, papá. Es mi talla. Me quedan muy bien.

El mozo trajo las copas. El hombre le pidió un pedazo de pan, otro cognac y una cerveza. Cuando el mozo volvió con el pedido el hombre fue echando pedazos de pan en la taza.

—Así es la vida —dijo sirviéndose un trago—. Todo tiene sus inconvenientes. Tú no puedes comer y yo tengo que pasarme la vida en las carreteras. Este viaje a Berlín fue una casualidad. Viajo mucho a Amsterdam, a Bruselas. Pero nunca habían autorizado mi entrada a Berlín. Así es que imagínate cómo me alegré cuando me dieron la visa. Hace una semana llamé a tu mamá y le pedí tu dirección. Me la dio y cortó. *Alte Ziege!* Y dime una cosa. Cómo es...en fin. ¿Vive sola?

—No.

—Tiene un hombre.

—Tiene un esposo. Hace ya siete años.

El hombre no dijo nada. Se concentró en su sopa, en la que siguió echando pedazos de pan con aire taimado. Durante ese tiempo no miró a Leni y tampoco lo hizo cuando, luego de colocar la cuchara en el plato, encendió un cigarrillo.

—¿Y tú? —preguntó Leni—. ¿Vives solo?

—Sí y no. No me he casado. Se podría decir que vivo solo. En este trabajo uno siempre está un poco solo. —Tomó el resto del cognac—. Mira tú lo que son las cosas. *Yo* vivo solo, *tú* vives sola, pero la *Alte Ziege* agarró compañía. No te cases, Leni. Si quieres un buen consejo de un buen padre: No te cases —dijo solemne y agregó—: o por lo menos no te cases todavía. ¿Tienes novio?

—No.

—¡Eso está bien! Trabaja. Junta dinero. Junta todo el dinero que puedas y después nadie te faltará el respeto. Oye, pero ¿en serio no vas a comer nada? —preguntó cuando el mozo vino a retirar las tazas de sopa—. ¿No quieres un postre? ¿Un pedazo de torta?

—Quiero un café —dijo Leni encendiendo otro cigarrillo.

El hombre llamó al mozo y pidió un café y un cognac.

—No creas que bebo siempre. Cuando trabajo no puedo. *«Cuando maneje no beba. Cuando beba no maneje»*. ¿Has visto ese cartel en las carreteras?

—Sí, papá.

—Oye, dime, ¿estás triste?

—No, papá. ¿Por qué?

—No sé. Te noto una cara tristona. Tal vez estoy echando a perder tu cumpleaños. A lo mejor querías hacer otra cosa. Podemos ir a dar un paseo, si tú quieres.

—No puedo. —Leni miró su reloj—. A las cuatro tengo ensayo.

—¿Y a qué hora estás lista?

—A las once.

—¡A las once! —Y silbó.

—Tenemos función a las siete y media. Había pensado que si quieres venir...

—Claro. Pero dime, tú bailas ahí, ¿verdad?

—Sí. Por eso quiero invitarte.

—Me gustaría. De veras me gustaría. Pero yo no sé si así... Creo que a esas cosas la gente va de etiqueta y traje largo. Claro que esta chaqueta es nueva.

Leni rió. Le hizo gracia el gesto del padre. Se quedó mirando sin rubor su chaqueta a grandes cuadros, la camisa verde, la corbata negra con lunares amarillos. Le hacía gracia y podía mirarlo sin rubor porque todo era definitivamente distinto a lo que se había imaginado.

—Si tú crees que puedo, entonces compro una entrada y te veo bailar. ¡Eso es algo que no me había imaginado!

Leni tomó su bolso del respaldo de la silla y sacó su billetera y de la billetera una entrada para la Opera. El hombre la tomó, la miró con curiosidad, leyó en voz alta el nombre del ballet como si fuera una palabra inédita y guardó la entrada. Cuando se llevaba la billetera al bolsillo interior de su chaqueta interrumpió el movimiento y dijo:

—Pero quiero pagarte la entrada.

—¡Papá!

El hombre sacó cien marcos occidentales de la billetera y los puso sobre la mesa.

—Guarda eso —dijo Leni nerviosa—. Todo el mundo nos está mirando.

—Toma —dijo el padre—. Guárdalo tú. Es tuyo. Puedes comprarte cualquier cosa.

Leni tomó su billetera que estaba aún sobre la mesa, pero evitó mirar el billete. Dijo en voz baja pero intensa:

—Papá, por favor toma ese billete. La gente nos está mirando. ¿No sabes lo que puede pasar?

El hombre se rió y alargando el brazo retuvo la mano de Leni. Tomó la billetera que la muchacha iba a guardar en su bolso y puso allí el billete. Vio entonces unas fotos que Leni llevaba en el portarretratos.

—*Die Alte Ziege!* —dijo dejando una foto de la madre sobre la mesa. Luego tomó otra en la que Leni tenía seis años, chapes, y jugaba con una muñeca de loza.

—Esta foto la tomé yo —dijo el hombre—. Es la última foto que te tomé. ¿Te acuerdas?

—Me acuerdo. Después te fuiste.

El hombre sacó una tercera foto y la estuvo mirando sin decir nada durante largo rato. Luego se sirvió de un trago el cognac, encendió un cigarrillo, volvió a mirar la foto y dijo:

—La verdad es que yo también me he puesto viejo.

EN EL CAMARÍN, Leni le mostró a Anna el billete de cien marcos. Le contó que su padre se lo había regalado y que esa noche estaría en la función. En la quinta fila, en el centro. Ella le había dicho que no hacía algo tan importante, que bailaba en el coro y que aparecía sólo una vez en escena. Al final del segundo acto, cuando entrara un grupo con mallas blancas, ella sería la cuarta contando desde la derecha. No podría verle la cara porque en esa escena el cuerpo de baile llevaba máscaras que imitaban conejos. Pero si contaba desde la derecha apenas entrara el grupo, la cuarta sería ella y entonces podría seguirla y verla bailar durante tres minutos. Después, cuando

— 41 —

el cuerpo de baile quedara inmóvil en el fondo del escenario, simulando poses de esculturas, ella no sería la cuarta sino la segunda, pero contando ahora desde la izquierda.

Habían convenido, además, que después de la función irían juntos a comer y ella había prometido que esta vez sí comería como corresponde y tomaría con él un cognac, por lo menos uno. El padre había averiguado que el restaurante más caro de Berlín oriental era el *Ermelerhaus*, en la ribera este del Spree, y decidió que debían ir a ese restaurante. Además había decidido que si había una orquesta bailarían hasta la madrugada, hasta que tuviera que subirse al camión para regresar a Frankfurt.

Pero Leni quería cosas muy distintas. Ella hubiera preferido celebrar el cumpleaños en su pieza, invitando a su amiga y a sus mejores conocidos y ya desde la mañana se había alegrado con la idea de que el padre pasaría la noche con ellos.

Mientras se preparaba para entrar a escena, su amiga le preguntó por qué estaba tan nerviosa. Leni se encogió de hombros, aunque sabía que eso no era la excitación habitual sino más bien una suerte de temor, un sentimiento desagradable de inseguridad y también un extraño dolor, como si se hubiese abierto en ella una vieja herida. Cuando terminó de maquillarse descubrió que las palmas de sus manos estaban húmedas y recordó las de su padre, capaces de resistir el fuego. Revivió la desconocida tristeza que había experimentado al rozarlas y el escalofrío que apenas pudo ocultar al sentir la mano de su padre acariciando su hombro.

De esto no habló una palabra con su amiga. Esperaron la salida a escena fumando cigarrillos americanos y decidieron hacer la fiesta de cumpleaños la noche subsiguiente. Después de la función Leni haría lo que ya estaba decidido. Y como el padre viajaba esa madrugada, en pocas horas todo volvería a ser como antes.

Pero en el fondo sabía que a partir de ahora tenía que vivir con esa ausencia definitiva de paternidad; sobrevivir a ese aborto tardío.

3

Los días que siguieron a la partida de Mario fueron para Lorena días de reclusión y de ayuno. No podía comer. Apenas respiraba y le parecía que en cualquier momento la falta de aire y la sensación de ahogo podían paralizarle el corazón. A pesar de eso no era capaz de quedarse más de un instante en el mismo lugar. Recorría día y noche el departamento encendiendo un cigarrillo tras otro, pero como tampoco toleraba su propio revoloteo interminable y errático por los rincones —en que se habían ido amontonando, en desolador desorden, las ropas y juguetes de los niños—, se encerró finalmente en el dormitorio matrimonial dispuesta a no salir de allí hasta que alguien se hiciera cargo de ella y de su vida, si es que aún quedaba vida al cabo de su encierro. Sin comer, abandonado su cuerpo a la tiranía del dolor, se fue consumiendo en sus lágrimas mientras se repetía la misma pregunta: ¿Por qué a mí? ¿Por qué a nosotros? ¿Acaso no éramos felices? Abandonándose a esa extraña complacencia que despierta el sufrimiento más allá de su límite tolerable, estuvo días y noches tirada sobre la cama, ahora tan ancha, sin levantar la vista ni volver el rostro del suelo. Sus amigas del *ghetto* se habían ocupado de los niños, que no dejaban de hacerse —y de hacerle— una misma pregunta cada vez que se acercaban a la puerta de su dormitorio: ¿Dónde está al papá? ¿No va a venir el papá? ¿Estás llorando porque se fue el papá? Ésta, mal que mal, era la única ventaja de esa suerte de promiscuidad que algunos en el *ghetto* llamaban vida comunitaria, ya que en esto de compartirlo todo, ella misma había tenido en su casa a otros niños por razones idénticas o parecidas, a niños distintos que hacían sin embargo la misma pregunta: ¿por qué se fue el papá? Así es que cuando una tarde dejó de escuchar sus voces y sus llantos más allá de la puerta de su dormitorio, supuso que estarían atendidos y pudo entonces reconcentrarse en el sufrimiento y la misteriosa voluptuosidad que merodea sus límites, sin pensar en otra cosa que no fuera la misma pregunta mil veces repetida: ¿Por qué a mí? ¿Por qué?

Como una piedra escuchó sin responder las preguntas más simples que le hacían ahora sus vecinas a través de la puerta:

—¿No quieres comer algo?

—¿No te haría bien un caldito?

—¿No quieres darles un beso a los niños?

Y si alguna vez se volvió en la cama para apoyar su mejilla en otro lugar más frío de la almohada, este cambio y las nuevas recriminaciones no aplacaron las lágrimas, más bien aumentaron los motivos del dolor. Lloraba entonces a su padre querido, acordándose de su tierra y de su casa. ¡Y pensar que los abandonó para seguir al hombre que ahora la dejaba! ¡Cómo quisiera estar con ellos! ¡Y qué lejos, qué lejos están!

Segura de que todo sería más soportable si no estuviera sola en esa tierra extraña, tomó la determinación de volver de inmediato a Chile con los niños, sin esperar que Mario reconsiderara su decisión. Así, al cabo de varios días, interminables en lágrimas y recriminaciones, surgió por fin con claridad una acción deseada y de ese deseo el movimiento que la llevó del dormitorio a un largo baño caliente donde recordó los domingos de su infancia, la calidez solar del vapor y del agua, y la ternura —ausente pero cercana en el recuerdo— de las manos de su madre repartiendo una espuma fragante por sus cabellos. Y estimulada por esa caricia reconstruida en la memoria, se sintió menos sola y tuvo fuerzas para salir del departamento, hablar con sus amigas y recuperar a sus hijos.

Sin embargo necesitó más tiempo para volver a su trabajo. Y no porque le resultara desagradable su empleo en la editorial o poco cálida la acogida que le daban sus compañeros de la Glinkastrasse. Lo que pasa es que otra cosa era contarlo allí. Sí, era muy distinto. Allí realmente había que contarlo, entregar antecedentes, referir lo que en el *ghetto* se callaba por sabido. Había que sentarse frente a la taza de café del *Zweites Frühstück,* y esperar que Frau Gerlach, al tanto de la justificación pero no de la causa efectiva de su ausencia —y atenta además a su semblante afligido—, sondeara con algún pretexto las desgracias más o menos a la orden del día, para descartar motivos y cercar la causa, suspendida en una especie de revoloteo sobre esa herida abierta, distante de la intimidad de Lorena, pero claramente ansiosa de su confesión. Por último Lorena lo dijo todo —ella estaba convencida de que eso era todo lo que había ocurrido— con una frase escueta que a ella le sonó más dura que todo lo dicho en los últimos días, porque era la primera vez que lo formulaba así, con lo que a Lorena le parecía eran las palabras precisas: su esposo había conocido a otra mujer y le había pedido la separación para irse a vivir con ella.

—*Ist sie Chilenin?* —preguntó Frau Gerlach.

Entonces Lorena sintió que el sorbo de café atascado en su garganta la ahogaba; no sabía bien si el café o la pregunta, más bien era la respuesta que no se atrevía a dar porque en ese momento intuyó que la solidaridad de sus amigas de Elli-Voigt tenía que ver con la condición común. Para el coro de expatriadas, iniciadas muchas en el abandono y potenciales Medeas todas, la comprensión del suceso era unánime: el esposo de una exiliada había elegido a una hija auténtica del reino. Con Frau Gerlach, claro, era distinto. Es más: supuso que le hizo esta primera pregunta para establecer así desde la partida el margen de intimidad que se podía permitir.

—*Nein, nein* —dijo Lorena cuando sintió su garganta libre del asedio de ese sorbo caliente y amargo. Y necesitó una nueva pausa, más breve y que disimuló buscando su pañuelo en la cartera, para agregar:

—*Sie ist Deutsche.*
—*Mensch! Machst's dir schwierig, du!*

Lorena escuchó la exclamación con la vista fija en el café ya frío, ese otro pozo profundo en el fondo de la taza. No necesitó levantar la vista para saber que eso que sentía sobre su pelo y su frente, en la tensión de sus sienes y en el ardor de sus mejillas, esa telaraña que la envolvía como una caricia húmeda e indeseada, era la larga mirada compasiva de Frau Gerlach. Y esa sensación de estar cubierta por una telaraña viscosa sumaba un malestar distinto al motivo original que justificaba la compasión.

—Ya sé que es difícil —dijo Lorena hablando ahora en su lengua.

Asediada por la misericordia de Frau Gerlach, Lorena activaba las defensas ya probadas. Una de ellas era refugiarse en sus palabras familiares, que operaban en el diálogo una suerte de corte tajante aunque se siguiera hablando de lo mismo. Se levantaban los puentes levadizos y la telaraña desaparecía casi de inmediato. Entonces Lorena levantaba también la vista, se encontraban los ojos de ambas mujeres y la conversación proseguía en un terreno menos piadoso pero más solidario, en el cual renacía el interés de una conversación entre iguales. Y por último Frau Gerlach agradecía lo que a simple vista era una forma de establecer distancias. Pronunciaba sus primeras frases en castellano con alguna inseguridad, pero luego iba entrando en la fluidez de la conversación, recurriendo cada vez menos a las muletillas habituales, y al cabo de algunos minutos le pedía a Lorena que siempre la obligara, por lo menos una hora al día, a practicar el castellano —español, decía ella—, esa lengua que a partir de 1973 empezó a ganar importancia en la vida de los romanistas de Berlín, y en el caso de la Gerlach, una importancia primordial cuando fue contratada como lectora de literatura latinoamericana en la editorial *Volk und Welt*, la vieja casa de la Glinkastrasse, una de esas antigüedades arquitectónicas que, por lindar peligrosamente con el muro, fueron primero evacuadas y luego puestas a disposición de los ministerios o de la Volkspolizei.

Y Lorena recuerda que esa misma mirada —esa telaraña dulzona— la envolvió entera el primer día que se encontraron en esa misma oficina, hace ya algunos años. Y recuerda incluso que la misericordiosa superioridad de Frau Gerlach no sólo se manifestó de la misma manera —y tal como se manifestaría luego tantas veces— sino también en una *Pause* —¡había tantas pausas!— y tomando, como es natural en las pausas, una taza de café que siempre terminaba enfriándose y pareciendo un pozo en el fondo de la taza. Otro pozo, porque Lorena sentía que sus penurias reincidentes en la conversación de la *Pause* eran una nueva caída en la profundidad sin fondo a la que parecía condenada, así como siempre terminaban cayendo su rostro en la telaraña de Frau Gerlach y su mirada en la borra fría y oscura de la taza.

En aquella ocasión —su primer día en la editorial— el gesto compasivo de Frau Gerlach se tradujo en una larga mirada silenciosa cuando Lorena le contó que en Chile era actriz, que aunque muy joven, había tenido ya bastante éxito y, claro, aunque su sueño era haber podido actuar en Alemania, eso parecía ya algo definitivamente imposible. Sí, claro, en Leipzig había recibido una especie de beca de la *Schauspielhaus*, estuvo allí ocho meses y aprendió en ese tiempo lo que nunca antes en toda su vida, una maravilla; todos le dijeron que había desarrollado también su técnica cualquier cantidad... Pero a pesar del curso intensivo de alemán, hablar sin acento desde el escenario era... Bueno... ¡Eso eran palabras mayores!

A Lorena la compasión le resultó insoportable desde el primer encuentro. Por eso trató de animar a su alicaída anfitriona haciéndole ver que si la habían destinado a una editorial, eso le parecía la mejor solución. Le explicó que le gustaba la literatura —había leído probablemente más literatura latinoamericana que todos los lectores del Primer Estado Obrero y Campesino en Suelo Alemán juntos— y por último le dijo que dejar un tiempo el teatro no era lo peor que le había pasado en los últimos años.

—Después de todo lo que hemos vivido, lo que más me importa es mi familia.

Debió ser convincente, pues en los días que siguieron, Frau Gerlach reemplazó su gesto de conmiseración por una mirada afectuosa y de cachetes coloraditos; una mirada que decía a gritos: mira que bien estás aquí en el paraíso; una mirada que ponía en evidencia una satisfacción profunda. Ahí estaba, como una realidad indesmentible, la demostración de la superioridad definitiva de un sistema que rara vez se permitía la inmodestia de hacer manifiestas sus virtudes. Ahí estaba la prueba concluyente para creer. Para creer de una manera distinta, con más seguridad y también con más entusiasmo, en aquello en lo que creyó siempre con una fe más bien temerosa y desconfiada. En aquello que creyó porque así le enseñaron a creer. Esas ideas tan redondas y perfectas como el empaste rojo de los manuales, esos panoramas de la historia universal en que todas las categorías funcionaban como la maquinaria de un reloj, abarcando todos los siglos del hombre y a todos los hombres de la historia, sin que eso tuviera una sola célula de verdad en un ser de carne y hueso... Pues bien, ¡eso cambiaba! ¡ése era el milagro! Por eso había hecho su aparición Santa Lorena Santísima, sin aureola, pero fulgiendo entera desde su dolor y sus miserias para iluminar las virtudes del sistema que tan generosamente la acogía. Y para que la presencia beatífica de Santa Lorena fuese bien aprovechada, Frau Gerlach insistía en preguntas ya sabidas, especialmente a la hora del café, en presencia de otros necesitados de fe y confirmación.

—¿Y tus hijos, hubieran podido estudiar en Chile?
—Sí.
—Pero ¿también gratis, como aquí?
—Antes sí. También gratis.
—Gracias al socialismo, claro. Pero ustedes tuvieron sólo tres años de socialismo. Antes hubieras tenido que pagar, me imagino...
—Nosotros no tuvimos tres años de socialismo, Carola. No tuvimos un solo día de socialismo, si entiendes por socialismo lo que aprendiste aquí en la *Parteischule*. Y antes de Allende también mis hijos hubiesen podido estudiar. Y gratis, como tú dices.

Carola Gerlach sorbía su café sin importarle que el vaho empañara sus gruesos lentes. Se quedaba inmóvil, mirando su propio pozo negro en el fondo de su taza, pensando. Después de un rato en el que trataba de hacer congruentes el catecismo de la *Parteischule* con las noticias de ese paraíso tan extraño del que habían expulsado a Santa Lorena, lanzaba un suspiro profundo, levantaba ella ahora su puente levadizo y decía como hablando consigo misma:

—*Ich verstehe gar nichts...*

«Exacto. No entiendes absolutamente nada», hubiese querido decir Lorena. Pero guardaba silencio, cambiaba de tema, ya no tenía sentido hacer más esfuerzos para que Carola entendiera. Los únicos momentos de comprensión y acercamiento los sintió las escasas veces en que sus referencias a Chile coincidían con el capítulo IV del *Manual de la Escuela del Partido para Funcionarios de las Empresas del Estado*, dedicado a los países del llamado Tercer Mundo, y en especial el apartado XIV de ese capítulo, un estudio particularizado del caso chileno, algo más de tres páginas.

Afortunadamente Lorena no tuvo que soportar mucho tiempo estas dificultades en la comunicación con Frau Gerlach.

Pocos meses después de su ingreso a *Volk und Welt* —la editorial del Estado dedicada a las literaturas en lenguas extranjeras— descubrió que el trabajo que hacía cada día en su escritorio atiborrado con rumas de libros se podía realizar con mayor comodidad e incluso mayor concentración en su departamento de la Elli-Voigt-Strasse.

Lo que finalmente impuso la cordura fue la llegada de un joven uruguayo, poeta en ciernes recién egresado de la Universidad Karl Marx de Leipzig, llamado de verdad Humboldt Carrasco, quien para hacer su práctica en una empresa del Estado necesitaba dar pruebas de su presencia efectiva en el lugar de trabajo. Se intentó con relativo éxito colocar otro escritorio, en realidad un pupitre pequeñísimo, junto a los de las mujeres, pero al cabo de una semana Frau Gerlach —a quien la presencia constante del joven uruguayo ponía de un extraño humor, entre excitada y compungida— les comunicó que la Dirección de la Editorial había resuelto que Lorena trabajaría de preferencia en su casa, presentándose en la oficina con sus reseñas sólo los lunes por la mañana.

A partir de esa fecha Lorena asistió a la editorial las cuatro horas semanales que la disposición requería. El poeta uruguayo había heredado su escritorio y ella usaba el pupitre que habían arrinconado junto al anaquel que vomitaba libros y carpetas por todas sus desvencijadas tablerías. Entregaba los informes elaborados en la semana —entre cuatro y seis páginas sobre cada libro, nunca más de dos libros— y sacaban la vuelta con la conciencia muy tranquila pues la presencia de una tercera persona en la pequeña oficina hacía imposible un trabajo regular. La *Pause* para el *Zweites Frühstück* se prolongaba entonces hasta el mediodía, aunque casi siempre conversando sobre los libros que habían reseñado durante la semana, lo que le permitía a Frau Gerlach complementar los informes al director con observaciones que indicaban un amplio conocimiento de la literatura latinoamericana. Al mediodía Lorena recibía de parte de Carola el encargo de las dos o tres nuevas lecturas y después de anotar en un cuaderno de registro los libros que retiraba, se iba de la editorial antes del almuerzo. Prefería comer algo rápido en el Espresso de la Friedrichstrasse, entre estudiantes de teatro, actores, músicos de la Staatsoper, gente que nunca veía en otros sitios. Había también jóvenes con mechas coloreadas y casacas de cuero negro atravesadas por amenazantes cadenas, que leían pacíficamente la sección literaria del *Neues Deutschland*. En fin, gente sin el acartonamiento de los funcionarios que merendaban en el casino de la editorial o en los restaurantes de la Unter den Linden.

Según lo establecido desde que Georg Wilhelm Friedrich Hegel dictó sus *Lecciones Sobre la Historia de la Filosofía*, hacia el año 1825, la última hora de la mañana terminaba a las 12.50. Por esta inevitable razón, Mario —fortuito ocupante del aula en que enseñó el filósofo— daba fin a su lección, también la última de la mañana, exactamente a las 12.50. Tardaba siete minutos en entregar la carpeta del curso y conversar lo mínimo y acostumbrado con sus colegas en la secretaría de la Sektion Romanistik; corría entonces hacia la avenida, atravesaba la Unter den Linden justo cuando el bus 57 llegaba al paradero de la Staatsoper —a las 12.59, en maniática concordancia con lo señalado en el horario del paradero—, seguía corriendo hasta la Friedrichstrasse, y corriendo llegaba puntualmente a las 13.00 horas a las puertas del Espresso. Mario sabía que Lorena lo estaba esperando desde hacía exactamente 13 minutos —el almuerzo en la cantina de la editorial se servía a las 12.45, ese almuerzo del que ella huía— y por eso casi siempre había logrado una mesa antes de que él llegara, y sobre la mesa había puesto su bolso. Y ese rincón del café, la sonrisa de Lorena y los libros que lo esperaban dentro del bolso de su mujer eran para Mario también la puntual felicidad de los lunes.

—¿Llegó algo bueno? —preguntaba después de besarla.

Lorena entonces sacaba los libros de su cartera demorando el movimiento para acentuar la sorpresa y los iba colocando junto al plato con pepinillos. Sabía que para Mario el atractivo de esas citas no eran la sopa de goulach y los canapés de pepinillo, especialidades del café muy poco apetecibles, sino los libros que ella había retirado de la editorial esa semana. Y como a menudo le llevaba en su bolso algo realmente interesante, el entusiasmo que veía brillar en los ojos de Mario era también para Lorena la renovada alegría de los lunes.

En esos días nada hacía presagiar la catástrofe.

DOCE AÑOS VIVIÓ Lorena en Berlín; el último sola, sin Mario.

A esa altura las relaciones al interior de nuestro *ghetto* eran filosas como la arista de un cuchillo. Para unos el acercamiento había alcanzado la calidez de la fraternidad. Para otros, en cambio, no sólo crecía el distanciamiento sino también la abierta antipatía. Y como se es más obsesivo en el odio que en los afectos, cundían las aversiones, y la cercanía ya familiar de los amigos era el terreno en el cual las antipatías hacia los rechazados se justificaban, se alimentaban, crecían. Al final, lo que se desconocía en Elli-Voigt-Strasse eran la neutralidad y la tolerancia. Habíamos creado otro exilio dentro del exilio.

Entre los que establecieron una suerte de familiaridad definitiva eran comunes las vacaciones compartidas, los secretos a voces y el intercambio de la correspondencia que llegaba del terruño prohibido. Durante varios días una carta de los padres de Lorena estuvo sobre el velador de su amiga Cecilia, y el cassette del hermano de Cecilia con noticiarios de la última protesta se fue quedando en el fondo de la cartera de Lucía. A nadie sorprendió entonces que una mañana Lorena colocara el telegrama de su amiga Patricia en el diario mural del edificio, junto a los ascensores de la planta baja, como una forma de comunicar a todos la buena nueva tan esperada.

Esa mañana, cuando llevaba a los niños a la escuela —esa mañana es una forma de decir, estábamos en diciembre y era noche todavía—, Lorena vio el círculo rojo que anunciaba un telegrama pegado al metal de su casilla. Tuvo entonces la instantánea certeza de que ese pequeño círculo auguraba por fin un cambio en el curso de su vida. Al abrir el telegrama dos palabras asaltaron su atención: México y Patricia. Parecían subrayadas con un rojo tan intenso como el círculo que las anunciaba.

La noticia, que venía a cambiar su vida entera, se relacionaba también con «la cuestión de las visas» —en la acartonada jerga de la Oficina— o con «esa mierda de visa» como decía Lorena, refiriéndose a la visa mexicana, que al serle negada durante años, negaba lo más personal de ella misma, impidiéndole recogerse como una ola en su propio sueño, subir de nuevo a un escenario y hacer realidad lo que, viviendo en Berlín, más que un sueño parecía una pesadilla recurrente: veía el escenario desde los bastidores, lista para entrar en escena; sentía la inminencia de ese instante como un salto al vacío, como un extraño vértigo, para caer luego en la calidez de los focos y de las palabras. Sí. Las palabras. Lorena entraba a escena y en el sueño los actores se tomaban de las manos y cantaban el texto de Lorca:

> *Rosita por verte*
> *la punta del pie*
> *si a mí me dejaran*
> *veríamos a ver.*

Y estas simples palabras sonaban como si nunca hubiesen existido separadas de ese canto, y el canto era algo que nunca se había separado de la vida, y la vida y el canto eran ella misma y sus palabras. Esas palabras que podía pronunciar como si tuviera el sabor de una fruta en la boca.

Las noticias de la amiga eran aún mejores de lo que hacía tanto tiempo esperaba. Resuelta la cuestión de las visas para ella y los niños. Resuelto su ingreso al Teatro El Galpón, la compañía uruguaya que ahora le tendía una mano. Resuelto el tema pasajes con ayuda de un organismo internacional para refugiados. Se anunciaba próxima carta con los detalles.

Corrió hasta la escuela empujando el trineo de sus hijos sobre la primera nieve de ese invierno. Recién empezaba diciembre. Si todo salía conforme a lo anunciado, a lo mejor en un par de semanas tendría su visa de salida y los pasajes. ¿Qué organismo internacional sería ese? ¿ACNUR? ¿FASIC? ¿WUS? Ahora esas palabras tan escuchadas en las sobremesas del *ghetto* tenían una resonancia distinta para ella porque tenían que ver con ella, había tres pasajes para ella en el escritorio de alguna oficina de alguna ciudad del mundo. Estarían tal vez en un listado su nombre y el de sus dos hijos y entonces estaría volando a México antes de fin de año, el año nuevo sería nuevo de verdad y sin nieve, sería el sueño realizado y sin Oficina, sería la vida nueva...y sin Mario.

Va llegando al edificio cuadrado-blanco-embanderado de la escuela, falta el último tramo, cruzar la amplia explanada de la plaza de juegos barrida por un viento cortante y la humedad helada pegándose en su cara, el revoloteo que parece cantar esa mañana con ella... Pero el silbido del ventarrón le parece de pronto el silbido peligroso de una culebra. ¿Y si Mario no quiere que se vaya con los niños? ¿Qué dice la ley? ¿Qué dirá la Oficina? Ella misma había hecho todo lo que estaba a su alcance para retardar al máximo una decisión sobre el divorcio. Estaba ganando tiempo, se decía abrigando una desmedida esperanza. ¿Y si vuelve? ¿Y si algún día despertamos todos de este mal sueño? ¿Había ganado tiempo o lo había perdido?

Le entregó los niños a la *Tante* Gudrun y, sin poder disimular la excitación, metió desordenadamente sus mudas en los casilleros. Le faltaba el aire. Quería estar de nuevo en la calle, quería estar de nuevo sola. ¿Sola? Sintió el tremendo deseo de hacer algo preciso y apropiado para ese momento, pero no sabía qué era eso. No quería volver al departamento. Quería hablar con alguien, sí, eso sería mejor, pero ¿con quién? ¡No, no! Era peligroso. Ahora no podía cometer un error.

Un sobresalto la empujó a acelerar aún más sus pasos. Ahora sí sabía qué debía hacer. Lo primero era evitar que la noticia se transformara en un patrimonio común del *ghetto*. Si quería irse con los niños era muy importante pensar las cosas con calma y evitar que sus planes fueran conocidos.

De nuevo atraviesa la explanada que separa a la escuela de los bloques de edificios que lindan con la Leninallee. Ahora empieza a amanecer. La nieve que cubre el pavimento va despojándose del reflejo amarillento de las luces y se va tornando celeste. Es el reverbero de un cielo que se anuncia despejado desde el alba y que lanza su color sobre la blancura y se sumerge en el destello que amarillea en los charcos. En ellos han chapoteado varias veces las botas de Lorena, que corren en busca de la casa sin tratar de evitarlos. Hay que llegar pronto. Ahora entiende que es una cuestión de vida o muerte. Sí, lo es. Porque le bastó la lectura del telegrama para separar, con un solo corte de cuchillo, lo que merece el nombre de vida y lo que en nada se distingue de ir muriendo de a poco, de estar ya muerta en medio de tanto bloque de cemento, de tantos miles de pequeñas ventanas y balcones que nada tienen que ver con ella. Va subiendo las gradas de su edificio. Ése sí tiene que ver. Allí vivió doce años y espera que no resten más de dos semanas. Sí, la vida está allá. En las palabras y el canto de su sueño; en el empeño conmovedor de su amiga de siempre; en el sol que tantas veces le ha descrito en sus cartas: esa calidez en que los hombres han sentido siempre su más auténtica residencia. Se cruza con Frau Schulze, que viene envuelta en sus cueros sintéticos y en su gorra de piel de conejo, se saludan con el gesto de todas las mañanas y ya está junto a los ascensores, sacando el telegrama de la plancha de corcho, ya está subiendo, ya está sentada en su cama, con el teléfono a mano, buscando una solución, buscando un nombre y una cifra en el *Telefonbuch*, preparando ese nuevo nacimiento.

LORENA MIRA EL REVUELO de los transeúntes de la Friedrichstrasse desde su mesa del Espresso.

Siente que después de los ajetreos de esas dos semanas necesita un respiro. Sobre la mesita, junto al café y sus cigarrillos, está el télex de la agencia de viajes con la orden de los tres pasajes que debe retirar en Interflug. Esa mañana ha estado en Interflug y han confirmado la existencia de esos tres pasajes a su nombre y el de sus hijos. Faltan sólo las visas de salida. Por eso, tan pronto recibió esa información que ya tenía —todos conocemos de antemano las condiciones para salir— corrió al *Amt für Ausländerangelegenheiten* (algo así como Oficina de la Volkspolizei Para Cuestiones Propias de Extranjeros) sabiendo también de antemano que le faltaba realizar un trámite previo, pero intentando ignorarlo, como si ese solo hecho pudiera precipitar el error o la involuntaria excepción. Parece que así lo hacemos todos y a todos nos ocurre como a Lorena. Entramos en el revuelo del pájaro que quiere alcanzar el cielo, pero nos estrellamos una y otra vez contra los vidrios; y así se estuvo estrellando Lorena esa mañana, de Interflug a la Volkspolizei y de la Volkspolizei al Ministerio del Interior y del Ministerio del Interior a Chile Antifascista y de Chile Antifascista a la Oficina.

Sí. Al final todos los vuelos imaginarios terminaban golpeando sus alas en la misma vidriera: la Oficina. Sin la autorización de la Oficina no hay autorización del Ministerio; sin el visto bueno del Ministerio no hay luz verde en la Volkspolizei y sin esta luz verde la esperada visa de salida de la RDA —que también es de un color verdoso— no recibe nunca el sello de agua y el notorio timbre del Departamento de Visados. El empeño que siempre terminábamos haciendo en la antesala de la Oficina, había que *iniciarlo* en la Oficina. La Oficina era origen y principio, juez, autoridad suprema, árbitro en última instancia y requisito indispensable para cualquier posibilidad de ser. Todos teníamos la impresión de pertenecer a un mundo en el cual la Oficina era el fundamento, la sustancia, aquello en lo cual se sostenía cualquier manifestación de la vida y cualquier atributo de ésta. La Oficina es el Ser —sostenían con razón los residentes que habían obtenido ya su doctorado en Filosofía— y en las sobremesas más sofisticadas la polémica se empantanaba a veces en dilucidar si la afirmación inversa —el Ser es la Oficina— era contradictoria con la primera o simplemente consecuencial e incluso complementaria. ¿Qué piensas tú, Lorena?

Lorena toma su café en el Espresso mirando ahora el rayo de sol que cae sobre el telegrama. Se anima; hay que alejar el miedo. Lo que parecía más difícil de lograr es algo que ya tiene en sus manos, algo que no le pueden quitar: la visa de México, el contrato con El Galpón y los tres pasajes anunciados en el télex que recibió recién esa mañana, antes de que su propio revoloteo terminara en el subterráneo del Ministerio.

Sí. Había decidido que esta vez la estación final del vía crucis no sería la Oficina. Su decisión estaba tomada: se establecería en México, recuperaría un entorno con su lengua y volvería al teatro. Se iría con sus hijos. Lo que resolviera Mario no era algo en lo cual ella pudiera tener injerencia. Además, haría todo esto porque correspondía a su propia y personal decisión y porque al hacerlo no coartaba la libertad de nadie. Por eso la gestión final la haría en el lugar que este Estado establece para cualquier ciudadano, y ese lugar era el

Ministerio del Interior. De pronto comprendió que al aceptar la existencia de la Oficina se aceptaba por consecuencia directa toda su secuela, esa condición de persona de segunda clase que debe someterse a dos normas, a dos leyes y a dos autoridades. Se aceptaba también el *ghetto* y se abría la puerta para que con el tiempo se constituyera un doble estatus, una nueva relación de poder dentro de otro sistema de poder y finalmente un exilio dentro de otro exilio. Pero ¿por qué recién ahora lo veía todo tan claro? ¿Por qué no reparó en esto cuando —hace ya tantos años— aceptó sin más que se creara la Oficina y que todas sus decisiones, incluidas las más personales, debían ser discutidas allí? En buenas cuentas la Oficina no era el principio y el fin de todas las cosas. En realidad no era el fin ni el principio de nada. El verdadero principio de la desgracia fue haber aceptado la Oficina. El primer error fatal que cometimos fue haber creado la Oficina, piensa Lorena, apretando con fuerza el sobre amarillo que contiene el telegrama de su amiga, el contrato con El Galpón, el anuncio de la aceptación de su visa mexicana y el cable del World University Service con la confirmación de los tres pasajes. Acaricia el sobre y se siente segura. ¿Segura? Se siente más bien excitada, contenta, exaltada. ¿Se siente libre? Sí, tal vez sea eso. Pero ya Lorena no sabe. ¿Cómo se siente una cuando se siente libre? ¿Eso que siente esta tarde en el Espresso? ¿Esa suerte de simpatía e incluso de cariño que despiertan en ella esas personas que ni siquiera la miran, que están en lo suyo, que hablan a gritos o en susurros, que discuten o se ríen? Sí. Ese mundo pequeño que frecuentó durante tantos años sin conocer allí a nadie, le parece hoy más propio, más cálido, más personal. Y probablemente eso tenga que ver con el sentirse libre, piensa mirando a toda esa gente que ni siquiera repara en ella.

4

TRES DÍAS DESPUÉS, Lorena recibió un segundo telegrama. En la víspera, luego de acostar a los niños, se sentó a la mesa del comedor, abrió una botella de vino dulce y la cajetilla de cigarrillos, abrió el bloc de papel fino que había comprado esa tarde en el *Kaufhalle* y abrió también una compuerta cerrada mucho tiempo en ella misma para escribir una carta al Ministro del Interior —y que enviaría también al Secretario General del Partido Socialista Unificado Alemán y al Encargado de la Oficina— en la que solicitaba las visas de salida para poder trasladarse a México y manifestaba, en términos muy rotundos, su negativa a aceptar que este asunto —que en la carta calificó de «estrictamente personal, tan personal como mi relación con mi esposo y con mis hijos, tan personal como decidir qué libros deseo leer y qué vino prefiero tomar»— fuese discutido siquiera por los funcionarios de la Oficina.

La redacción de la carta y el vino blanco —se había bebido buena parte de la botella— le llevaron a una extraña excitación que hacía mucho no sentía. Leyó el borrador varias veces, paseándose por el departamento como un animal enjaulado. No quería estar ahí. O tal vez no quería estar sola. En realidad lo que quería era estar ya en México, abrazar mucho rato a Patricia, empezar los ensayos en El Galpón. Había fumado demasiado; se alejó de la mesa y de los cigarrillos. Al detenerse junto a la ventana vio la luz encendida en el dormitorio de Cecilia y decidió llamarla para confiarle la noticia, leerle la carta y terminar juntas el resto del vino.

Así es que una hora después, luego de releer la carta, Lorena y Cecilia, estimuladas por la segunda botella de vino dulce, se entregaron a la reflexión, a las imaginerías y a las carcajadas. Los comentarios fueron desde el natural interés que despertaría un asunto tan desacostumbrado, hasta una reflexión más reposada que hacía albergar dudas sobre el éxito del empeño. Y luego las carcajadas que arrancaba el solo imaginar la cara de don Carlos leyendo la misiva, o el rostro descompuesto del secretario del Ministro al enterarse de que *eine chilenische Patriotin* consideraba que abandonar la RDA era una decisión tan personal como elegir un vino. Las carcajadas aumentaban cuando veían al secretario llevando la carta al funcionario de la Stasi, tomada sólo con el pulgar y el índice, separada del cuerpo lo más posible y mirándola como si llevara colgando de sus dedos una rana, un lagarto o una rata de alcantarilla.

Y como hay sentimientos que se contagian con facilidad, de las risotadas pasaron a un resuello más tranquilo y algo más tristón, a temer la posibilidad de que todo esto resultara más complicado de lo que parecía, y finalmente a ese confuso sentimiento de exaltación y tristeza, de satisfacción plena y de peligrosa angustia que había sentido Lorena antes de llamar a Cecilia y que, una vez juntas y como es comprensible, terminaron sintiendo ambas.

Ya no tenían cigarrillos y el vino se estaba terminando. Cecilia sugirió abrigarse bien y salir a comprar algo que les permitiera continuar esa pequeña fiesta en que se había transformado la lectura de la carta. Un rato después, en el departamento de Cecilia —que también vivía sola, pero con un solo niño— surgió la idea de hacer algo más entretenido. Mientras se ponía un abrigo de piel que había comprado en Moscú y una *Tchapka* muy blanca que hacía brillar aún más sus espléndidos ojos negros, Cecilia decidió que debían ir a bailar.

—Creo que tienes bastantes razones para celebrar, ¿no te parece?

Sí, era verdad. Tenía razones para celebrar y sin embargo desde el instante en que recibió el telegrama de Patricia hasta esta noche tan suelta y divertida con Cecilia, todo había sido un ir y venir azaroso, ocupada de autorizaciones y solicitudes, pidiendo papeles y certificados, yendo de la editorial a la Volkspolizei y de la policía al Ministerio y del Ministerio de nuevo a la editorial porque en la autorización faltaba cierto dato, y además no tenía los certificados de salud de la escuela y sus propios exámenes de la *Charité*; todo esto entre las carreras para llevar y traer a los niños de la escuela, entregar las reseñas en Glinkastrasse, ocuparse de la casa y recién ahora, ya cerca de la medianoche, a tres días de la buena nueva, sentir que esa pura excitación, ese nerviosismo atravesado de temores —hay presagios oscuros en su horizonte, pero de eso no habla con Cecilia— debe finalmente asentarse, semejar la calma si no la paz, transformarse por fin en alegría y festejo.

Cecilia sabía por experiencia que los hoteles de Berlín, *Hauptstadt der DDR*, cuentan con salones de baile que cobran intensa y bulliciosa vida a partir de la medianoche cuando llegan, luego de pasar la frontera, los trabajadores extranjeros que viven en Berlín Occidental. Favorecidos por el mercado negro del marco, pueden cenar abundantemente, invitar a su eventual compañera de baile con varias botellas de champagne y volver a la otra parte de la ciudad al amanecer habiendo desembolsado lo mismo que en el lado occidental alcanzaría apenas para una pizza y una cerveza, algo así como diez dólares. Luego de considerar varias alternativas decidieron ir al Tanzbar del Hotel Unter den Linden. Cecilia había estado allí hacía un par de meses, después de la clausura de un congreso de periodistas.

Llamaron un radio taxi y se fueron secreteando todo el trayecto, muy juntas, hundidas en la muelle tapicería del asiento trasero. A Lorena le gusta sentir el perfume de Cecilia, los labios de Cecilia rozándole la mejilla, su aliento con el aroma del vino dulce. ¿Y estás segura que van mujeres solas?, pregunta. Nosotras no vamos solas; y es ahora la broma, el perfume y la risa de Cecilia. Sin hombres, quiero decir, y Lorena le habla ahora en la oreja, no sea que el chófer escuche, y Cecilia ríe aún más, claro que van mujeres sin hombres. Pero yo no digo a comer, digo a bailar. Y yo no digo a comer, digo a bailar, le contesta Cecilia y para acallar las risas tienen que taparse la boca con las manos enguantadas. El foco del taxi alumbra el revuelo liviano de la nieve que al caer cubre la huella dejada por los otros autos en la amplia Karl-Marx-Allee, tan blanca esa noche como la *Tchapka* de Cecilia; a través del espejo retrovisor ven la sonrisa del taxista y sus ojos que escudriñan a estas mujeres que andan buscando juerga, si quieren un consejo, para bailar es mejor el Café Moscú; es superior al Unter den Linden, habla con acento de entendido. ¿Y por qué es mejor? Bueno, tiene mejor orquesta, es menos formal y lo otro, usted sabe. ¿Qué es lo otro?, pregunta Cecilia, y ya no hay risas. Bueno, los chicos de la Stasi. En el Café Moscú hay menos control. Es que hay menos extranjeros, argumenta el taxista volviendo su cabeza calva hacia las amigas. Me alegro de saberlo, pero nosotras queremos ir al Unter den Linden. Nos están esperando.

    El taxi atraviesa Alexanderplatz, sigue por Karl-Liebknecht-Strasse, por Unter den Linden, se detiene en la Friedrichstrasse. Lorena descubre que está en la misma esquina por la que ha pasado miles de veces en el trayecto a la editorial y sin embargo jamás había escuchado la música que inunda ahora la calle. Mira hacia el segundo piso porque desde allí viene el ritmo cadencioso de la orquesta, pero no hay mucho que ver pues los ventanales, protegidos por cortinas oscuras, dejan ver con dificultad un juego de luces y sombras que apenas se transparenta. Nunca imaginé que el aburrido Unter den Linden tuviera por las noches su bacanal propia, le comenta a Cecilia en los baños mientras sacan de sus bolsas de plástico los zapatos de fantasía, de taco alto y plateados los de Lorena; con un brillo dorado y sin talón los de Cecilia, y guardan en las bolsas las botas embarradas, se contemplan frente al espejo de cuerpo entero, se acicalan mirando en la pequeña luna de la polvera los labios húmedos y la roja ronda del rouge que los viste también para la fiesta. Entregan las bolsas y los abrigos en el guardarropía, guardan las fichas de metal en la cartera y luego de comprar las entradas se disponen a abordar la oscuridad que se asoma por entre los pesados cortinales del vestíbulo, ese espacio oscuro en el que flotan el humo y la música y en que parecieran flotar también los desplazamientos rápidos y experimentados de los camareros.

Les pareció que una de las mesas libres estaba estupendamente ubicada. Sin quedar en un rincón muy apartado del salón, tampoco recibía la iluminación que alumbraba la pista. Amparadas en esa penumbra discreta siguieron secreteándose, comentaron que el camarero era estupendo aunque lo encontraron excesivamente distante, solemne como su uniforme de aire funerario. Pidieron una botella de *Grauer Mönch*, un vino blanco húngaro más bien seco que les sacara el resabio dulzón del otro y luego pasearon una mirada crítica pero expectante por la concurrencia.

A esa hora —pasada ya la una de la mañana— era notorio que el alcohol era el estímulo que hacía estallar carcajadas en uno y otro lugar del recinto y en ese momento, en una de las pausas de la orquesta, todo parecía flotar en la expectativa. Estupendas mujeres iban de las mesas hacia el pesado cortinaje que separaba los baños de la sala de baile, los hombres aprovechaban de aproximarse a la barra en busca de la compañía que no lograron para la ronda anterior, los camareros acentuaban sus desplazamientos rápidos y profesionales, erguidos y ceremoniosos como si la pausa musical fuera un momento culminante de la ceremonia.

Y en verdad lo era. Cecilia y Lorena no se han acercado al Tanzbar movidas por una incontenible y repentina pasión por el baile. Hay algo más interesante, más misterioso y probablemente más oscuro en esa expectativa que se manifiesta en las risitas y los secreteos, el nerviosismo que humedece la piel y un agradable temor que les hace bajar la vista cuando un hombre que se dirige rotundo hacia la barra se detiene al pasar frente a ellas, las saluda sonriendo, las invita a un trago, entonces ellas no, y los secreteos, no le vayas a decir que sí, tonta, me muero, y el hombre que interpreta mal la confidencia explica que no está solo, que su amigo ya está en el bar y los espera.

Sí. Hay algo que se busca y se rechaza, hay algo que se encendió ya en ellas, aunque no quieran aceptarlo. Porque luego de la negativa se quedan mirando hacia la barra, hay tanta gente apretujada frente a la luz que parece salir de las botellas, hay que buscar con la mirada. ¿Y el otro cómo es? ¿Lo viste? Sí, tonta, parece que es re bueno; mira, ahora nos está mirando.

—No lo mires.
—No seas ridícula.
—Imagínate lo que van a pensar.
—Te está mirando a ti.
—Deja, te digo.
—Te está mirando, Lorena.
—¿Y cómo te das cuenta?
—Porque lo estoy viendo.
—A mí no me interesa.
—No seas tonta, es estupendo. Vienen para acá.
—Yo me voy, Cecilia.
—Harías el ridículo. Después que los saludemos podemos decirles que nos vamos. No seas huasa.
—Pero verdad que nos vamos.
—Verdad, ahora sonríeles, son simpáticos.
—*Schönen guten Abend.*
—*Guten Abend.*
—*Wollen wir zusammen etwas trinken?*
—*Nein, danke. Es ist zu spät. Wir gehen schon.*

Pero ya están sentados a la mesa. Ellas más juntas, ellos bloqueando los flancos, sonrientes, amables, simpáticos.

El era *Baumaschineningenieur* —ingeniero de máquinas para la construcción— y se llamaba Klaus. Vivía en Karl-Marx-Stadt y estaba de paso en Berlín, haciendo un cursillo en la Escuela del Partido. Sin embargo era muy distinto a Frau Gerlach. Quería saber cómo habían ocurrido las cosas realmente. Quería saber qué errores se habían cometido y si la situación chilena antes del golpe era comparable a la de la RDA. ¿Podían salir los chilenos? ¿Había la posibilidad de hacer crítica pública? ¿Se sentía bien aquí? ¿Notaba una dosis de racismo todavía?

Sí, era distinto. Y era tibia la mano que calentaba su espalda, y era cariñoso el aliento en su oreja cuando callaba para concentrarse en los giros del baile.

Cuando le contó que era separada y que tenía dos hijos, Klaus le preguntó el nombre de los niños y al mencionarle a Pablo, exclamó algo con entusiasmo y luego recitó en alemán un texto de Neruda.

—No, no sé mucho de Neruda. Es un verso que leí alguna vez y me pareció tan fantástico que lo pegué junto al calendario de mi escritorio. Pero lo que me está pasando esta noche es más fantástico todavía —y preguntó en forma divertida, pero sinceramente fascinado—: *Bist du wirklich Chilenin?*

—*Ja, wirklich.*

Entonces la separó con cierta brusquedad para mirarla y de pronto dejó de bailar. La tomó muy fuerte de la mano y la llevó a la mesa donde conversaban Cecilia y su amigo.

—Esto hay que celebrarlo —dijo, e hizo señas a los camareros para encargar otra botella de champagne—. Ésta es una noche especial, Matías. ¡Son chilenas!

Y cuando estaban brindando sacó su billetera, y de la billetera un talonario que parecía una chequera y lo puso sobre la mesa.

—*Mein Solidaritätsbeitrag.*

Y mostró cómo pagaba cada mes una cuota para la solidaridad con Chile. Lorena recordó a Frau Gerlach diciéndole que esa solidaridad presionada con descuentos por planilla creaba resistencia. Pero en este hombre no veía resistencia alguna, sino una ingenua forma de enorgullecerse por los diez marcos que otorgaba cada mes al *Solidaritätskonto.*

De nuevo ese entusiasmo descuidado que acercaba tanto la bondad a la grosería, pero ahora Lorena no se sentía molesta sino más bien apenada, y era como si una tristeza muy honda —o tal vez una suerte de compasión— se mezclara con un sentimiento de auténtica gratitud. Más allá de esa divertida chequera que mostraba con el orgullo de un banquero —de uno muy especial que se alegraba de empobrecerse—, había sinceridad en la celebración: creía que era una noche especial porque durante años había hecho su aporte y ésta era la primera vez que hablaba con una chilena.

—*Auf eure Freiheit*—dijo solemne acercando su copa para hacerla sonar contra las de Lorena y Cecilia.

—Por nuestra libertad —repitió Cecilia devolviendo el choque de las copas.

Seguro que no ha tenido que hacer gestiones en los ministerios, pensó Lorena. Pero luego, mientras los otros conversaban y ella iba sucumbiendo a la cercanía interesada y amistosa de Klaus, lo imaginó haciendo otras gestiones, para adaptarse a —o modificar— lo que habían programado para su vida. Imaginó que la alegría de esa noche era el producto de su viaje a Berlín, que la vida en Karl-Marx-Stadt era mucho más limitada todavía y que ese hombre gentil y generoso no tenía otra posibilidad de conocer el mundo que no fueran esos viajes a Berlín o a Cottbus, y que tampoco tenía la posibilidad de conocer más de él mismo —no ya del mundo—porque estaba feliz con esa vida y a pesar de eso —tal vez precisamente por eso— volcaba su calidez y su generosidad en estas mujeres solas que habían perdido su libertad allá tan lejos.

—Creo que puedo confiar en ti —le dijo después en el centro de la pista. Y Lorena lo sintió como una confesión que nacía de su ser más auténtico y también de ese abrazo en el que iban volando más allá de la música.

—Puedes confiar —le dijo Lorena al oído.

Entonces escuchó la confesión, que sonó grave, contenida, venciendo apenas la pausa:

—Para nosotros tampoco es fácil.

—Lo sé.

—Es el mundo que nos tocó vivir. Parece que nada es perfecto.

—Sí.

—Pero nunca fue tan imperfecto como ahora. Allá, aquí, en todas partes.

Y después de un momento en el que casi se entregaron al baile y a la cercanía ya caliente de los cuerpos, le dijo muy suavemente al oído.

—Mi sentimiento es sincero. Si tú puedes volver a Chile, a lo mejor algún día yo puedo salir de aquí. No para irme. Salir simplemente. Tal vez ni siquiera salir. Sólo saber que puedo salir.

Hacía rato había terminado la música y eran los únicos que seguían en el centro de la pista, abrazados, diciéndose cosas que sonaban tan verdaderas si se escuchaban como calladitas y en la misma oreja. Era otra música, un suave sonido envuelto en su aliento cercano. Y también era cercano y verdadero ese cuerpo que la entibiaba sin premuras, que se pegaba firmemente al suyo como una caricia que Lorena podía aceptar y en la que hubiese querido seguir descansando mucho tiempo.

Como ya no bailaban, Lorena sintió de otra manera la cercanía de los cuerpos, ese pegarse uno al otro con ternura y con deseo, y pensó que jamás hubiese imaginado que esto también fuese tan natural y tan rápido. Le dio un beso sorpresivo y el hombre le tomó la mano para acompañarla de nuevo a la mesa.

Allí la invitó a beber otra copa y le preguntó si sus hijos conocían el Planetarium.

—No, creo que no. No sé si en la escuela...

Y cuando empezó a explicarle las visiones fantásticas del Planetario, Lorena vio en los ojos de Klaus la mirada ansiosa y asombrada de un niño que no había muerto a pesar de todo, mientras el fuego que salía de esos ojos al hablarle de estrellas y planetas crepitaba junto al movimiento de sus manos que se agitaban para describir el milagro, para contarlo, para compartirlo, para encender sus brasas, para avivar sus deseos apagados.

Él lo quería visitar antes de volver a Karl-Marx-Stadt y la invitaba. Si venía con los niños podían dar después un paseo en la Weisse Flotte. Si no le gustaba el museo, iban a disfrutar de la travesía por el río.

Lorena sabía que eso no podía ser.

—Ya es muy tarde —le dijo a Cecilia cuando ésta desatendió un segundo la conversación con el amigo.

—Espera un poco —replicó Cecilia con un gesto firme.

—Los niños están solos.

Pero Cecilia ni la miró. Hablaban de la situación en Sudáfrica, donde había estado Cecilia haciendo unos reportajes para Radio Berlín International, y como su acompañante estaba fascinado no había esperanza de irse. Y en realidad como ella tampoco quería irse, Sudáfrica era una buena justificación.

Había ya en la mesa otra botella de champagne apenas iniciada y una de vino casi por terminar. Avanzaron del champagne al buen vino y de los dedos enlazados al beso y del beso a las manos más calientes de Klaus desabotonando la blusa de Lorena, que siente ahora la lengua del hombre buscando la suya, acariciándola, regalándole su saliva mientras la tibieza firme que se ha apoderado de sus senos se concentra ahora en la punta de sus pezones y siente que los dedos son tan hábiles en la caricia que se ponen duras las tetillas en el momento que su boca queda libre y buscando más lengua, más saliva, la que ahora siente humedeciendo uno de sus pezones, hurgando en él con una caricia circular, envolvente, reiterada, en torno a la punta dura de la tetilla antes de cerrarse los labios chupándola, mordiéndola suavemente en el momento que siente la mano allá abajo, separando el calzón de la mata mojada, y la imagina salobre para la boca que luego buscará en ese puerto su arribo terminal y su esperado anclaje.

Justo en ese instante, llamado por atávicas razones que se enredan siempre en la mata preciosa que recibe las caricias y cuando algo peligrosamente se va a abrir, aparece *lo indebido*. Lorena se repliega, recoge en un segundo sus velas y sus salivas, se endurece y dura rechaza la mano y cierra las piernas, se sienta ahora erguida, apretando los ojos porque no quiere ver, cerrándose a todo cuando algo escucha, porque no quiere oír, parándose para irse mientras ve todo borroso pero cercano y amenazante, porque no quiere estar ahí, porque no quiere estar, porque no quiere ser.

    A diferencia del gradual avance de las caricias y de la creciente plenitud de los sentidos, *lo indebido* llega de manera inesperada e instantánea. Es un corte del machete en la caña, el cuchillo en el cuello del cordero, un relámpago al revés que lo oscurece todo. Esta vez, cuando sintió la mano en su pubis mojado, Lorena puso el pie en la trampa, la trampa se abrió y ella cayó en un pozo profundo, fue cayendo vertiginosamente en el miedo, alentados el miedo y la caída por presentimientos y visiones increíbles. Vio el rostro de Mario cerca de sí; junto al de Klaus; en el lugar del otro. Lo vio entrando en el Tanzbar y oyó incluso su voz que la llamaba. Y bastó eso para que viniera todo el resto, las mil caras de *lo indebido* titilando en la oscuridad; todas las voces llamándola, culpándola, anunciando el castigo; todos los fuegos que habían calentado su cuerpo, concentrados ahora en su alma, quemándola. Vio a su padre gritándole castigos que no alcanzaba a escuchar porque los gestos de condena se habían vaciado de palabras. Vio a su madre bajando la cabeza en un gesto de vergüenza y de condena. Vio a los niños llorando junto a la puerta de su dormitorio y al mismo tiempo buscándola por el departamento y escuchó sus voces que venían ahora desde la cocina del bar, de donde entraban y salían los camareros comentando lo ocurrido. Vio a don Carlos sentado a la mesa vecina leyendo un ejemplar amarillento de *El Siglo*, y aunque no despegaba los ojos del diario, lo cierto es que lo había visto todo.

    De pronto se sintió enredada entre las cortinas que separaban el bar del vestíbulo; había bebido demasiado, nunca más. Eran pesadas las cortinas. Eran negras. Olían a tabaco y a polvo. Una mano de hombre las separó y pudo ver algo más de luz y el uniforme con entorchados del recepcionista, al tiempo que sintió la mano de Klaus sobre su hombro y la voz de Cecilia que la llamaba. Cuando advirtió que podía apoyarse en Klaus sus piernas terminaron por doblarse definitivamente. La llevaban hacia la escalera. Era una espiral que bajaba hacia una náusea más aguda y los primeros espasmos del vómito la hicieron aguantarse y tratar de estar erguida sobre sus piernas, apartando los brazos que la apoyaban. Entonces la espiral se le vino encima, la escalera empezó a girar cada vez más rápido y a crecer, y luego hubo un golpe seco en alguna parte y no supo nada más.

SIENTE UNA TIBIEZA conocida y la suave humedad de un beso en su mejilla. Viene saliendo del pozo y con ese beso alcanza por fin la meta y la luz, pero al salir a la superficie necesita, como si estuviera naciendo a algo que la rechaza, hacer como una criatura y lanzar el primer grito. Sí; hay algo que se resiste, que se cierra, que le impide abrir los ojos aun cuando siente las caricias asustadas de sus hijos. Los dos están allí, se han subido a la cama y creyéndola enferma la acarician, le besan la frente y las mejillas y le dicen palabras tiernas, calladitas, asustadas. Lorena les contesta con un quejido que se alarga como una caricia. No quiere hablar. No quiere abrir la boca que siente reseca y amarga. No quiere que ellos sientan el olor avinagrado de la resaca. Tampoco quiere verlos, ni verse. Cierra aún más los ojos, repite y alarga bajito el quejido que ya es para ellos una respuesta más tranquilizadora, no quiere hablar ni ver. Quiere saber. ¿Quién la acostó en su cama? ¿Qué es lo último que recuerda?... Klaus... ¿Quién es Klaus? Con los ojos cerrados siente que va cayendo en otro pozo. Tiene vergüenza. No tanto de lo que hizo. Tiene miedo y vergüenza de lo que no recuerda. Al hacer un pequeño movimiento para alejar la boca del débil aliento de sus hijos, siente un dolor punzante en la cabeza y una náusea que la hace quedarse muy quieta. Recuerda la pista de baile y un Planetario. ¿Fueron al Planetario? Recuerda el círculo rojo pegado a su casilla anunciando un telegrama. Pero eso fue antes, hace ya varios días, la buena nueva de Patricia, el motivo de la celebración. Ahora hay que hacer un esfuerzo, levantarse, hablar con Cecilia. Y entonces *lo indebido* es un relámpago con la imagen de Cecilia censurándola, negando con la cabeza, cerrando la puerta de su departamento para que no ponga más los pies en él. Y otra visión: el semblante duro de *Tante* Gudrun en la escuela, *arme Kinder*, pobres niños, los niños sufren si no los traen a la escuela, qué es eso de dejarlos en la casa, qué costumbres son ésas, cuando aquí se les ha dado de todo. Sí, piensa Lorena, pobres niños. Estaría todo el día con ellos. Después de hablar con Cecilia, se dedicaría a jugar con ellos, los pobrecitos. ¿Qué hora será? Ni pensar en tomar el reloj, suponiendo que estuviera sobre el velador. Miró hacia la ventana. Había sol. Ese sol radiante que sigue a las nevadas. Y estaba alto. Calculó que era el mediodía.

La ducha larga y un vaso de leche fría que acentuó la náusea —lo que la hizo correr al baño para aliviarse— terminaron por recuperarla, aun cuando el dolor de cabeza persistía. Dejó a los niños entretenidos frente al televisor y se dedicó a recorrer el departamento buscando indicios de la noche anterior. Sin embargo, todo estaba como lo dejó al salir; la carta al Ministro del Interior sobre la mesa de centro, cajetillas de cigarrillos vacías, dos botellas de vino dulce —¡ese maldito gusto dulzón que no se puede sacar de la boca!— y junto a las botellas un telegrama aún cerrado que la devolvió por un segundo al recuerdo del círculo rojo pegado en su casilla, y a una escena de madrugada junto al ascensor, y a la voz y las risas de Cecilia y de unos hombres.

Entonces sintió miedo. Ese telegrama había llegado durante la noche y Cecilia lo dejó ahí para que ella lo viera al desayunar. Y ahora tenía que abrirlo, a pesar del miedo. ¿Sería de México? ¿Habían cambiado las condiciones? El corazón se había acelerado pero se sentía mejor de la resaca. Tomó el telegrama con la intención de leer sólo su procedencia. En un extremo, entre cifras y claves, se leía CHIL. Esto no sólo la alivió. Le produjo una instantánea alegría asociar la fecha con el telegrama —durante doce años ha recibido ese telegrama en las vísperas de la Navidad—, pero sobre todo se alegró porque los planes de México seguían en pie y sólo dependía de ella —y del Ministerio, claro. Y eventualmente de la Oficina— que se hicieran realidad

Lorena abrió el telegrama aliviada, pero su lectura hizo renacer el miedo. Se paró a buscar un cigarrillo, tiene que haber uno en alguna parte, necesita fumar, y buscando acelera su recorrido por el departamento, porque no quiere estar cerca del telegrama, porque la alegría se acabó, y porque lo que la envuelve ahora es tan desagradable y sucio como su resaca.

El telegrama no contenía sólo el habitual saludo de fin de año. En él sus padres le anunciaban una visita inminente: *Llegamos día 21 Berlín* PUNTO *Vuelo Lufthansa* PUNTO *Felices conocer nietos* PUNTO *Saludos a Mario y tesoros* PUNTO.

La noticia la estaba quemando y no encontraba cigarrillos en ninguno de los rincones donde seguía hurgando con desesperación. Decidió entonces pedirle algunos a Cecilia y preguntarle por lo de la víspera. Era otra de las ventajas del *ghetto*, no tener que ponerse abrigo, botas y gorra de piel para ir al *Kaufhalle* por una bagatela si el edificio estaba calefaccionado y uno podía ir de un departamento a otro pidiendo cigarrillos, el diario, u ofreciendo una porción de un kuchen recién horneado, y al día siguiente, claro, hacer el mismo recorrido para devolver los cigarrillos o el diario —casi siempre uno atrasado que llegó recién de Santiago— o recibir cuando menos lo esperaba unas empanadas calentitas o un pebre preparado a la chilena.

—Veo que estás viva —le dijo Cecilia luego de abrir la puerta y entrar en el departamento para que su amiga la siguiera. Como Lorena, seguía envuelta en la bata, el pelo sin peinar, la cara muy lavada y muy pálida.

—Estoy muerta.

—Siéntate. Es más cómodo morirse sentada.

—Necesito un cigarrillo. Es urgente.

—Te va a caer fatal, pero si quieres... —y le alargó un paquete que había sobre la mesa de centro.

—Primero cuéntame del telegrama.

—Bueno, cuando llegamos viste el anuncio en tu casillero y quisiste sacarlo. Lo abrimos con el llavero que tomamos de tu cartera para entrar al edificio. Te pusiste a llorar. Decías: Todo se acabó. Se acabó.

—Pensé que venía de México.
—¿De dónde venía, entonces?
—De Chile. Era de mis padres.
—¿Están bien?
—Muy bien. Llegan el próximo sábado.
—¿Qué?
—Léelo...

Cecilia leyó el telegrama y lo primero que sintió fueron deseos de reírse. En cualquier lugar recibir un telegrama como ése no sólo es algo normal, es algo de lo cual uno se alegra. En el Reino de la Oficina resultaba risible que alguien ignorara de manera tan olímpica sus reglas.

—Bueno, es un caso especial, ¿no? Estoy pensando en las visas.
—No tiene nada de especial. Igual se necesitan quince días para esas visas de mierda.
—Habla con don Carlos, dile que ya salieron de Chile.
—No quiero pedirle nada a la Oficina.
—¡Ah, magnífico! Tus viejos se quedan entonces esperando en el muro a ver si te pones sensata.
—¿Estás sola?
—¿Por qué preguntas?
—Porque te noto molesta ¿Estás sola, Cecilia? Si quieres me voy.
—Tienes que conseguir las visas. Ésa es la cuestión, ¿no?
—No. Bueno... Sí, tengo que conseguir las visas, pero tengo un problema peor. Mis viejos no saben que estamos separados.
—¡Te complicas la vida tú!

Sonó tal como lo hubiera dicho Frau Gerlach: *Machts dir schwierig du!*

—¿Qué puedo hacer, Cecilia?
—Decirles la verdad.
—¡Se mueren!
—¿Y si les dices que Mario no está en Berlín?

—No. Por alguna razón lo notarían. Los niños dirían algo, ¡qué sé yo!

—Entonces pídele a Mario que se quede contigo unos días. Al fin y al cabo mintieron juntos, ¿o no?

—Les mentí yo. Él no.

—¿Él no sabía, entonces?

—Sí, él sabía.

—Bueno...

Lorena tomó otro cigarrillo y mientras lo encendía pensó que ya no tenía sentido seguir hablando de eso con Cecilia. Ella no conocía a sus padres, apenas conoció a Mario, no entendía nada y además esa tarde —porque ya estamos en la tarde del día siguiente a la trasnochada— estaba pesadísima y más loca que nunca.

—¿Qué pasó anoche? —preguntó después de una pausa para que no fuera tan brusco el cambio de tema.

—¿Desde dónde tengo que contarte?

—Lo último que recuerdo es que estábamos los cuatro juntos en la mesa.

—Bueno... Los cuatro es una manera de decir, supongo. Ustedes estaban muy acaramelados y eran un mundo aparte.

—¡Dime, por favor, qué pasó!

—Te paraste de repente y saliste. Pensamos que ibas al baño. Te oímos gritar y fuimos a ver lo que pasaba. Te habías enredado en la cortina de la salida.

—¿Se notó mucho?

—Ya no había nadie. Nosotros nos quedamos contigo en la salida y Klaus se devolvió a pagar la cuenta. Y después tomamos un taxi.

—¿Tú me acostaste?

—Claro. Quién si no.

—¿Estábamos solas?

—Claro.

—¿Y ellos?

—Ellos me esperaron abajo.

—¿Qué decía Klaus?

—Quería que me quedara contigo, que te cuidara.

—¿No subió?
—No, claro que no.
—¿Y no dijo nada más?
—Dijo que lo llamaras. Me dejó esta tarjeta. —Y fue a buscarla al aparador para entregársela.
—¿Estás muy molesta conmigo?
—Estoy tan cansada como tú, Lorena. No estoy molesta. Te pasó porque no tienes costumbre. Además no veo de qué te quejas. Klaus es muy simpático y quiere volver a verte.
—No creo.
—Él sabe que esto le puede pasar a cualquiera.
—Me voy.
—Llama a Klaus.
—No sé, no creo que lo llame.
—Es cosa tuya.
—¿Y Marcelito?
—En el Kinder. Lo fui a dejar y después vine a dormir.

Entonces de nuevo la imagen de *lo indebido*, *Tante* Gudrun mirando jugar a otros niños, los suyos aburridos, deambulando en medio del desorden; solos como han estado todo el día; esperándola, como la habían esperado probablemente toda la noche.

Tiene que ir a verlos inmediatamente, apura el paso hacia la puerta, antes de irse pregunta:

—¿Y tú piensas en serio lo que me dijiste?
—¿Sobre qué?
—Que Mario pueda quedarse unos días con nosotros. ¿Tú crees que va a estar de acuerdo?
—Seguro.
—Estás completamente loca. Voy a ver a los niños.

MENTÍAMOS A VECES al instante y también sembrábamos mentiras que crecían, mentiras que con el tiempo se transformaban en verdaderas catedrales. Éstas, las que se agravaban con los días, tenían como motivo la misma compasión —evitar las penosas consecuencias de la verdad—, pero cuando se descubrían ya no teníamos la justificación de lo impensado.

Lorena no quiso mentir cuando les escribió a sus padres, hace ya un año, ocultando que Mario había sido categórico al comunicarle su decisión: estaba enamorado de otra mujer y había decidido vivir con ella. En esa carta les contó de unas felices vacaciones en los Montes Metálicos —y eso era verdad—, de lo bien que iban creciendo los niños, ahora ambos podían escribirle a los abuelos —y eso también era verdad—, y de los saludos que como siempre les enviaba Mario, lo que también era cierto. No les dijo que esa carta la estaba escribiendo al regreso de las vacaciones y que ya estaba sola; que les escribía para soportar el insomnio y que desde hacía una semana Mario estaba viviendo con Eva. Las semanas en la montaña y la felicidad de esos días le parecían, concentrada en la carta, una realidad tangible y cercana como los olores del bosque, los gestos de Mario, las risas de sus hijos y los interminables detalles que recordaba mientras escribía. El gran hachazo, el golpe que la derribó en el penúltimo día de las vacaciones, le pareció algo muy terrible pero poco verdadero. El amor en el lecho o en el baño —sólo tres noches antes del anuncio—, los paseos por el bosque nevado jugando con los niños o su cercanía en el cine del pueblito, eran tan reales que alguien podía haberlos filmado y esa película sería el testimonio de una pareja feliz disfrutando de sus vacaciones. Lo que hablaron toda una noche cuando volvieron del cine, después de destapar una botella de vino, eran palabras terribles, pero al final eran palabras. Y si eran decisiones, las eran llenas de incertidumbre, empequeñecidas por la duda, anuncio de acciones que ocurrirían más adelante, que podían aún ser evitadas o bien, si llegaban a ocurrir, modificarse. ¿Cómo podía contarles eso si ella apenas lo entendía? ¿Y cómo contarlo? Cuando volvieron a Berlín, él armó apuradamente su maleta y después se sentaron a fumar el último cigarrillo en silencio. Las no palabras eran el no ser de ese fantasma que se fue mudo, una sombra del hombre que brillaba con su habla. ¿Era esa la verdad? ¿Era de verdad ese Mario callado, esperando el ascensor con su maleta en la mano? ¿Cómo hablar de esa sombra en una carta que sus padres recibirían en Santiago varios días después? ¿Y si Mario regresaba de su sombra mucho antes?

Al cabo de un mes, cuando llegó la respuesta de los padres y se encontró con los saludos habituales a Mario y los tesoros —y un párrafo en el que le contaban a Mario una dolencia de su tía Lidia—, Lorena no sintió amargura sino más bien una tibia confirmación de que el hombre le pertenecía, que era parte de esa casa al igual que los tesoros que andaban por ahí revoloteando, que para siempre era parte de la familia desmembrada, de los padres allá, de tía Lidia quizás en qué hospital y en qué finales, de sus hermanas en qué aprietos y de él mismo, la parte inseparable, quizás en qué remordimientos.

Empezó a ser un alivio contestar de inmediato, inventando las preguntas de Mario sobre la salud de tía Lidia, solicitando a vuelta de correo una información más precisa, contándoles el paseo del domingo por el lago Köpenick, con Mario y los niños —pero ya no era verdad— o contándoles el último estreno de la Komische Oper, esa maravillosa versión de *Ritter Blaubart* con la que Mario reía hasta las lágrimas —y ya tampoco era verdad—. Se quedaba hasta tarde fumando e imaginando la carta y mientras avanzaba la noche avanzaba ella también en la reconstrucción, los escombros se iban reuniendo, las tablas del naufragio se unían también y eran posibles la morada y el regreso. Avanzaba tanto por el camino inventado que al final encontraba a Mario de verdad riendo junto a ella en la Ópera —y entonces quería volver a reír con esas risas— o sentía, ya muy entrada la noche, muy adentro en la carta y en el delirio, que él estaba durmiendo en su cama, en lo que para ella seguía siendo dolorosamente la cama de Mario, y que luego de cerrar el sobre y apagar el último cigarrillo volvería al dormitorio menos sola.

La continua invención de la carta fue calentando su invierno. Lorena sentía que esas mentiras piadosas iban recuperando a un Mario de verdad. Las cartas se fueron haciendo cada día más necesarias. Ella las esperaba, las respondía de inmediato, y si la respuesta tardaba, igual nuevas imágenes de Mario iban cayendo sobre el papel cada noche, iban entibiando lo oscuro, iban aclarando la escarcha, iban reuniendo pedazos de la verdad perdida, salvando lo único rescatable del naufragio.

La noche anterior, antes de redactar su protesta al Ministro, había escrito la última carta a sus padres. Les contó de los preparativos para las fiestas de fin de año, de los regalos de Navidad, de la noche de Año Nuevo con fuegos artificiales en las dos mitades de Berlín y de las próximas vacaciones de invierno en la montaña.

Hacía un año —al final de las últimas vacaciones— había escrito el comienzo de la mentira. Hoy no había más que continuarla. Les habló del regalo para Mario y para los tesoros y al final, con letras grandes y exclamativos, los abrazó diciéndoles: *Cómo nos gustaría pasar estas fiestas con ustedes.*

LORENA QUERÍA OLVIDAR toda la víspera, saltarse esa noche, borrarla, haberla dormido. Olvidar la vergüenza de la borrachera, olvidar a Klaus, olvidar la celebración en el Linden-Corso y también lo que ahora aparecía en el origen de todo *lo indebido* de esa noche: la provocadora carta al Ministro. De alguna manera el telegrama de los padres era una suerte de advertencia, de dedo amenazador, otra señal que desde lejos le advertía de *lo indebido.*

Además estaba ahora la cuestión de las visas y, si pretendía obtenerlas, la carta al Ministro era el principal obstáculo. Un obstáculo distinto a todos los otros, un obstáculo que se había puesto ella misma. Un lujo peligroso e idiota.

Por suerte la carta estaba todavía ahí, en el aparador —un aparador idéntico al de Cecilia, comprado la misma mañana remota en el Centrum-Warenhaus con el crédito del Ministerio del Interior—. Si ahora pedía que se hiciera una excepción, un gesto de clemencia que suponía una abierta violación de la norma, ¿qué grado de consecuencia tenía reivindicar cuestiones de principio? Y además, ¿alguien en realidad leería esa carta? ¿Tal vez alguna secretaria habituada a protestas mayores? ¿O algún funcionario cuya función era llegar hasta las últimas consecuencias? ¿Y quién sería ese Alguien? El Ministro no, por supuesto. ¿Entonces quién? ¿A quién le había escrito realmente? Al parecer a nadie. Sí; pensándolo bien en realidad, no le escribió a nadie. Y nadie la leería, porque quien abriera esa carta, fuera quien fuese, era nadie. Ahora lo importante era obtener las visas, reencontrarse con los padres, ocultar la tragedia. Y si esperaba que Mario aceptara su proposición, también en ese caso la carta al Ministro era un obstáculo. Finalmente Mario se enteraría de su carta —probablemente el primero, incluso antes que la Oficina, incluso antes que don Carlos— y para él esta sería una nueva reacción emocional, irresponsable y temeraria, sin otra finalidad que afectar su relación con su nueva familia.

De pronto Lorena piensa en su familia. Sus padres venían ya prácticamente volando, sin tener la menor sospecha de lo que les esperaba, incluido el no poder pasar la frontera. Los niños, que la siguieron toda la tarde tirándola de la bata y preguntándole por qué —¿Por qué qué? y entonces tantas preguntas de los tesoros, ¿por qué te fuiste anoche?, ¿por qué no viene el papá?, ¿por qué fumas tanto?, ¿por qué no nos hablas?—, ya no hacían más preguntas porque estaban durmiendo. ¿Y ahí terminaba la familia? ¿Qué estaba haciendo Mario en ese momento? Mario, el mismo Mario —así lo veía Lorena—, ahora del otro lado de la frontera, lejos del *ghetto*, del lado del poder.

Sí. Del lado del poder. Anclado en la seguridad, en el respeto, en las *dachas* de los altos funcionarios junto a lagos que no son los que describe en sus cartas mentirosas. Del lado de la traición, del abandono. Del lado del poder. Del lado de la Oficina grande y de la pequeña Oficina tratando de obtener la autorización para el divorcio. Del lado de Mario todo era posible; del suyo, nada. A lo más, aspirar a la clemencia, hacer solicitudes, llenar formularios, firmar súplicas.

En el departamento todo era silencio.

Los niños dormían. ¡Qué día! Mañana el gesto duro de

Tante Gudrun, un nuevo reproche, *lo indebido*. Lorena se pasea releyendo la carta. ¿La leerá el Ministro? ¿Y si llegara a sus manos? ¿Y si leyera lo que piensa una privilegiada, una señora que amobló su departamento del *ghetto* gracias a la solidaridad del *Rat des Bezirkes* y del propio Ministerio?

¿Imaginó el Ministro que el incendio empezaría en el cuartel de bomberos?

¿Y si ahora, cuando más necesita a la Oficina, se atreviera a un gesto que escandalizaría incluso al funcionario más desaprensivo?

¿Y si en este mismo instante, cuando más necesita ser ella misma, se atreviera a ser ella misma?

Lorena se pasea con la carta, la ha leído mil veces, ha agregado párrafos, es la primera vez que se abre algo en ella que parecía muerto; que se abre para sorprenderla, para asustarla, para atrévete esta vez, tonta; que se abre con esas palabras difíciles y duras de la carta que fueron saliendo como un torrente de ella misma; que se abre mucho más ahora que coloca el torrente dentro del sobre y entonces lo cierra y corre hasta el buzón de la esquina, no sea cosa que se arrepienta.

5

El senador fue terminante. Aunque no estaba en el hemiciclo del Congreso, ni en su despacho de la Heinrich-Mann-Strasse, ni siquiera en su estrecho escritorio de la Oficina (y aunque sabía que se estaba muriendo), fue igualmente terminante:

—Esto es lo más vergonzoso que nos ha ocurrido.

Llegaba desde la cocina el silbido de la tetera, insoportable en la pequeña habitación, ahora más desnuda y menos alegre sin los paquetes alhajados con papel de regalo. El Senador se paseaba agotando en tres zancadas el espacio entre su cama y el balcón que no veían porque los vidrios estaban empañados por el frío y porque ambos tenían la cabeza gacha, en un gesto de desazón que lindaba en el recogimiento.

—Esa carta es absolutamente inaceptable. Sugiere que aquí estamos esclavizados. No sólo ella, *todos* debiéramos avergonzarnos de tamaña barbaridad —recalcó el Senador desde la cocina, mientras servía las tazas de té.

—Yo creo que no se lee eso, don Carlos —dijo Mario, tomando de nuevo la copia que había dejado ya varias veces sobre la mesa.

—Da a entender que no tenemos libertad para nada. Y la verdad es que aquí a nadie se le ha prohibido hacer lo razonable —insistió el Senador sin disimular la indignación que lo hacía hablar a gritos aunque ya había vuelto de la cocina. Revolvía reconcentradamente la sacarina sin evitar el tintineo irritante de la cucharita en la taza, mirando apenas a Mario, discutiendo con la verdadera culpable, con la culpable ausente.

—No creo que esa haya sido su intención. Ella dice que quiere decidir libremente ciertas cosas...

—¡Libremente! ¿Ve usted? Hay una acusación implícita en ese «libremente». Una acusación tremendamente injusta.

—Lo que Lorena quiere es tramitar las visas sin depender de la Oficina —argumentó Mario sin mucha convicción. Pero este débil argumento cayó como un balde de bencina sobre el fuego que encendía los ánimos crepitantes del Senador. Sin quererlo había puesto el dedo en la llaga: Lorena se había dirigido al Ministro para cuestionar la existencia de la Oficina. Ése era el aspecto más grave del asunto, y por lo mismo, de eso no se hablaba. En la primera lectura de la carta Mario advirtió que Lorena se manifestaba decidida a aceptar la legalidad socialista. Lo que no aceptaba era el sometimiento a una doble legalidad. Para todos nosotros nuestra condición hubiese sido bastante más tolerable si hubiésemos sido tratados como extranjeros. La Oficina era el instrumento que nos convertía en normales súbditos del Reino, lo que nos sometía, en la práctica, a una doble limitación. Por eso sus atribuciones nos parecían cada día más irritantes.

—Esas visas que solicita para sus padres están fuera de plazo —puntualizó don Carlos sin controlar la cascada de palabras que se atropellaban al salir de su boca— y sin la menor consideración de los acuerdos de la Oficina. Y no es que se soliciten con diez o doce días de antelación, en lugar del *mínimo* de quince que establece la norma. ¡No! ¡Por supuesto que no! Ella se permite pedir las visas con *tres días* de anticipación. ¡Tres días! ¿O exagero? ¡Dígame usted si exagero!

Mario no dijo nada. Quería apoyar a Lorena, pero en esas condiciones hasta lo más razonable carecía de sentido. Era preferible conceder y ganar así algunos puntos en la estima del Senador. Al día siguiente el viejo diría una palabra definitiva sobre la vida de Lorena y también sobre la suya: la Oficina debía tomar una determinación en el escándalo de la carta, sobre las visas de ingreso para los padres de Lorena; sobre las de salida, para Lorena y sus hijos, y sobre la no menos conflictiva cuestión de su divorcio.

Estimulado por el silencio de Mario, don Carlos continuó sumando reproches.

—Se atreve a formular acusaciones contra un Estado amigo, lo que dada nuestra condición no corresponde...

—¿Y cuál es nuestra condición? —interrumpió Mario.

El viejo no toleraba que lo interrumpieran, y en este caso, además, la pregunta misma era una insolencia. En su descontrol logró advertir la intención provocativa de Mario. Tartamudeó varias veces, rojo de ira, buscando esa palabra que se resistía a su memoria. Y por fin pudo gritar los tres disparos que salieron de su boca salpicados por la explosion de sus salivas:

—¡Hués-pe-des!

Y como Mario guardó silencio, don Carlos insistió, confiando en que esa palabra expresaba con exactitud nuestra común condición de asilados.

—¡No podemos aspirar a más de lo que tienen nuestros anfitriones! Para ellos salir de aquí es prácticamente imposible. Con nosotros se hace una excepción razonable y se establecen normas. ¡Ella no sólo protesta contra esas normas. Aspira a derechos que aquí nadie tiene!

El viejo se tranquilizó al sentir que su argumento ponía un espacio de tierra firme bajo sus zapatos. El argumento no era nuevo y recurría a una suerte de miseria comparativa: el huésped no puede tener más derechos que el anfitrión. Y por eso, sin dejar de ir y venir entre la cama y el ventanal, don Carlos repitió un par de veces, en tonos que fueron desde la acusación abierta y a gritos *«¡Aspira a derechos que aquí nadie tiene!»*, hasta el decir pausado, rítmico y casi paternal: *«Aspira - a derechos - que aquí - nadie tiene»*.

Mario sintió que el viejo, luego de la explosion, estaba más tranquilo. El origen de su cólera no tenía que ver sólo con la reprimenda que habían recibido de la Oficina Grande —como solíamos llamarla entonces— sino también con la inseguridad que le producía un juicio tan profundamente compartido en nuestra comunidad, que ya ni siquiera se discutía acerca de eso. Era la conciencia común de que nuestras vidas iban a ser más tolerables el día que no existiera la Oficina. Los funcionarios, sin embargo, se negaban a aceptarlo, incapaces de comprender la generosa amplitud de nuestra esperanza: *todos* seríamos más felices, y los más dichosos, de producirse algún día esta abolición, serían los propios funcionarios de la Oficina.

¿Qué replicar al argumento del viejo? Mario quiso decirle que la desgracia común no le quita a nadie el deseo de ser feliz y que la justicia de una norma se funda en su contenido y no en la cantidad de personas que se ven afectadas por ella.

—El toque de queda no se justifica porque lo padecen todos. Si es justificable alguna vez, lo es en razón de su finalidad —dijo, sabiendo que provocaría una nueva erupción.

El Senador, aferrado a su argumento, fue capaz de refrenar su cólera. Miró largamente a Mario, pero evitó entrar en una polémica que pudiera sacarlo de su lógica. Mario sabía que los límites de su audacia estaban establecidos y ya los bordeaba peligrosamente.

—Si aspiramos, como ella —y el Senador dijo *ella* en un tono claramente despectivo—, a derechos que aquí nadie tiene, entonces los mismos que nos tendieron la mano van a terminar odiándonos. Ya hay quienes no nos toleran por esto de los viajes y las visas. ¡Cómo no va a ser irritante para esta gente que podamos ir a cualquier parte, si ellos ni siquiera pueden salir a visitar a sus parientes! ¡Qué arrogancia la nuestra! *¡Qué imagen va a quedar de nosotros!*

—Aquí los extranjeros tienen visa permanente de salida —replicó Mario moviéndose cuidadosamente en el terreno de la objetividad y dentro del campo de lo posible.

—¿Quiénes?

—Los corresponsales extranjeros, los docentes invitados, los funcionarios de otros partidos, los diplomáticos...

—¿Y usted pretende que traten a los cinco mil exiliados chilenos como si fueran diplomáticos?

—No. Sólo pretendo tener el derecho elemental de que disponen todos los extranjeros. Poder entrar y salir de este país como lo hace cualquier colega extranjero de mi Facultad.

—No creo que sea tan así. ¡No creo que los compañeros soviéticos entren y salgan de aquí cuando les dé la real gana! ¡Y lo que usted considera un derecho elemental es algo que aquí no tiene nadie!

—¿Y le parece bien eso?

—Lo que a mí me parezca no tiene nada que ver en el asunto. ¿Y si no fuera un derecho elemental, como usted lo ve? ¿Y si fuera un derecho más elemental aún el que toda la gente pueda comer, y vestirse, y educarse, aunque una minoría no pueda veranear en Italia?

—No estoy pensando en eso, aunque no entiendo por qué puede ser un pecado veranear en Italia. Estoy pensando en Lorena, que necesita ir a buscar a sus padres. No a Italia, don Carlos; sólo al otro Berlín. A diez cuadras de aquí y sólo un par de horas. ¡A sus padres que no ve hace quince años! Estoy pensando en mis colegas que el año pasado, cuando fui a París, y no de veraneo sino a un congreso de literatura, me pedían que por favor les trajera libros. Y no eran libros políticos, eran textos universitarios y trabajos de investigación. El doctor Wagemann, don Carlos, el mismísimo doctor Wagemann de quien su salud depende ahora, me pasó una lista con cinco títulos. Hacía años que estaba esperando una oportunidad para encargar esos libros. Cuando se los entregué, el hombre se puso a llorar y me abrazó para agradecerme. Es una eminencia aquí y por fin iba a saber lo que sus colegas estaban investigando en otras partes del mundo. Y estas son investigaciones médicas, Senador. Y lo que se investiga en medicina tiene que ver finalmente con la vida de las personas. ¡Es un crimen impedir que un médico estudie! ¡Y es una estupidez impedir que una mujer cruce el muro para recibir a sus padres!

La irritación de Mario crecía con la mención de hechos irritantes. Pero también al Senador le parecía una verdadera desfachatez esa carta de Lorena. Mario, al borde del descontrol, y don Carlos, con su indignación ahora más controlada, habían enfilado por un camino que conducía sólo a la confrontación y a las recriminaciones. Metidos en ese desfiladero, terminaron olvidando el motivo que llevó a don Carlos a solicitar el encuentro con Mario, y el entusiasmo de éste al recibir la disimulada citación.

AL SUBIR DE LA ESTACIÓN a la calle el Senador se sintió perdido. Lo único que había ante sus ojos era una enorme extensión de nieve unida a un cielo igualmente blanco. Necesitó un momento para distinguir las partes de un espacio conocido: en el centro de lo que debía ser la plaza creyó divisar la fuente, cubierta también por la blancura. Más allá, borrosos tras la niebla, los letreros del U-Bahn aún encendidos. Y limitando muy lejos ese inmenso territorio helado, las fachadas apenas perceptibles de los edificios. ¿Cómo reconocer un lugar si se han perdido las señales?

No era K; era don Carlos. No era el agrimensor en procura del Castillo; era el Senador buscando el Consulado chileno en Berlín Occidental, en la Friedrich-Wilhelm-Platz, oculta esa mañana por la nevazón. Más viejo que K, pero más ilusoriamente esperanzado; enfermo, pero no menos empeñoso, don Carlos reinició las gestiones para obtener la visa que le permitiera el retorno. Todos sabíamos que el viejo quería echar el último vistazo a lo suyo antes de morirse.

La mañana que siguió a la primera visita de Leni, don Carlos estuvo apenas unos minutos en la Oficina. Llegó temprano, leyó un par de solicitudes y las colocó en las carpetas correspondientes. La que contenía peticiones de visa había crecido de una manera preocupante, no tanto así la de quienes solicitaban traslados. Encerró las carpetas bajo doble vuelta de llave en su escritorio y luego se dirigió a la sala del Secretariado —que se reunía en el dormitorio principal del departamento— para informarles que iría esa mañana a Berlín Occidental a presentar una nueva solicitud de retorno en el Consulado. Como la puerta estaba cerrada supuso que el

Secretariado estaría sesionando. Desde que enfermó lo habían liberado de esas reuniones; sólo debía asistir cuando se discutiera alguna solicitud relacionada con su Comisión. Pegó un rato largo su oreja a la puerta: escuchó un murmullo intenso; estaban discutiendo con el entusiasmo de siempre. Ése es Suárez; como siempre dando pitadas... los está envolviendo en su labia y en el humo; hay que tener cuidado con Suárez. Pero ahí está Campos, cuidadoso, siempre con los pies en la tierra... ¿Esa voz tan ronca es de Castrito? Se ve que el negro está con gripe, con este frío debiera cuidarse si no quiere parar las chalas... Y ahí por fin el sonsonete de Saldaña; si no le preguntan no abre la boca... ¿De qué estarán hablando estos badulaques? ¿Habrá llegado un nuevo informe de Santiago? ¿Será cierto lo que se dice de la URSS? Don Carlos no alcanza a oír las palabras, pero escucha ese murmullo que conoce tan bien y que para él es el canto mismo de la vida; allí, tan cerca, detrás de esa puerta cerrada...

Después de unos minutos comprendió el sentido de las voces: esta vez era una conversación relacionada con la compra de cecinas para una comida de finanzas. Decidió entonces avisarle a Marta, la secretaria de la Oficina, que no volvería hasta la tarde. Se cubrió con su impermeable y la *Tchapka* de astracán —un regalo que lo había acompañado diez años, desde su último viaje a Moscú— y llamó un radiotaxi que lo llevara a la estación de Friedrichstrasse.

Toda ciudad tiene una estación que la delata; ese lugar inevitable que revela aquello que ésta se empeña en ocultar. En las estaciones es más expresivo el rostro de quienes la visitan y también el de los que la abandonan. Quienes llegan descubren sin pudores lo que han venido a buscar en ella. Los que la dejan, expresan también sin disimulo su hastío, su indiferencia o su anticipada nostalgia.

La estación de Friedrichstrasse, puerta ferroviaria de Berlín Oriental, es en este sentido particularmente interesante. Punto de confrontación y encuentro no sólo de dos grandes ciudades —en verdad sólo una, dividida— sino también de dos mundos, recibe diariamente a miles de jóvenes que deslumbrados visitan sus museos y asisten a sus espectáculos teatrales. Para entrar en la ciudad estos jóvenes aguardan horas y horas en el puesto fronterizo de Friedrichstrasse. En el mismo puesto, del lado oriental del muro, también miles de ancianos esperan lo que sea necesario con tal de abandonarla.

Éste es el paso fronterizo permitido a los jubilados, los únicos berlineses del Este que pueden pasar al lado occidental. Lo utilizan además quienes cruzan el muro sin disponer de un vehículo. Al cabo de una hora en primera fila —todavía a muchos metros del puesto de policía— don Carlos descargó la irritación de la espera pensando en esos eternos solicitantes de visas. No podía entender que estos pacientes peticionarios las gestionaran con tanto ardor y presionaran durante tanto tiempo para llegar finalmente a esto: una experiencia francamente intolerable. ¡Y sólo para visitar a un amigo o comprar baratijas en la temporada de liquidaciones! ¡Y lo peor es que siempre se las ingeniaban para obtener esa visa!

Al Senador le gustaba caminar por la Friedrichstrasse, desde Unter den Linden hacia el este, hasta llegar al hospital de la Charité. Durante años hizo este recorrido sin pensar en una enfermedad; sus citas con el médico y los inevitables controles eran sólo asunto de rutina. Interrumpía la caminata en el Café Metropol. Le gustaba detenerse en este pequeño café situado bajo el puente del S-Bahn, para observar desde una mesita laqueada de blanco el ir y venir de la estación. La vida transcurría tan plenamente en esa esquina que era como una segunda sangre animándole el corazón. Por eso no le causaba asombro la larga fila de ancianos esperando un taxi en el paradero de la Bertolt-Brecht-Platz. Había visto muchas veces a esos jubilados que venían de visitar a sus parientes en Berlín Occidental. Mientras tomaba su café los veía allí cargando pesadas valijas y enormes cajas de detergente. El Senador rara vez había tenido que soportar esta espera en el paradero de los taxis. Y tampoco la otra, más lenta aún, que toleraban en el viaje de ida los que hacían fila frente a la ventanilla de la Volkspolizei, en el interior de la estación. Todo esto le resultaba irritante no porque la lentitud lo privara de algo urgente,

sino más bien debido a que parecían estar esper
mismas toses, los mismos rostros lívidos y la
dora decrepitud que lo asaltaba cada día en lo
la Volkradstrasse 8. Lo deprimía pertenecer t..
a ese grupo, pero mucho más la conciencia de que esa iu..
dad no era casual. Los ancianos no contaban con el Pasaporte para Extranjeros ni con la Visa Especial que él apretaba en el bolsillo de su chaqueta, pero disponían, como él, del triste privilegio de los años, y podían, por esa sola razón, atravesar el muro sin más trámite que la leve demora, para ellos absolutamente tolerable. Habían esperado toda una vida para ocupar por fin un lugar en esa fila.

Pensó que en algún sentido su condición era aún peor que la de sus congéneres. Cualquiera de ellos podía ir y venir, tomar un café con su hijo o su nieta en una pastelería del Kudamm, reconocer los lugares de la juventud, volver por la noche a una pieza —probablemente en un edificio para viudos— cargando baratijas y detergente, sabiendo que siempre sería posible repetir la mínima aventura: cruzar un límite y ser abrazado más tarde en una frontera a la hora de emprender el regreso.

Y eso era precisamente lo que le estaba vedado: el regreso. El límite que debía cruzar estaba muy lejos de ese muro. Y el muro que le impedía volver era más alto que ese límite que los ancianos atravesaban ansiosos cada mañana. Si estaba ahora con ellos era sólo para presentar una nueva solicitud de retorno en el Consulado. ¿Cuántas había presentado ya? ¿Cuándo había presentado la última? Mientras se impacientaba por la lentitud de la fila —tenía la sensación de estar hacía mucho rato en el mismo lugar— recordó cada una de sus gestiones y las ordenó en su memoria. Pensó que si las mencionaba todas podría conmover esa mañana al Cónsul con la persistencia de su empeño.

El terminal del S-Bahn de la Friedrichstrasse recibe desde Berlín Occidental dos tipos de pasajeros: los que llegan a la estación para cruzar la frontera y quienes van allí a comprar alcohol, cigarrillos o chocolate a precios increíbles, aún más bajos que en un *free shop* de cualquier aeropuerto. Los que obteníamos excepcionalmente la visa de salida reservábamos algún dinero para comprar algo allí antes de volver a nuestras casas. Nunca vimos, claro, un carro repleto de niños interesados en hacer ahorros en la compra de chocolates. Lo que nos llamaba la atención era el aspecto misérrimo y terminal de los alcohólicos, concentrados en el recuento de sus monedas, calculando si alcanzarían para otra botella de korn o de vodka. Tipos reventados que fumaban y escupían sin pausa la escoria que las toses removían en sus dolorosas cavernas. Rostros lívidos, azules como el amanecer de las trasnochadas, coloreados sólo por costras purulentas de sangre; piernas sarnosas cubiertas con restos de jeans inmundos y agujereados. Llegaban temprano a la Friedrichstrasse, adquirían su imprescindible mercancía y regresaban luego a beberla en los alrededores de la estación de Zoo, sentados en las cunetas de los callejones laterales, y en el invierno descubriendo los rincones más oscuros del otro terminal, tirados sobre baldosas que retenían durante días jeringas desechadas sobre rastros de sangre y vómitos antiguos.

Algo extraño hermanaba ambas estaciones. Algo sórdido. Friedrichstrasse era limpia, pulcra en su pobreza, pero amenazante y brutal: en lo alto la guardia vigilaba desde el mirador haciendo ladrar de tanto en tanto a sus perros ferozmente adiestrados. El Zoo, en cambio, era abierta y patética, el lugar elegido por los miserables porque allí a nadie le importaba esa miseria. Aquí soldados, allá desechos; aquí perros guardianes, allá botellas vacías y jeringas tiradas en los rincones. En Friedrichstrasse se hacía visible la miseria de un poder absoluto sobre la gente; en el Zoo, la de gente absolutamente abandonada por el poder.

En su recorrido hacia el Consulado el Senador prefería viajar en el S-Bahn, el tren elevado. Creía compensar la transgresión de la norma dejando los pocos *pfennigs* del pasaje en las arcas del tesoro socialista y disfrutaba contemplando un paisaje inquietante: los viejos edificios vedados en la zona del muro; luego las ventanas de los pisos superiores, una mirada fugaz sobre esa intimidad anónima; amplios parques cubiertos de nieve; construcciones menos grises, algunas incluso audazmente coloridas, y finalmente esa estación horrenda que en cada viaje reforzaba sus creencias: la estación del Zoo.

En el S-Bahn toleraba la patética presencia de los borrachitos tratando de ignorarlos; pegaba la frente a la ventanilla y la vista en el paisaje. En la estación maldita caminaba rápido hacia la salida preguntándose una y mil veces: ¿Cómo pueden tolerar todo esto los eternos solicitantes de visas? Había sufrido la experiencia siete veces y esperaba que ésta fuera la última.

En la víspera de lo que supuso sería su último viaje soñó que el Cónsul le entregaba un diploma con la autorización para regresar. Despertó sobresaltado y ya lúcido no supo si lo arrancó del sueño el solemne diploma o la dolorosa sonajera de sus tripas. Estimulado por ese sueño decidió abandonar la Oficina esa mañana y reiniciar los trámites en procura de su autorización. Sabía lo que era el trámite en la frontera y estaba dispuesto a tolerarlo. Pero no imaginó que la nevazón borraría esa mañana las únicas señales que conocía. El edificio del Consulado era lo primero que uno encontraba al salir del metro a la calle, suponiendo que uno hubiese escogido la salida correcta. Por eso una señal más segura eran el puesto de frutas y la florería junto a la puerta del señorial edificio. Pero ésas eran además señales del verano. El Senador estaba ahora frente a una enorme extensión de nieve. No había puesto de fruta ni florería pensables bajo esa nevazón y los letreros luminosos del metro eran dos puntos cardinales tan anodinos como la esfera de un reloj sin manecillas.

Esa mañana la nieve le recordó los salares y las arenas del norte. Pero la inmensidad blanca de su infancia era soleada, luminosa, cercana al mar y al suave sonido del oleaje. La nieve lo abordó ya viejo; una madrastra helada que se deshacía en fangos oscuros, en plazas de cemento y en estrechas callejuelas de adoquines. Le pareció que eran las mismas arenas de su infancia después del derrumbe; la caída de su alba calidez en el frío.

¡Quién mierda lo hizo creer en ese sueño! El sueño era el engaño, la mentirosa tentación, la trampa. La realidad era esa plaza desierta, esos zapatos empapados por el lodazal, esos pies helados, ese dolor intenso acentuado por el frío. La realidad que seguía era el perfume previsible del Cónsul, sus palabras cuidadosamente cordiales, su diplomática indiferencia. Por creer en ese sueño estúpido faltó esa mañana a la Oficina. Todo el día, en realidad, porque ya eran cerca de las doce y aún no hacía su gestión, suponiendo además que pudiera hacerla. Era pensable también un atraso del Cónsul, una fila ahora más larga en la frontera —iba creciendo según se acercaba la noche— y por lo mismo una dificultad mayor para alcanzar un taxi en el paradero de la Friedrichstrasse. Ahora él sería uno más en esa fila, y es como si se estuviera observando desde una de las mesas laqueadas del Café Metropol. Uno más al final del día; y más frío, y más dolor y más culpa. Había prometido regresar a la Oficina por la tarde y lisa y llanamente se hacía humo, desaparecía, se ausentaba el día entero, mientras en su escritorio se acumulaban rumas de solicitudes. Y todo esto por dar una importancia indebida a una cuestión estrictamente personal. ¡En qué maldito momento se dejó engañar por ese sueño! ¡De nuevo dándose de cabezazos con la misma pared! ¡No hay visa! ¡No hay decreto! ¡No hay perdón! La meta se aleja y se acorta el camino.

Luego de ir y venir sobre los charcos y la escarcha, congelada la nariz e incluso las orejas a pesar de la *Tchapka*, recién en la cuarta esquina y al cabo de media hora encontró el edificio. Por fin ese aire tibio tras la mampara y el mármol reluciente y seco bajo sus pies. Subió al tercer piso por la amplia escalera. Desconfiaba de esos ascensores antiguos, estrechos, con rejas difíciles de descorrer y casi siempre ennegrecidas con grasa que apenas aminoraba las sacudidas. A través de la puerta del primer descanso escuchó unos acordes de violín y luego, cuando se detuvo sin aire en el segundo, algunos extraños quejidos y algo semejante a ladridos minúsculos. Finalmente estuvo frente a la puerta del tercer piso, cumplida parte de su meta en esta travesía incómoda y siempre con ese dejo desagradable de culpa: no le parecía correcto hacer en su beneficio el mismo viaje que debía prohibir a tantos solicitantes. Pero al entrar al Consulado se derritieron como la nieve sus reproches. Le agradaba esa tibieza acogedora, el escuálido remedo de lo perdido: voces agudas contestando los teléfonos, acentos que le sonaban familiares, paisajes soleados adornando las paredes. Con una sonrisa gentil la secretaria lo hizo pasar de inmediato al despacho del Cónsul.

Una vez en él, arrellanado en un confortable sillón de cuero negro, sintió que se iba hundiendo también en una pavorosa sensación de inseguridad y desánimo y al cabo de unos segundos supo que ya no tenía sentido esperar. La travesía había sido inútil. El ansiado desenlace de este último empeño era apenas un chiste, un engaño macabro, una ilusión construida con la materia mentirosa de los sueños. A pesar del saludo amable del Cónsul —que como siempre parecía recién salido de la ducha—, lo que allí estaba ocurriendo era definitivamente distinto a lo soñado en la víspera.

AL SENADOR LE PARECIÓ que esa mañana el Cónsul olía espantosamente a lavanda. Siempre pensó que era peligrosa la cercanía de una mujer perfumada, y con mayor razón la de varones fragantes. Recordó que en el Senado se respiraba esa pretensión feminoide que algunos dejaban como estela en los pasillos, en la sala de lectura, en los comedores, por todas partes.

En ocasiones anteriores también respiró un olorcillo sospechoso en el despacho del Cónsul. Empezó a temblar. Sintió de nuevo la embestida de su vieja úlcera; aunque ya sabía que no era simplemente la úlcera. ¿El perfume del Cónsul estimulaba esa irritación? ¿O más bien las garras del cangrejo devastando la adolorida miseria de sus intestinos?

El Cónsul no quiso parapetarse detrás de su escritorio. Acercó un sillón al que ocupaba don Carlos e intentó un diálogo amistoso, lo menos protocolar. Pero esa cercanía era también la cercanía del perfume, y la irritación de don Carlos encontró un objeto fácil en la presencia de ese hombre sonriente —espantosamente fragante, pero también espantosamente sano— de quien dependía su última gestión.

El aroma a lavanda ocupaba un lugar muy preciso en la escala de valores del Senador. Y ésta se fundaba en un arquetipo de forma triangular en cuyo vértice superior no resplandecía la idea platónica del bien, sino la figura igualmente incorruptible del Proletariado Mundial. Ésta, para él la máxima expresión de lo perfecto, se concretaba en la imagen que lo impactó cuando joven, en una de las veladas artísticas de los viernes.

Una noche, en los bajativos de una comida en el restaurante Budapest, de la Karl-Marx-Allee, estimulado por la música de los violines y enredado vaya uno a saber en qué recuerdos, don Carlos nos habló de ese monumento que giraba lentamente sobre la sábana del precario cinematógrafo del sindicato: era el emblema que anunciaba las películas soviéticas. Distinta del león melenudo de la Metrogoldwin y erigida sobre un zócalo tan imponente como la mole de un *iceberg*, se elevaba una pareja de cuerpos forjados en metal: el Obrero y la Koljosiana. Eran los protagonistas de esta construcción mítica; los habitantes originarios del paraíso futuro, capturados por fin en pleno vuelo e instalados definitivamente en la tierra. «El escultor los situó a una altura tan inhumana que terminaron sugiriendo la existencia del cielo», argumentó Rosales, que había visto ese monumento en Moscú; pero no, eso no era pensable, y ahí se originó una discusión que nos llevó a suponer que sí, que era pensable, y si lo era, ¿qué cielo, entonces? En la escultura —según la descripción de don Carlos— el obrero era un Adán de amplios pectorales y brazos fornidos y ella una Eva de piernas firmes que resistía el asedio de la ventolera arremetiendo contra los faldones de su amplio vestido. Ambos levantaban un brazo; ella con una hoz en la mano, él con un martillo, y esos brazos se cruzaban finalmente allá en lo alto, en el vértice de la figura triangular, construyendo el emblema de la felicidad perpetua. «Tenían una expresión bastante impersonal y la mirada perdida», comentaron Lorena y Mario, que habían visto en el cine de Cartagena la misma imagen espectacular. «Tal vez porque a la altura que alcanzaban en el monumento no había ante sus ojos nada perceptible», dijo alguien. «Nada humano», argumentamos. «Nada que pudiera atraer la mirada de nadie.» Pero el Senador insistió: esos seres enormes girando sobre la sábana eran la mejor imagen del hombre nuevo. Y esa mirada perdida en el vacío era el símbolo de una visión puesta en el futuro. Lo más probable es que a don Carlos le parecieran magníficos porque esa contextura musculosa y metálica y esa mirada fija en el infinito los hacía aparecer ajenos al dolor. Qué distintos al pobre Rosales, siempre lívido, verdoso en el mejor de los casos, incapaz de sacarse el cigarrillo de la boca. Su idea de una sociedad nueva se fue construyendo con esos símbolos, los que en amalgama con sus viejos prejuicios terminaron decidiendo los valores que asignó a todo lo que creía conocer.

En este punto retomamos el tema de la fragancia. Es obvio que esta pretensión hedonista y decadente, este culto a lo etéreo y transitorio, era incompatible con la adoración de esos semidioses fraguados en un metal tan duro que aseguraba la eternidad. El Senador asociaba la imagen espléndida de esos proletarios de escultura no sólo con la ausencia de dolor, sino también con la más absoluta falta de olor. Por eso le molestó el aroma que inundó la oficina apenas entró el Cónsul a cumplir sus funciones; fresco, sano, fragante, recién salido de la ducha. Y aunque lo tenía por un hombre simpático —mal que mal era un diplomático de carrera y sentía que la estimación era recíproca—, esa mañana el Senador decidió que no podía confiar en el Cónsul. A pesar de las gestiones realizadas por éste en favor de los exiliados, ese fuerte olor a mariconería le hizo pensar que la demora en la frontera había sido completamente inútil.

—¿Se sirve un café, don Carlos?
—No, gracias.
—Si puedo ayudarlo en algo...

—En lo que no ha podido ayudarme hasta ahora. Me voy a morir y me gustaría hacerlo en mi casa. Creo que hasta aquí no más llegamos.
—¿Está enfermo?
—Muy enfermo.

El Cónsul recordó en un segundo las siete solicitudes anteriores del ex Senador y en ese mismo segundo decidió que la enfermedad era una nueva estrategia.

—Bueno, lo siento —dijo en un tono bastante formal—. Supongo que quiere hacer una nueva solicitud.

Como debía asistir a una recepción al mediodía, el Cónsul miró disimuladamente su reloj. Tenía tiempo y pensó que esta vez era mejor explicarle al Senador cómo funcionaban las cosas en su oficina.

—Yo le sugiero que pensemos bien los pasos a seguir. Usted sabe que en esto cualquier imprudencia puede echar todo por tierra nuevamente. Quiero decirle que su penúltima solicitud fue analizada cuando ya prácticamente estaba concedida la autorización, pero la carta que usted adjuntó, en lugar de ayudar, los llevó a revisar la buena disposición que había...

—¿La carta del Premio Nobel de Física?
—No. La carta del obispo.
—Entonces no fue la penúltima, fue la quinta solicitud. Después vino aquella carta del físico y en la última la carta de una hermana que todavía vive en Parral.

—Lo de su hermana no puede molestar a nadie y lo del Nobel, vaya y pase; no alcanza a entrar en el ámbito de las presiones políticas. ¡Pero cuando asoma la mitra de un prelado...!

—En este caso, a lo más, asomaría el delantal de mi médico.

—O el bisturí de un cirujano... y entonces la cosa puede ponerse más filuda. Por eso yo recomiendo cautela y adecuada información. La cautela es natural en la gente madura y entonces puedo pedírsela, don Carlos. La información se la entregaré yo mismo.

Dicho esto se puso de pie, pero en lugar de dirigirse a su

escritorio, optó por desplazarse desde la puerta hasta el amplio ventanal, una y otra vez mientras iba desplegando sus argumentos, tal como hacía don Carlos en la Oficina —o en el espacio incomparablemente más pequeño de su departamento para viudos— cuando quería expresar una idea compleja y entonces el ritmo de sus pasos le permitía articular con más método la sólida cadena de sus razones.

—Quiero que sepa que en este momento estaría a punto de aprobarse una ley de amnistía que incluye a los exiliados...

El Senador lo interrumpió de inmediato. Sobreponiéndose al dolor que venía de sus vísceras y al mareo que le provocaba la fragancia, dijo una sola frase, pero la dijo lento, dándole a cada palabra su propio peso, para que quedara pesando en la conciencia del Cónsul la enormidad de la injusticia y el tamaño de la ofensa:

—Mal puede beneficiarme a mí esa ley. Jamás he cometido un delito y nunca he sido condenado.

—No importa —replicó el Cónsul sin advertir el esfuerzo con que don Carlos intentaba reivindicar su dignidad herida—. De aprobarse esta ley, se levantaría de manera automática la prohibición que afecta a quienes abandonaron el país, y nosotros dejaríamos de ser el buzón de montañas de cartas y solicitudes. Desde ese mismo momento empezaríamos a entregar pasaportes sin L. O tal vez, para evitar la incomodidad y el gasto, la misma ley podría darle otro significado a la L, de modo que no significara Limitado sino, por ejemplo, Legalizado, o Legitimado. La L también podría significar Licencia; o Lustro, ya que el pasaporte tiene una vigencia de cinco años. Supongo que lo más importante para usted, mi estimado Senador, es volver. Qué importa si debe cumplir con alguna formalidad. El problema es que hay enemigos de la amnistía dentro del propio gobierno —y acercó su presencia perfumada en ademán clandestino—. Son los duros de siempre. Argumentan que una amnistía que permita el retorno de los exiliados se va a interpretar como señal de debilidad e incluso de derrota. Me han informado, extraoficialmente por supuesto, que los partidarios de la amnistía claman por una disminución apreciable de las solicitudes. Eso les permitiría promulgar la ley sin poner en riesgo la imagen del poder.

—¿Quiere convencerme de que lo mejor es no presentar esta vez una nueva solicitud?

—No exactamente. Lo que le pido es que meditemos bien la cuestión.

—¿Usted me quiere convencer de que mientras menos solicitudes haya, más pronto se nos permitirá regresar?

—No. Yo no quiero convencerlo de nada. Yo sólo quiero ayudarlo con un par de consejos y alguna información. Mientras tengan evidencias de una presión concertada, más se endurecerá la postura oficial. ¿Es conveniente que haya verdaderos cerros de solicitudes atochando nuestros consulados? Es cierto que produce cierta molestia en lo más doméstico del trabajo consular, pero la verdad es que en la mayoría de los casos esas solicitudes no son enviadas al Ministerio de Relaciones Exteriores. Usted comprende que los funcionarios de la Cancillería también son presa del temor y a veces optan por no hacer los envíos.

—¿Entonces no se envían las solicitudes? —preguntó el Senador anonadado.

—Yo no digo que sea así en todos los casos. A usted le consta que las suyas han sido enviadas puntualmente. Pero en esto de hacer la valija diplomática los funcionarios tienen un margen de decisión personal que les permite establecer urgencias y en ese caso las solicitudes pueden esperar. No es que se diga: «¡No se mandan las solicitudes!» No. Pero se van quedando, ¿me entiende usted?, se van quedando. Primero en el escritorio del Cónsul, y después de varios días, cuando ya molestan ahí, pasan a la oficina del secretario, donde se juntan con otras rumas anteriores y también con documentos cuyo despacho no admite demora, así es que la secretaria del Secretario pone orden, apura lo que es urgente y busca un lugar para lo que deberá seguir esperando. En la mayoría de los casos las solicitudes son enviadas a la sección archivos, y así terminan tranquilamente en el subterráneo.

—¿Y están aquí todavía, bajo mis pies, las solicitudes de todos los residentes en Berlín?

—Bajo sus pies está la peluquería canina más elegante de Berlín, mi estimado amigo. Si sus pies escucharan, terminarían llorando con el gemido de los perros más finos de la ciudad. Y usted sabe que un perro en Berlín es mucho más reverenciado que una vaca en la India. Hablar aquí de perros finos es hablar de cosas mayores. No, don Carlos; aquí no tenemos subterráneo. En el segundo piso los perros y en el primero un conservatorio privado. Ladridos y música. Aquí no hay un sótano repleto de solicitudes olvidadas.

—Y a fin de cuentas, qué más da —dijo el Senador para sí mismo, pero con voz alta y clara—. La Cancillería también tiene amplios sótanos. ¡Qué importa dónde están nuestras solicitudes esperando el juicio de los justos! —Y luego, mirando fijo a los ojos del Cónsul, lanzó la pregunta—: ¿Y por qué habría de creer que este Consulado es una excepción?

El Cónsul, que había vuelto a sentarse junto a don Carlos, guardó un brevísimo silencio antes de responder, pero ese instante bastó para delatar que esta vez era su orgullo el dolido.

—Porque el Cónsul que se lo dice es un caballero —respondió, dándole también el peso necesario a cada palabra. Y luego de advertir que la respuesta había tenido efecto en el ánimo de don Carlos, que calló bajando la vista y distrayéndola luego en los vidrios empañados de la ventana, agregó en un tono muy distinto, como si quisiera restarle importancia a la noticia—: Además he caído en desgracia. Ya no tengo nada que temer. He sido llamado a Santiago y sé que piensan destinarme a Mozambique.

—Lo siento —balbuceó don Carlos.

De pronto le pareció ridículo haber cruzado el muro y haber hecho, además, esa verdadera travesía en la nieve... para terminar consolando al Cónsul. Quiso alejar esa sensación de sin sentido y repitió en voz muy baja, casi avergonzado: «Créame que lo siento mucho».

Pero al instante advirtió que esa frase y el tono que involuntariamente la envolvía acentuaban el carácter grotesco de la situación. Entonces, señalando las fotografías oficiales que colgaban de las paredes junto a los paisajes culinarios del país (enormes langostas de Juan Fernández y salmones dorados porfiando contra la corriente de algún río sureño), dijo en tono de chiste:

—Yo supongo que todos los consulados son iguales. También en Mozambique va a poder mirar esas langostas.

El Cónsul intentó una sonrisa de gratitud, pero no renunció a explicar su situación.

—Llegué a este Consulado hace veinte años. Mi mujer es berlinesa. Aquí tengo tres hijos y cuatro nietos. Si me dan otro destino, prefiero renunciar. Tal vez debí hacerlo antes, pensará usted... Pero bueno, todos le tenemos miedo a algo. La verdad es que no he decidido nada todavía.

—Usted es Cónsul de carrera, supongo que puede apelar.

—Sí, puedo hacerlo; pero mi apelación correría la suerte de las solicitudes. Hay muchas formas de rechazar una petición, don Carlos. Si usted lo piensa bien, el rechazo es siempre anterior a la petición: es algo que ya está decidido. Por eso creo que las solicitudes carecen de sentido. Mi petición también dormiría en un escritorio, y luego en otro, y terminaría como tantas en un archivo. Debe ser cosa de la vida. Son más las solicitudes que las posibilidades de satisfacerlas. Frente a cada solicitante hay un funcionario que ha hecho carrera rechazando solicitudes. Es dable suponer que ese funcionario también ha presentado más de una vez una solicitud cuyo trámite aún no se ha resuelto. Y siempre hay una secretaria cuya misión es despejar el camino y mandar las solicitudes al basurero. Parece que no hay suficiente espacio para todos y tenemos que aceptar ese hecho, don Carlos.

—Usted es muy pesimista. La vida no es una acumulación de rechazos. No es mi experiencia, al menos.

—Yo he tenido que decirle *no* muchas veces.

—Sólo siete veces.

—Siete veces siete, dice la Biblia. Supongo que no es la primera vez que le dicen no siete veces.

—Tiene razón. Y sin embargo... bueno... no piense que no valoro sus consejos, pero... ¿qué le parece que hagamos una nueva solicitud?

—Como usted quiera. Pero ya sabe que no va a servir de nada.

—No importa. A esta altura es sólo por joder. No nos queda otra, ¿no le parece?

—Ahora es usted el pesimista, don Carlos. Dígame: ¿qué puedo hacer por usted?

El viejo había esperado toda la mañana esa pregunta. Pero ahora tenía confianza. Contestó tan rápido como si estuviera en un concurso de la televisión.

—Tres cosas.

—¿Y cuál es la primera?

—Enviar esta solicitud ahora.

—De acuerdo, al final da lo mismo. ¿Y la segunda?

—Un vaso de leche.

—Lo pedimos de inmediato. ¿Caliente?

—Más bien tibia.

—¿Y la tercera?

Don Carlos carraspeó para que la voz no le temblara.

—Ese perfume... Perdóneme, pero ¿se tolera mejor todo esto con ese perfume?

—Algo agradable es siempre una ayuda. Para mí es como su vaso de leche. ¿Quiere saber cómo uno se siente?

Sin esperar la respuesta del Senador, el Cónsul salió de su oficina en procura de la leche y del frasco de perfume.

ESTABA OLIENDO a esa mierda cuando bajó la escalera. Oyó algunos ladridos en el primer descanso y en el último una música que le recordó la que esperaba cada noche pegando su cabeza al tabique. ¿Qué le dio por caer en esa curiosidad? Ahora llegaría a La Batea como un maricón cualquiera. La verdad es que el perfume le gustaba, pero su mayor deseo era librarse de ese olor al salir a la calle. Y como al dar los primeros pasos en la nieve la helada le congeló el olfato, supuso que el desliz sería para siempre un secreto entre él y el pobre Cónsul. Ya sin el lastre de la fragancia pensó que el diplomático estaba dispuesto a renunciar porque su perfume jamás sería tolerado en Mozambique. Intentó reivindicarse recordando la broma que se permitió en la despedida: «Tenemos un numeroso Comité Regional en Mozambique. Puede desquitarse enviando solicitudes a la Cancillería».

La Batea era la picada chilena que frecuentábamos con pasión reminiscente los exiliados divididos también por el muro. Los del lado de allá podían instalarse en su barra cada noche; nosotros —en realidad los pocos que teníamos visa de salida— dábamos por allí una pasada fugaz antes de emprender el regreso hacia el muro. El cambio sólo nos permitía tomar un par de copas, y casi nunca comer; pero por las noches contábamos con la ayuda de dos anfitriones generosos y devotos del Primer Estado Obrero y Campesino en Suelo Alemán: Douglas y la Chica Celsa. Entonces la copa calculada era atención de la casa y así quedaba lo suficiente para pagar la segunda, entre conversa y conversa. La Batea era para nosotros muchísimo más importante que el Consulado; ahí se realizaban sin mayor trámite operaciones que iban desde la compra de un auto usado hasta el envío de la correspondencia que podía poner en peligro a nuestras familias. Allí se intercambiaban revistas «recién llegadas del interior» que iban pasando de mano en mano durante meses. Ahí podían contratarlo a uno para hacer de extra en una película filmada en Berlín pero ambientada en cualquier lugar exótico poblado por aborígenes tiesos de mechas. En La Batea se podía escuchar música, bailar e incluso iniciar romances: muchos corazones rubios se prendaron de melenas negras ateridas por la nostalgia. La Batea era el rincón de los recuerdos lejanos. En sus paredes, en lugar de las anodinas langostas, había retratos que nos seguían uniendo a pesar de los años, imágenes que por una extraña mística adoraban también nuestros hijos: Neruda, Violeta, Víctor Jara. Fotos ya descoloridas de la pampa y de los ventisqueros, de los cerros del Puerto y de las poblaciones de Santiago, tenían para unos y otros distintas resonancias afectivas, pero construían también la difícil unidad de nuestra memoria común.

Don Carlos llegó a La Batea a eso de las dos. Cuando le ofrecieron un plato como atención de la casa dijo que ya había comido, y muy bien. Desde un tiempo a esta parte no almorzaba para evitar la acidez que recrudecía por las tardes. Sentado en el bar, después del segundo trago de un licor amargo que tenía la virtud de calmarle los dolores, habló en un tono reservado con el Secretario del Partido, un joven alto y paliducho que lo escuchaba atentamente mientras secaba copas detrás de la barra.

—Quiero pedirle un favor, compañero.

—No faltaba más, don Carlos.

—Pero esto tiene que quedar entre nosotros. Hágalo con discreción y no lo comente.

—*Natürlich* —y la palabra salió espontánea, mal que mal hablaba la lengua que aprendió jugando en la escuela.

—Hay que recibir a dos personas que vienen del interior.

—Entendido —dijo el muchacho.

—Pero esta vez no son camaradas.

El muchacho dejó la copa y el mantel sobre la barra y se dispuso a oír algo completamente nuevo.

—Quiero que me ayude con una chica que no puede venir a buscar a sus padres.

Durante la conversación con el Cónsul, en un momento particularmente penoso, tal vez cuando el funcionario le habló de las rumas de solicitudes amontonadas en los sótanos del Ministerio, don Carlos tuvo una nítida visión que le dolió como su herida abierta: los padres de Lorena en una antigua fiesta de bodas bajo el parrón de una casa ñuñoína. Él les había regalado un salero de plata, un regalo pequeño que sacó de su chaqueta con disimulo cuando Mario y Lorena partieron la torta en medio del aplauso de los invitados. Mientras bailaba con la novia puso el pequeño objeto brillante en la mano de Lorena y le cerró el puño diciéndole que aquello que guardaba con el calor de su mano era la felicidad duradera, que así lo había escuchado desde niño, dichos e imaginerías vinculadas a la sal, al amor, al tiempo que vendrá para los enamorados. Imaginó a los padres de Lorena escuchando la noticia de la separación, dedicando una mirada bovina al departamento de una mujer separada. Y también los vio vestidos como en la noche de bodas, empaquetados y formales, dignos en su estrechez, pero ahora no bajo los racimos del verano, sino hundiéndose en la nieve que se amontonaba —como las solicitudes— en el paso fronterizo de Checkpoint Charlie. Estaban solos junto a la barrera de la Volkspolizei, esperando que alguien les hiciera llegar la visa sin la cual era imposible atravesar ese muro.

Con esa imagen enfrentó la fría ventolera de la plaza, bajó al laberinto subterráneo del U-Bahn, llegó a la barra de La Batea, y le pidió al Secretario del Partido que resolviera esta cuestión de la forma más discreta posible. Cuando llegara con los compañeros del interior al puesto de la Friedrichstrasse, él estaría esperándolo allí con las visas.

Y esa imagen no lo abandonaba todavía cuando, al pasar esa tarde por la Oficina, le estalló la bomba en plena cara. La carta del Ministerio había llegado a eso de las cuatro y ya habían llamado de la Oficina Grande para concertar una reunión de urgencia. Cuando terminó de leer la carta del Ministro y luego la copia de la que le envió Lorena, la dolorosa imagen de los viejos ateridos dio paso a una aún más patética, aunque ya no se trataba sólo de una imagen, sino de la muy tangible y presente expresión de abatimiento con que lo miraban los cuatro miembros de la Dirección, esperando escuchar su palabra sobre el desaguisado.

—Lo más vergonzoso que ha ocurrido en todos estos años, qué quiere que le diga —repitió el Senador caminando de nuevo desde la cocina al balcón, mientras recorría una y mil veces las mismas palabras, el mismo argumento, la misma enconada amargura.

—A mí me parece una solicitud perfectamente legítima, aunque no se comparta su punto de vista —contradijo Mario dejando sobre la mesa la segunda taza de té.

—Su actual suegro no piensa lo mismo, compañero. ¿Quiere leer la carta que nos mandó el Ministro?

Mario sintió que en el tono empleado por don Carlos se traicionaba una segunda molestia. No sólo le irritaba la carta de Lorena, sino también la que el Ministro había enviado a la Oficina.

—Separemos las cosas, don Carlos. Si es un asunto oficial, nada tiene que ver mi relación con Eva. Y lo que yo piense es independiente de esa opinión oficial y también de mis relaciones personales. Eva no puede ser inmiscuida en todo esto. Le ruego que lo tenga presente.

—Parece que está de moda hablar de una opinión oficial y desentenderse de ella.

—¡Qué tengo que ver con lo que diga el Ministerio!

—Nada, en realidad. Sólo estaba recordando.

—¿Recordando qué?

—Mi reunión con el Cónsul, esta mañana. El representante oficial no comparte la política oficial.

—Si está pensando en el Ministro, yo no soy su representante oficial. Soy el compañero de su hija, y ella tampoco comparte la barbaridad que se está cometiendo.

—¿Barbaridad?

—Sí. Expulsar a Lorena del país. Esto es un escarmiento contra la disidencia.

En su irritación, Mario había pronunciado la palabra maldita. Hubiese querido volver atrás, pero no había cómo.

—Ese es exactamente el punto. ¡Después de tantos años, un nuevo brote de disidencia!

El Senador se refería a una crisis anterior: la famosa huelga que organizamos en Leuna, la mina de carbón a la que se destinó a los desterrados «de extracción burguesa», varias decenas de intelectuales —la mayoría académicos, actores, periodistas, ex diplomáticos— con la muy noble intención de proletarizarnos.

—Descontento —dijo Mario sabiéndose perdido.

—Pero usted dijo disidencia —subrayó el Senador mientras servía otra taza de té.

6

*Jasón: ¿Qué hallazgo más feliz
habría podido encontrar que
casarme con la hija del rey,
siendo como era un desterrado?*

Medea, Eurípides

AUNQUE BUSCO Y REBUSCO, *no encuentro la palabra capaz de expresar tanto tu maldad como tu cobardía. Porque es un acto de maldad sugerir que mi suerte depende de una generosa gestión de la persona que mayor daño me ha hecho desde que estoy viva.*

¿Cuándo decidieron que ella podría interceder ante su padre, el mismo que firmara el decreto de mi expulsión? ¿Antes o después de hacer el amor? ¿Fue la luna, o tus caricias, o el vino que le habrás enseñado a gustar en la cama, lo que excitó su conmovedora compasión? ¿O es que este nuevo castigo que me anuncias no los deja dormir? ¿Me he transformado por eso en un fantasma intolerable? ¿Compartimos el desvelo revolcándonos entre las mismas sábanas?

Ahora quiero que me escuches.

Yo fui leal. Lo saben todos los que se embarcaron con nosotros; todos los que se han quedado conmigo y con tus hijos en esta nave que no nos lleva ya a ninguna parte.

Yo fui para ti —como lo dijiste tantas veces— una luz salvadora. Pero esto mío que te iluminaba es la luz que robé de la casa de mis padres, ahora tan solos, tan en la penumbra por mi culpa. ¡Si supieras cómo quiero estar con ellos! ¡Si supieras cómo quiero estar con mis hermanas, abrazarlas, llenarlas de besos, ir besando también uno a uno a sus hijos que no conozco!

Cómo quisiera estar en mi casa de niña, bajo el parrón en un almuerzo de domingo. Me veo sentada a la mesa con todos los que me quieren de verdad. Y entre ellos los esposos de mis hermanas, que no me conocen pero me respetan más que tú, me quieren más que tú y están dispuestos, lo sé, a sacrificar por mí lo que tú jamás sacrificaste. ¡Cómo quisiera conocer a los esposos de mis queridas hermanas!

Así son las cosas: dejé a los seres más queridos para seguirte, porque ése era mi deber como esposa, así como el tuyo era no abandonarme lejos de los míos. Yo cumplí contigo siempre, aun haciendo daño a mi familia. Igual que tú. Fiel a la mujer que compartió tu desgracia y fiel a los hijos que nacieron de esta fidelidad.

Miro mi mano derecha, tantas veces feliz entre las tuyas, y con la otra acaricio mis rodillas, como tú lo hacías. Qué triste cosa las nostalgias de mi cuerpo. Y qué triste el cuerpo mío. No sólo sangre; también el tiempo corre por mis venas.

¿Fue ésta la razón de tu locura? ¿La generosa te recuerda tal vez mi cuerpo de niña? ¿Mis jóvenes rodillas ancladas en la cama acariciando tus costados? ¿Mis pechos firmes a punto de reventar en lo más alto de la proa?

¡Cómo te entiendo! Acabo de saber lo que puedo sentir junto a un hombre joven. Y sin embargo no abandonaría a mis hijos por eso. Ni te abandonaría a ti, porque no tienes culpa de tus años. Ni me abandonaría a mí misma para navegar contra la corriente de mi propio tiempo.

Me conmueve tu infinita bondad: haber decidido acompañarme durante la visita de mis padres, aunque recalques que tu disposición tan generosa sólo será posible si son pocos los días. Sí: son pocos. ¿No te das cuenta, dechado de sensibilidad, que para mí siempre serán pocos? ¿Y no crees que serán *pocos también para tus hijos, que han soñado todo este tiempo con tu regreso? ¿O quieres oír que son muchos, para así sentirte liberado de tu propia decisión? Pues sí, también puedo decirte: son muchos. Muchos si cada hora que pasa debo fingir en el límite del dolor; simular que tengo lo que ya perdí; alegrarme de tu cercanía, sabiendo que es mentirosa; regalarles a los seres que más quiero una tranquilidad que es sólo producto del engaño. ¿Pocos o muchos? Según. Según lo que se siente vivo; según lo que haya aún de vida corriendo por tus venas.*

LA LLAVE en la cerradura.

Mario está a punto de entrar al departamento de la Karl-Liebknecht-Strasse. De pronto recuerda un gesto y un sonido lejanos: en su casa de Seminario había que girar apenas la llave hacia la derecha cuando ésta llegara al fondo de la cerradura y luego retirarla un poquito y presionar hacia arriba; después de oír el gemido metálico podía volverla sin dificultad y entonces la puerta de la casa se abría. ¿Por qué lo recuerda ahora? ¿Por qué le parece estar escuchando el gemido de la puerta y la voz del padre que le repite «No, no. Tienes que retirarla un poquito cuando llegue al fondo, después la subes y listo, ya está»? Durante años la cerradura conservó su pequeño desperfecto, que se sumó a tantos otros que fueron apareciendo aquí y allá, esa teja rota en la techumbre, las tres baldosas algo flojas del parrón, la piedra de la gruta que se suelta de cuando en cuando y cae, aunque siempre alguien la recoge, la pone de nuevo en el hueco que ya ha perdido el cemento y allí dura algunos días, como si nada. ¿Quién se ocupará ahora de esas pequeñas fallas? ¿Quién se subirá al techo? ¿Quién sacará al viejo en su silla de ruedas a tomar el sol del mediodía? De pronto reparó en algo que no había pensado jamás: durante años la cerradura tuvo ese desperfecto y nunca se llamó a un cerrajero. Toda la familia fue aprendiendo la mañita —porque es cuestión de mañita, nos decía el viejo— y también las empleadas, una tras otra, fueron aprendiendo la mañita; y también el jardinero, y el ayudante del jardinero, cuando el titular no apareció ya más; y recuerda que él mismo le enseñó la mañita a la tía Lidia, que venía a cuidar al papá después de la hemiplejía: «Tiene que sacarla un poquito cuando llegue al fondo y después subirla sin hacer fuerza, no vaya a quebrar la llave, tía; eso, ¿no ve que es fácil?» Así, el precario equilibrio entre el deterioro creciente de la cerradura y las habilidades colectivas que desarrollaban para ocultar el defecto llegó a ser para Mario el factor más seguro de cohesión en la familia. En los últimos años se fueron separando por distintas, quizás en el fondo por las mismas razones. Mario se casó, se despidió de Seminario. En los tres años siguientes, también sus hermanos. Vivían en casas distintas —otras puertas, otras cerraduras—, pensaban diferente, discutían cada vez con más encono, y así se fue haciendo ingrato el almuerzo familiar de los domingos. Él optó por visitar a sus padres el sábado. Llegaban con Lorena a eso de la una. El quejido metálico de la cerradura era el prólogo de almuerzos más bien aburridos. Les cargaba esa condena a perpetuidad; pensaban que siempre habría ese almuerzo de los sábados. Y entonces recuerda: hace algunas noches soñó que estaba por fin de nuevo frente a esa puerta, a un metro de la imperfecta cerradura. La maleta a un lado, en el suelo; el viejo, al otro, le sonreía con malicia, como para pillarlo mientras le pasaba la llave: «¿Te acuerdas de la mañita?»

Se borraron de golpe la puerta y la sonrisa. Despertó. Estaba empapado, pero tiritaba y le dolía la cabeza. Miró a Eva que dormía. La imaginó navegando muy adentro de su propio sueño, ese sueño que él no podía imaginar. Se sentó en la cama. Acababa de escuchar el mismo quejido metálico de la cerradura. ¡Y habían pasado doce años!

¿Por qué lo recuerda justo ahora? ¿Por qué lo había olvidado en el segundo sueño que siguió al asombro? Ahora tiene la llave en la cerradura y está a punto de entrar a su casa de acá. Pero ésta no es su casa, en realidad; es el departamento de Eva en la Karl-Liebknecht-Strasse 9, frente a la Alexanderplatz. Fue allí donde hace dos semanas se le apareció su casa en una pesadilla.

Por el departamento Eva paga 114 marcos mensuales, el diez por ciento de su sueldo en la Universidad Humboldt, tal como lo dispone la ley. Es un buen departamento con dos dormitorios, un living-comedor y una terraza relativamente amplia. Pero la verdad es que tampoco es el departamento de Eva: es el lugar que Eva ha recibido del Estado para vivir allí indefinidamente, salvo que una falta grave obligue al Estado a privarla de ese privilegio.

La terraza da hacia la fachada de piedra de la Marienkirche, una iglesia del siglo XIII cuyos contornos parecen más nítidos en medio de la nieve que cubre desde hace días la amplia extensión de la plaza. La primera vez que Mario vio la iglesia desde allí —hace un invierno, hace justo un año— pensó en un cuadro ya visto en alguna parte. Era medianoche, Christiane y Gunter se habían ido después de la segunda botella de vodka y ahora estaba por primera vez con Eva en esa terraza, resistiendo el frío y la ventolera, frente a ese paisaje que ella le mostró como lo más hermoso visto en su vida, feliz de que esa hermosura estuviera casualmente frente a su terraza. En el paisaje que Mario tuvo ante sus ojos y en el cuadro que vagamente rescataba su memoria, lo deslumbró el contraste entre lo oscuro del cielo y la apariencia salina de la nieve, atenuado por la luz cálida de los focos y la otra, fría y azul, de la luna redonda junto a la estilizada culminación del campanario. Contempló largo rato la extensa blancura, el otro círculo blanco en el cielo, la iglesia y la luz dorada de los focos devolviéndole a la piedra su dimensión grave y milenaria, pero al mismo tiempo su presencia cercana y actual como un milagro. Todo eso era parte de un brindis distinto en esa noche inesperada. Desde la terraza, Mario contempla el paisaje. Trata de recordar la pintura que lo anticipa, presiente que ese cuadro olvidado esconde algo del misterio de esa noche. Siente a Eva a su lado, escucha el leve ritmo de su aliento, gira su rostro para verla. Ve que ella también está mirando el paisaje, y sabe que sienten lo mismo. Y ve cómo por la boca entreabierta de Eva su aliento se va volando con el suyo hacia lo nocturno de la magia.

A mediados de noviembre —*Im traurigen Monat November war's*— Mario recibió una noticia cuyas consecuencias, por el momento absolutamente imprevisibles, habrían de sumar una nueva mutación a las que ya habían trazado el curso de su vida. No fue anunciada con círculos rojos en la casilla del edificio ni tenía la clásica forma del telegrama. Fue una simple llamada telefónica. La falta de dramatismo, sin embargo, fue compensada con creces por la magnitud del anuncio. Interpretó la noticia —el posible contrato para escribir el guión de una película— como el reconocimiento algo tardío de sus capacidades y como la posibilidad de salir definitivamente de su actual situación. La suya, en realidad, era estimada en las sobremesas del *ghetto* como una de las favorables —si bien no la más favorable—, pues entendíamos que si Mario se ganaba la vida ejerciendo su profesión —cosa poco frecuente en nuestra comunidad—, no era ésa la profesión con la cual él quería ganarse la vida. Pero también sabíamos que Mario había vivido intentando salir de las situaciones en las cuales voluntariamente se comprometía. Nunca conocimos a una persona tan desesperadamente decidida a salir de sí mismo.

La llamada que recibió Mario a comienzos del último invierno era de una traductora a la que había conocido hacía algunos años en los actos de solidaridad con los llegados en las primeras hornadas. Le pedía que aceptara escribir un guión para un director joven que estaba muy entusiasmado con los cuentos de su libro recién editado. De acuerdo al ascenso natural, el novato director —que ya había cumplido los cuarenta— tenía por fin la posibilidad de realizar un largometraje, siempre y cuando entregara un proyecto interesante. Pensó que una historia de exiliados tendría mayores posibilidades de ser aprobada. Por otra parte, Mario también se estaba beneficiando con una suerte de ascenso natural: luego de la elogiosa crítica de su primer volumen de cuentos, tenía que venir algo así, y así asistió al encuentro, respaldado en su autoestima y soñando ya con las luces de estrellato inseparables de los estrenos.

Imaginó entonces una charla en la que sería el protagonista, una maravillada aceptación de su ingenio y luego la firma del contrato, por una suma que le permitiría dedicarse definitivamente a escribir. La firma estaría, por supuesto, precedida de una o varias copas de champagne y luego de firmar anunciaría que pensaba destinar una parte de ese dinero a la solidaridad con Chile. Lo que no imaginó es que no habría tal contrato. Se trataba sólo de un proyecto y todos sabíamos cuán largo era el vía crucis de los proyectos y sabíamos también que casi siempre terminaban coronados de espinas y decepciones. Hubo sin embargo la simpatía del encuentro, el champagne, la apuesta por un final feliz —aunque a Gunter le cargaban los finales felices—, el entusiasmo del joven director y una inesperada sorpresa: algo que Mario no imaginó al recibir la llamada, el gato saltando desde el lugar menos previsible al asiento vecino, la inesperada presencia de Eva, como inventada para estar siempre merodeando los espacios cercanos; al comienzo en el sofá, luego en el puesto vecino en la mesa, finalmente en su cama.

Antes de entrar, sin decidirse a girar la llave en la cerradura, Mario se pregunta de nuevo lo que ha estado rumiando toda la tarde: ¿Habría que decírselo ahora mismo o será mejor esperar hasta mañana? Decírselo ahora puede significar una noche en vela, sin pegar pestaña. Además, si la cosa se pone fea, si ella le pide que haga de inmediato su maleta y parta... ¿adónde ir? No tiene derecho a registrarse en un hotel de Berlín porque en su *Ausweis* dice clarito que tiene un domicilio en Berlín; *Jawohl!* Tendría que irse a Potsdam, como ya lo hizo una vez, y pasarse algunos días viajando hora y media por la mañana y otro tanto por la tarde, lo que bien pensado no es tan grave, sobre todo si no hay alternativa. Sí, Potsdam es el lugar más cercano en que un berlinés puede aspirar a un cuarto de hotel... si con suerte hay un lugar. La puta vida. *¿Se lo dice ahora?* Parece que es mejor esperar hasta mañana.

Los hábitos de Mario y de Eva coincidían, y eso era bueno, y era mejor aún si habían logrado coincidir en poco tiempo. En realidad se habían acoplado desde la primera noche. Al atardecer —en el invierno de Berlín ya bien adentro de lo oscuro— Eva entraba en la bañera como entraría un pavo real en un salón de belleza. Y no es que Eva fuera pretenciosa. Le gustaba simplemente la soledad sin excusas del baño, el calor del agua mientras se llenaba la bañera y la cantidad de sales, colonias y afeites que demoraban su posterior entrada en escena, cuando Mario tenía ya la mesa puesta con vino húngaro y lonjas de esturión que misteriosamente aparecían allí luego de las visitas de Eva a la casa —más bien al refrigerador— de sus padres. Él regresaba puntualmente a eso de las siete, de vuelta de la Universidad, luego de su pajareo habitual por los puentes del Spree. A esa hora casi siempre Eva estaba en el baño y él se dedicaba a ordenar las maravillas de la cena. Era cuidadoso con las velas, con el queso —que debía estar a punto, como el vino— y con la sorpresa culinaria de la noche, a veces un trozo de pescado en escabeche o esas lonjas de lengua de vacuno que sabía adobar con una salsa de almendras. También era un hábito coincidir en el despacho informativo. Mario entraba en el baño saturado de vapor y se hincaba junto a la bañera. El beso era una humedad tibia, lúbrica, distinta, y luego se dedicaba a contemplar el cuerpo de Eva, sus bellezas redondeadas por la calidez transparente del agua, esa tranquila cercanía contándole la rutina del día. Eva era chiquita, era linda en el agua, era un pez libre en su espacio natural, y cuando giraba para tomar el vaso de vodka opaco por el frío, el vaso que Mario había puesto a su alcance —ese peaje para entrar en su intimidad—, sus piernas removían el agua, sus pechos parecían crecer con el pequeño oleaje y su brazo se alzaba chorreando lo innecesario, el regalo de su lúbrica perfección, ese brillo inicial del brindis de la noche. Pero el peaje que el propio Mario inventó para invadir la intimidad de los baños de Eva no era sólo el trago de vodka en un vaso recién sacado del congelador. Existía además la costumbre de los regalos: Mario llegaba cada tarde con algo inesperado, aunque la reiteración hacía más difícil sorprenderla con novedades. Un salero antiguo, un libro por aparecer, un trozo de torta, una flor, un poema mínimo escrito en el pasaje del metro, unas sales —modestos regalos ofrendados en la intimidad húmeda y caliente del baño.

LA INCORPORACIÓN de Eva a nuestras veladas —aprendimos a llamarla Efa, la hermosa Efa, la Efa ternura, la Efa sueño, la Efa tristeza de no tenerla, la Efa envidia tremenda de algunos—, lo que ella nos contó y los comentarios que se multiplicaron en tertulias más propias de los hombres y más vinculadas a los bares, fueron reconstruyendo la historia privada de su padre, Hermann Grünberg, el Ministro, y las peripecias de una historia de amor que devino en la leyenda de Hermann y Paula. Todo indica que los dramáticos acontecimientos de entonces justificaban el aura romántica que hizo entrañable esta historia en el alma de nuestra alicaída comunidad.

Cuando Hermann optó por la aventura —en la Alemania de 1934—, sólo fue necesario dar el paso inicial para verse envuelto completamente en ella. Es probable que al darlo supiera —o al menos presintiera— que ponía en movimiento una cadena inmanejable de sucesos a la cual debía someterse desde el instante en que emprendía el primer eslabón. Este primer paso, al parecer, era mucho menos voluntario —menos independiente, pensamos— de lo que Hermann imaginaba. Una noche le confió a Mario cuál había sido la decisión más importante y menos difícil de su vida: abandonar a su primera mujer al día siguiente de la boda y partir a España para ponerse bajo las órdenes del Gobierno Republicano. Antes, claro, había vivido abandonos y consumado dejaciones no menos importantes. El año treinta y tres, cuando ingresó a la Academia Militar, era un ciudadano alemán que cumplía con un deber cívico. Un año después, al ser expulsado, era un judío que además cargaba con la culpa de ser comunista. En Berlín la tensión aumentaba día a día y también las agresiones de las tropas de asalto. En una reyerta que se prolongó hasta las cercanías del Reichstag, Hermann fue detenido. Vivió entonces por primera vez la experiencia del calabozo, de la incertidumbre, del miedo y también la solución feliz del rescate. Una gestión de su padre con un amigo del Ministro del Interior de entonces (o su equivalente en la estructura de poder) le permitió computar la pena de cárcel por un exilio que debía aparecer como voluntario. Una tarde el Ministro le contó a Mario este episodio de su historia personal —él, que siempre evitaba, por inútil, referirse a cualquier acontecimiento que no formara parte del «largo y convulsionado proceso objetivo de confrontación de clases antagónicas en que consiste la historia universal» según le oyó decir muchas veces, apegado a la definición de la *Parteischule*—. Y Mario no pudo evitar un recuerdo: imaginó el calabozo del joven comunista berlinés idéntico al que sufrió en una comisaría de Santiago, antes de cumplir los dieciocho años; recreó en su emoción la misma incertidumbre, pensó que conocía ese miedo. Estaba en un calabozo. Esperaba que en cualquier momento la simple detención se transformara en un vejamen más peligroso. Imaginaba torturas que en ese tiempo sólo ocurrían en lugares remotos. Para defenderse del temor recuerda que se aferró a una emoción y unas imágenes cercanas en el tiempo y en el alma. Pensaba en Lorena, a quien había conocido la tarde anterior a la huelga y con quien había marchado por la Alameda hasta Estado, donde fueron detenidos. Recordaba su bufanda blanca enarbolada como una bandera en la cima de su cuerpo esbelto ceñido por el uniforme azul de liceana. Recordaba que la tarde anterior, cuando llegó al Indianápolis con el anuncio de la huelga, Lorena estaba sentada con sus compañeros del grupo de teatro, junto a su amiga Patricia. Lo deslumbró esa presencia nueva en el café y en el Instituto, esta niña linda que ensayaba una obra de García Lorca, que leía a Sartre, que tenía sobre la mesa del café un ejemplar de *La Náusea*, una boina, unas manzanas. Mario convocaba esa imagen para defenderse del miedo y recordaba también los ojos grandes de Lorena cuando en la manifestación le habló de la otra marcha, de la que explicaba ésta en la que ellos se iban conociendo esa mañana apenas soleada de abril: la marcha de los mineros del carbón, de Lota a Santiago, para defender sus salarios y sus empleos. Recordaba su sonrisa de niña cuando le habló de Tolstoi, ella había leído *Resurrección*, ahora quería leer *La Muerte de Iván Ilich*. Iban hablando de libros —iban acercándose como dos fuegos recién encendidos y hablar de libros era la forma de hacer crecer las llamas— cuando la llegada de carabineros produjo el desbande general en la Alameda. Alcanzó a ver que a Lorena también la detenían y durante toda la noche que pasó en el calabozo pensaba con dolor en el sufrimiento paralelo de Lorena y con incontenible regocijo en el hecho de que, en lugares distintos, seguían compartiendo lo mismo. A la tarde siguiente, cuando el Senador llegó a liberarlo, Lorena estaba esperándolo en la sala de guardia. Recuerda ahora que el Senador era joven aún, y recuerda que Lorena lo encontró encantador, incluso atractivo. Dejaron atrás la comisaría y el ruido de tacones con que la guardia saludó por segunda vez a la autoridad y se fueron caminando hacia la Alameda, hasta que llegaron al Indianápolis. El Senador los invitó con un café, hablaron de la marcha, de la huelga y de una noticia que causaba consternación en esos días: la construcción del muro de Berlín. Lorena quería saber la opinión del Senador. Mario recuerda que fue cortante en su pregunta, casi descortés. Y ahora, mirando el rostro severo y los ojos sentimentales del Ministro, Mario recuerda que el Senador les aseguró esa tarde que la razón de ser de los comunistas era luchar por un mundo sin limitaciones, sin barreras, sin muros. Les habló entonces de Gagarin y es como si oyera la voz del Senador: «El único hombre que ha conocido la libertad total es un soviético. Ha vencido las leyes naturales y ha logrado ver la tierra desde el espacio, como una pequeña esfera sin fronteras que gira igual para todos». Pero una hora después, cuando acompañó a Lorena hasta su casa, ella le dijo junto a un árbol de La Cañada: «Mientras esté en el aire. De nuevo en la tierra, vuelve a las fronteras, a los controles. El hombre que vio pequeñita la tierra desde el cosmos, nunca había podido salir de su país». Como no quería enfrascarse en esa discusión, Mario presionó el cuerpo de Lorena con el suyo hasta llevarla bajo la sombra del árbol. Luego, al despedirse en la puerta de su casa, Lorena le contó que cuando se besaban vio, a través del follaje, una estrella que se movía. Sí. Había también un calabozo en su historia, y un amor primero y un primer beso.

Pero volvamos a la historia del Ministro.

Aconsejado por sus amigos más fieles, pero sobre todo por lo que cualquiera podía ver cada día en las calles, el futuro Ministro, entonces un joven recién separado de la Academia Militar, cambió la condena de cárcel por el exilio. Antes de cumplir los diecinueve arrendó un cuarto en una pensión en Zürich. Al escuchar la historia, Mario no pudo evitar la comparación, la segunda analogía: él llegó al Hotel para Funcionarios del Partido en la ribera del Spree en la víspera de su cumpleaños veintinueve. Esta diferencia clausuraba de alguna manera las identidades; y la historia posterior de Hermann anulaba definitivamente las similitudes. Sin embargo, en las charlas en el jardín del Ministro, bajo la sombra en las mecedoras y contemplando el despertar de los brotes y la continua perfección de lo verde, concordaban en otra identidad: ambos habían pasado por Zürich exiliados; Hermann el año treinta y cuatro, Mario el setenta y cuatro; y lo que era más importante: también Lenin había soportado la distancia en Zürich.

Nos deslumbraba esta imagen de los tres exiliados consumiéndose en caminatas interminables, cobijando el mismo sueño en tiempos distintos. Si un juego los hiciera coincidir en hora y lugar, sería imposible que se reconocieran. Y si en virtud del juego pudieran hacerlo, sería improbable que se entendieran, pues hablaban lenguas distintas. Zürich, envuelta en la niebla que por las tardes cae sobre el río, es una mínima y apacible Babel, con sus despatriados conspirando para rescatar lo suyo o tal vez sólo para salir de allí lo antes posible. Lo cierto es que no hay en la tierra lugar más contradictorio con el alma de un revolucionario que la exacta, aburrida y predecible Zürich, y sin embargo todos terminan de alguna forma en ella. Esto era para nosotros motivo más que suficiente de asombro, y por eso de cercanía y tal vez por eso de carcajadas ya al final de las copas. Zürich atestada de revolucionarios en desgracia: esta paradoja fue durante mucho tiempo el tema preferido de nuestras sobremesas; y el comentario, entre sentimental y jocoso, tenía el sello irreverente de lo nuestro.

EL MINISTRO LES regaló finalmente su invitación de protocolo para el estreno de *La Muerte de Dantón*, en el Deutsches Theater. Durante días, Eva y Mario habían hecho lo imposible para que el viejo decidiera no ir y poder así disponer de sus entradas. Alguien pensará que un Ministro es precisamente la persona que puede conseguir todas las entradas que quiera para cualquier tipo de espectáculo, y sobre todo para un estreno oficial. Es verdad. Pero no lo es en el caso del padre de Eva. Él jamás pidió nada que no le correspondiera de acuerdo a las normas y al protocolo, y esta vez, para no hacer una excepción, programó un viaje a Halle —el motivo o pretexto era una Conferencia Internacional sobre la obra de Händel— y anunció debidamente que su hija asistiría al estreno en su representación. La función resultó magnífica y los aplausos tan sostenidos que pocos actores recordaban un estreno con tantas cortinas. Luego de la fiesta habitual en la cantina del teatro —particularmente alegre y etílica dado el éxito y los aplausos—, Eva y Mario volvieron al departamento, destaparon un brandy de Moldavia y estuvieron hablando de la obra hasta que amaneció. Era como recordar la primera noche sin tener que decirlo, el beso más difícil, la conversación primera sobre Büchner, el verdadero encuentro. La primera claridad los desnudó con el lejano aroma de Moldavia persistiendo en la cercanía prolongada de los besos. Se amaron, durmieron lo suficiente para sentir muy pronto que estaban juntos todavía, y luego Eva desapareció en la ducha, en el café allá en la cocina, en la puerta que cerró sin ruido para que él no despertara. Apenas la puerta se cerró, Mario saltó de la cama para ir poniendo sus pasos en las huellas de Eva; el baño, su rastro en el jabón, en la peineta; y luego en la cocina, en la misma taza que prefería por esa otra huella, granate; el rastro de Eva que su boca apresaba en ese beso tardío y solitario, tan idéntico al aroma del pan y del café.

Pensó que esa mañana —la que podía dedicar a escribir, ya que los jueves no hacía clases en la Universidad— todo sería más fácil y cuando Eva volviera podría sorprenderla con tres o cuatro páginas de ese cuento que ella elogió desde la primera lectura.

Pero esa mañana Mario no escribió una sola línea. ¿Qué hizo entonces, si estaba tan motivado por la tierna conversación de amanecida? Esto es lo que hizo: estuvo horas y horas pensando dolorosamente en Büchner. Con dolor auténtico, desgarrador. Pero la causa de la aflicción no era la muerte tan temprana del poeta —a los 24 años y a consecuencia de un tifus que Mario tuvo sin consecuencia ninguna a los quince— sino el hecho de que él en pocas semanas cumpliría los 42. Antes de los 24, Büchner había escrito una obra genial. Y muerto en 1837, era hoy más joven y más actual, y su visión aún más inquietante y desgarradora; sus escritos habían perdurado y serían reconocidos durante muchas décadas, probablemente durante siglos. ¿Cómo pudo escribir *La Muerte de Dantón* a los veintiuno? Entonces Mario enciende el cuarto cigarrillo de la mañana, deja el borrador de su cuento para mirar el sol frío que empieza a imponerse sobre el cielo nuboso y se pregunta: ¿Cómo llegó a saber tanto de la Revolución Francesa? ¿Y cómo pudo tener ya a esa edad un juicio tan agudo, tan libre, y un ánimo tan ajeno a la búsqueda de armonías? Vuelve a la mesa, toma el programa de la función de la víspera —un hermoso cuadernillo en papel brillante que parece burlarse de sus torpes borradores— y lee la referencia biográfica. Como todo aprendiz de escritor, Mario es proclive a la autoagresión: tiende a compararse con pares que no lo son, se mide con la vara más alta, con lo que más admira. Y abre así la herida por la que sufre y sangra; su vieja úlcera corroída esta tarde por una enorme evidencia: Si Büchner escribió esa maravilla a los 21, ¿tiene sentido intentar a los 42 algo que de todas maneras será imperfecto? ¿Unos tristes papeles que nunca serán algo remotamente comparable con eso que Büchner escribió cuando apenas dejaba de ser niño? ¿Tiene sentido escribir mal lo que ya fue tan bien escrito?

Eva volvió a las tres de la tarde, corriendo, apuradita; a las cuatro había reunión de su *Parteigruppe*. Pasó por el Markthalle; compró ensalada rusa y unas *Bratwurst* que era llegar y poner en la parrilla.

—¿Cómo va el cuento? —le preguntó desde el baño, secándose las manos.

—No va —dijo Mario colocando los cubiertos en la mesa.

—Tú sabes que nunca va por las mañanas, sobre todo si casi no hemos dormido. Después de la siesta todo te va a salir, mi amor. Como siempre. ¿Llamó alguien?

Mario escuchaba ahora el chirrido de la carne y el cristalino anuncio del salero y la pimienta. *¿Se lo digo ahora? ¿Cuándo se lo digo? ¿Cómo evitarle este dolor?*

Aunque nos costaba creerlo, Efa y Mario nunca consideraron seriamente la posibilidad de casarse. Ya era una calamidad que la hija del Ministro se hubiese separado. Peor aún que fuera ahora la conviviente de un extranjero. La legalización de los vínculos con *chilenische Patrioten* lindaba peligrosamente con otra frontera: la cuestión de los matrimonios con extranjeros. Ésta era una de las fórmulas preferidas para obtener —no sin dificultades— una visa de salida, la que le permitiría al habitante del Primer Estado Obrero y Campesino en Suelo Alemán, cruzar la frontera y emigrar —o exiliarse— en la tierra del cónyuge. Por respeto al cargo de su padre y probablemente porque ella misma nunca imaginó que terminaría —en las listas informales de los corrillos— perteneciendo a la categoría de quienes se casaban con extranjeros, Eva no habló jamás de matrimonio, ni siquiera como posibilidad a muy lejano plazo.

Y aun cuando de esto no hablaba, había permanentes alusiones de Eva a la lentitud con que la Oficina tramitaba el divorcio de Mario. Una cosa era no planear una boda y otra muy diferente el que —viviendo con Eva— Mario continuara casado con Lorena. Éste hacía lo posible por acelerar el trámite de su divorcio, movido por el deseo de normalidad y paz en su nueva relación, y no por un supuesto afán de convertir a Eva en una mancha definitiva en la inmaculada trayectoria pública y privada del Ministro. Y deseaba que estos trámites se aceleraran porque pensaba que una determinación favorable de la Oficina terminaría consumando un hecho evidente, y que le haría bien a Lorena recibir señales claras de esa evidencia. ¿Aún más claras?, pensábamos. ¿No querrá decir señales oficiales, señales más bien oficinescas?

Crítico constante y sarcástico de la Oficina, Mario necesitaba de ella esas señales. Y desde la otra orilla, Lorena —tanto o más crítica de la intolerable invasión de la Oficina al ámbito de lo privado— necesitaba de la dilación, de la demora, de las dificultades consabidas del trámite burocrático, porque de alguna manera —y tal vez ella no era enteramente consciente de esto— la indeterminación de la Oficina mantenía las cosas en el pasado, y para ella la congelación de su pasado con Mario seguía siendo la realidad verdadera.

Hasta este momento —cuando Mario merodea, con su vaso de vodka con hielo, la bañera que va enfriando la desolada desnudez de Eva— lo decisivo eran los hechos, no las determinaciones legales.

Mario seguía casado con Lorena pero vivía hacía ya un año con Eva. No existían signos que hicieran dudar del desamor (Mario ya no ama a Lorena) ni del amor (por fin encontró la felicidad que durará con Eva el resto de la vida). Y como la prueba más poderosa de ese amor eran los hechos, la alteración de éstos destruía el único fundamento que aparentemente lo sostenía. En realidad lo que los hacía felices era el quererse y el disfrutar cada minuto de cercanía. Pero Eva entendió que esa felicidad sólo era tangible si Mario estaba dispuesto a permanecer siempre a su lado. Por eso, cuando Mario sugirió y luego precisó su decisión —en el fondo involuntaria— de vivir algunos días en casa de Lorena, Eva sintió que el único vínculo válido y deseado, Mario en su casa, merodeando su bañera, preparando la cena, entibiando su cama y su cuerpo cada noche, se rompía de una forma no sólo sorpresiva, sino también mentirosa. Mentira era para Eva todo lo que desdijera las diarias —y nocturnas— promesas de Mario. Es que durante ese año ni siquiera las entendió como promesas; eran para ella declaraciones definitivas y rotundas. Y por creer en ellas hería a quienes hería, y arriesgaba lo que a su juicio bien valía la pena arriesgar.

Eva creía que si Mario estaba junto a ella, ésa era una prueba de amor suficiente, y por eso nunca exigió más. Sin saberlo, durante ese año supuso que tampoco podía exigir menos. La diaria convivencia era la realidad de ese amor. Y sintió que un cambio en esa realidad era de nuevo la caída, el desamor, porque cuando estuvo consciente de su desamor por Franz, le dijo a este que necesitaba estar sola unos días; y entendía entonces que Mario quería estar sin ella esos días. Peor aún. No sólo sin ella. Dijera lo que dijese, Mario estaría de nuevo viviendo con Lorena.

Cada argumento de Mario le recordaba —y casi con las mismas palabras— las excusas que usó con Franz. Y no podía borrar su propia voz de la memoria, ni la voz de Mario de sus oídos: esa voz y esas palabras que eran el anticipo de lo que sería un recuerdo terrible.

Debido a la simetría de los hábitos compartidos, desde la tina de baño Eva sabe que Mario está en el balcón, mirando las luces de la Alexanderplatz borrosas por la niebla y la Marienkirche encendida por la luz dorada de los focos. Y sabe que se está preguntando: *¿Por qué se lo dije? ¿Por qué?* Envuelta en ese silencio —una pausa en los pasos inquietos de Mario—, Eva sale de la bañera, saca del refrigerador la botella de vodka y después de encender otro cigarrillo se mete de nuevo en la tina, ya tiritando, aterida en el agua fría que la va entumeciendo, que le va azulando la piel, que le va congelando el alma, como un segundo, innecesario castigo.

Casi desde un comienzo supimos en nuestra comunidad que la nueva compañera de Mario sufría depresiones agudas. La primera vez que la rescató congelada de la bañera fue en las semanas iniciales de la relación —es decir hace un año— y como resultado de una sorpresiva y violenta visita de Franz, quien irrumpió en el departamento con el pretexto de retirar sus trajes y sus zapatos. Tal vez no fuera pretexto, pues recrudecía el invierno y tenía allí un par de abrigos, las chaquetas de género más grueso y dos o tres pares de botas. Pero más allá de la penosa recuperación de sus atavíos —que a esa altura se confundían en el mismo ropero con las chaquetas y zapatos de Mario—, hubo ataques, recriminaciones, una carta para su hija que Eva quiso leer, a lo que Franz se opuso terminantemente, sellándola con un adhesivo especial, al tiempo que reclamaba el derecho a la privacidad con su hija en ese hogar invadido por un extraño.

Mientras esto ocurría, Mario tomaba apuntes en la biblioteca de la Universidad. Documentaba un cuento que tenía como protagonista a un actor que insistía en construir sus personajes —en el último tiempo secundarios, dado su creciente alcoholismo— sobre modelos históricos y literarios grandiosos, lo que exacerbaba las iras de sus directores. Feliz de haber encontrado en el prólogo a la edición original alemana de las *Memorias* de Casanova, una pista que explicara el último desvarío de Burke, otrora genial intérprete, volvía al departamento de Eva más excitado y feliz que nunca. Eva ya estaba sumergida en la bañera, había puesto el seguro a la puerta y luego de muchos golpes y súplicas salió de la tina como alma en pena, tiritando, palidísima, y después de abrir la puerta del baño para que Mario entrara, volvió a sumergirse en el agua. Mario sintió el beso helado en sus labios calientes de entusiasmo. Metió sus manos en el agua y recién descubrió el origen de esa palidez azul y el castañear de los dientes de Eva asomando apenas tras sus labios helados.

Pero esto había ocurrido una sola vez, hacía ya mucho tiempo, y era por eso un episodio olvidado. Si ahora ocurría de nuevo no era sólo una repetición, era algo muy distinto. Y así lo sentía Mario. Mal que mal, en esa primera ocasión él no había sido la causa de ese abandono suicida de Eva en la bañera helada. Ahora, en cambio, la causa era él, su decisión. Y era también distinto porque aquella vez Eva estaba esperando su llegada para ser rescatada de su propio abandono, y fue él quien la sacó del agua heladísima y luego de envolverla con todas las toallas disponibles, la frotó hasta hacer enrojecer su piel con esa desesperada y áspera caricia, para luego llevarla hasta la cama y cubrirla primero con las frazadas y los abrigos, y más tarde, después del consuelo y de los besos, con su propio cuerpo, más tibio por la tierna recuperación del de Eva. Ahora, en cambio, la puerta del baño estaba cerrada con doble vuelta de llave, él le rogaba que abriera, que nada había cambiado, y volvía una y otra vez a golpear y a exigir, a patear y a rogar, a prometer cualquier cosa porque sabía que la media botella de vodka hablaba de la tensión, del largo tiempo —dos o tres horas tal vez— en esta tina fría, donde se está helando, piensa, donde se está matando, mientras escucha los primeros estornudos de Eva mezclados con un llanto débil y continuo, y entonces le ruega que le abra, que la quiere como a nadie, que lo perdone, que salga de ese hielo porque se va a morir; piensa llamar a la Volkspolizei para que eche abajo la puerta, le jura que la adora, que va a llamar ahora mismo a Lorena para explicarle que lo acordado fue una insensatez, que jamás la dejará, y que lo planeado para recibir a los padres de Lorena, simplemente no puede ser.

7

EL SENADOR RECIBIÓ una invitación para el estreno de un film soviético sobre la colectivización de la agricultura, remotamente basado en la novela *Campos Roturados*, de Sholojov. Invitaciones de este tipo eran más o menos frecuentes y esta frecuencia dependía de la aceptación que tuviera el film en el público que pagaba sus entradas. Por lo general —y con mayor razón en invierno— don Carlos eludía estas invitaciones y, cuando terminaba recibiéndolas, se las regalaba a la Martita Alvarado, la secretaria, o a Frau Richter, la señora que hacía la limpieza de la Oficina, de las casas de algunos funcionarios y, desde que don Carlos vivía en la Volkradstrasse, también de su departamento. Allí llegaba Frau Richter puntualmente los martes y jueves a las dos de la tarde, limpiaba, cocinaba un kuchen de manzana —los martes— y de mermelada de guinda —los jueves—, y dejaba en la asadera un postre de leche que el Senador devoraba esa misma noche; hacía brillar como un espejo el piso del habitáculo; lavaba y planchaba sus camisas. Con el tiempo también para don Carlos, Frau Richter se convirtió en la *Tante* Ilse.

La institución de la *Tante* era el soporte de la limpieza y la pulcritud en las casas de familia, en las oficinas públicas, en los cines y teatros, en los parques, en las estaciones del ferrocarril y del metro. Eran ancianas cuyas pensiones miserables las condenaban a trabajar en los menesteres más duros hasta el último día de su vida. Se las veía por todos lados, pasando traperos, arrastrando escobillones, llenando de papeles y basuras los pesados tambores con ruedas que empleaban en la limpieza de las calles. Muchas de ellas habían pertenecido, en época remota, a familias burguesas que lo perdieron todo en la guerra o en la revolución. Estas *Tantes* eran por lo general unos ejemplares germanos infatigables, fuertes y abundantes; habían sobrevivido al tiempo de los bombardeos, los campos de concentración y las violaciones; eran buenas para la talla y el chiste picante, risueñas como ellas solas, y con fuerza teutona suficiente para limpiar una oficina y hasta tres departamentos en una sola jornada.

El Senador consideró que *Tante* Ilse había hecho méritos suficientes para recibir el regalo de esa invitación despreciada. Dejó las entradas sobre el refrigerador, junto a la propina de ese mes, pues se entendía que el sueldo de los empleados de la Oficina eran pagados por el Partido Socialista Unificado Alemán. *Jawohl!*

Pero como al día siguiente, al preparar su desayuno, encontró en el mismo lugar los dos boletos, pensó que la vieja había tenido tanto miedo como él de la helada y decidió entonces regalárselas a la Martita. Pero la Martita ya tenía las suyas, situación que complicaba, según el Senador, gravemente las cosas, pues a él todo lo que se pareciera a un derroche le producía irritación y los consiguientes espasmos estomacales. Se encerró entonces en su cubículo de la Oficina y se puso a pensar en el beneficiario más adecuado. Era también manía de don Carlos identificar regalo con premiación, gesto de simpatía con estímulo, obsequio con merecimiento. ¿Y quién de estos badulaques merecía esta recompensa? Estaba pensando en eso sin advertir que *Tante* Ilse había puesto sobre su escritorio la bandeja con el tazón de aguas medicinales y el azucarero.

—Lo noto preocupado. ¿Tiene algún problema? —preguntó directamente la vieja.

—Como usted despreció mis entradas...

—No voy a enfermarme sólo para que usted no tenga ya

problemas con esas entradas, *mein Herr*. ¿Qué gana, además, con invitar a una vieja?

—No pretendía ir con usted. Simplemente pensé que usted querría invitar a alguien.

—Yo le sugiero que las aproveche invitando a una linda jovencita. ¿No le han dicho que nuestras chicas prefieren a los hombres con experiencia?

—Voy a tener en cuenta su sugerencia —dijo el Senador continuando la broma—. ¿No tiene usted una nieta en estado de merecer?

—Por desgracia no. Todas mis nietas ya se casaron y se separaron. Están buscando al segundo marido porque, como usted sabe, el hombre es el único animal que tropieza dos veces en la misma piedra. Pero tengo para usted algo mucho mejor.

—¡No me diga!

—Es una chica preciosa.

—¿Y por qué cree usted que esa chica preciosa aceptaría mi invitación, señora Richter? —dijo don Carlos, intuyendo que la broma se encaminaba peligrosamente hacia la seriedad.

—Porque ayer fue a buscarlo a su departamento. Y preguntó a qué hora volvería usted. Le dije que yo no tenía mayor información de su vida privada, *mein Herr*.

—Supongo que habla usted de mi vecina.

—¿Vecina? No sabía que hubiera jovencitas en su edificio. Me parece raro.

—Es la única. Es una excepción transitoria. El Ministerio de Cultura tiene que ocuparse de su vivienda, pero por ahora...

—Así es que tiene amigas artistas, *mein Herr*.

—Bailarina.

—¿Y cómo se llama su bailarina?

—Leni.

—Pues vaya al cine con su bailarina. Estoy seguro de que aceptará feliz su invitación.

—¿Está hablando en serio, Frau Richter?

—¿Usted qué cree, *Herr Senator*?

De nuevo —y por segunda vez en relación con Leni— el

Senador se puso colorado como un tomate, aunque esta vez no había dicho una sola palabra en alemán.

Frau Richter exageró un suspiro profundo y salió del cubículo de don Carlos disimulando mal una sonrisita llena de intenciones.

—Oh, *mein Gott* —escuchó exclamar don Carlos antes de que *Tante* Ilse cerrara la puerta.

LENI LE DIJO que vendría a buscarlo a las siete, pero ya son más de las siete y treinta y el estreno es puntualmente a las ocho. Si llegara dentro de los próximos cinco minutos —y se diera además la casualidad de encontrar un taxi en el paradero que hay frente al *Kaufhalle*— todavía podrían llegar a tiempo.

¿Va a venir? ¿No va a venir?

Cuando la señal horaria de la radio anunció las ocho de la noche, el viejo se sacó la corbata, puso sobre la mesita de centro el sobre con la invitación en que brillaban los relieves dorados del membrete de la Oficina, y se dispuso a esperar no sabía qué. Habría que tomarse un tecito, eso alivia el dolor. Lo malo es que ahora el dolor que más duele no viene del estómago. Se abrió otra herida. Ahora la vida duele distinto. Y entre el tecito, y qué será esto que le pasa, a ver si escuchando radio Moscú en español, porque ya son las nueve, hora de noticias, y entonces para colmo la úlcera de nuevo, se va a tomar otro comprimido, ¿por qué no puede sentarse y va y viene de la cama al balcón como si recién lo hubieran encerrado en esa jaula? Con toda seguridad fue el té. Sí, decide que fue el té. Ya se lo han dicho: también hay que ir dejando el té, sobre todo después de las siete. No se duerme bien, causa desasosiego, eso es lo que le pasa por tomar té. Entonces va a tomar una copita de *Stierblut* y después, a la cama, al sobre, como dice ese irresponsable de Mario que hace dos días no ha venido a verlo. Sí, al sobre y nada de hacerse el ofendido. Si no llegó es porque ha tenido un ensayo extra o un reemplazo para la función de esa noche. Seguramente cuando llegue se escuchará la música, como siempre, y entonces ella vendrá a darle una explicación y las buenas noches. Sí, le parece que el vinito está cada día mejor. Y es lo único que lo alivia sin avivarle la cueca a esa maldita úlcera que le está doliendo, sí, pero menos que esa otra herida, esa que no conocía o que había olvidado hace ya mucho, ese dolor que lo lleva de la cama al balcón y del balcón a la cama, esa herida que no deja de arder, ni con el segundo, ni con el tercer trago de vino húngaro.

«¿Por qué, si no podía venir, no buscó la manera de avisarme?»

Leni llegó pasadas las diez. Sin dar excusas le pregunta por la camisa blanca, quiere que se ponga esa camisa. Dialogan en esa extraña lengua de gestos, palabras mal pronunciadas, el aprendizaje rapidísimo de Leni y el deseo, aún más rápido, del viejo por entenderla. ¿Y por qué esa camisa? Porque tiene que ir a la fiesta de su cumpleaños. Pero su cumpleaños ya pasó. No, pasó la fecha, la fiesta no todavía, la fiesta está a punto de empezar. Pero la camisa está sucia, hay que buscar otra, ésta sí se ve como corresponde, pero hay que plancharla. Y mientras Leni despeja la mesa, saca desaprensivamente el sobre con la invitación y coloca una sábana doblada para planchar la camisa de don Carlos, éste se resiste a la invitación, le da rabia no haber sabido, mentira, en este momento nada podría darle rabia, siente que el alivio es más fuerte que el dolor, así le pasa también con sus tripas viejas. Querría haberle comprado un lindo regalo —recuerda los dos enormes paquetes que estuvieron sobre la misma mesa en la que ella ahora plancha su camisa— y además le carga la idea de estar en un lugar donde no conoce a nadie. ¿A nadie? ¿No quiso siempre conocer la otra cara de su departamento, aquella réplica exacta del suyo, ese espacio idéntico repetido en la nave de los viudos hasta la desesperación, esos nichos que eran ya un anticipo del otro? ¿No trató de imaginar, en sus noches de asustada vigilia, los muebles, las paredes y los rincones del lugar desde donde llegaba, siempre a partir de las once, la música que le permitía entrar en el sueño? ¿Y desde que Leni llegó a su cuarto mostrándole el papel que su padre había ensartado con un alfiler en la puerta del suyo, no la imaginaba cada noche, desde que empezaba a escucharse la melodía a través del tabique, paseando desde la cama al balcón, sola desde la cama al balcón, los tres o cuatro metros del departamento idéntico al suyo? Era lindo imaginarlo. ¿Por eso no quería verlo? ¿O quería?

—No me siento bien, prefiero que me disculpe.

—Nunca lo había visto mejor. Y sé que se enojó porque no vine a las siete —le dijo señalando su reloj—. Pero ahora sabe por qué. Yo no había pensado en esta fiesta. Tomamos algo en el Café de la Ópera y de pronto quisimos venir a mi casa. Toda la noche he estado pensando en lo que acordamos ayer. Yo también quería ir con usted al cine.

Don Carlos no tuvo hijos. No sabía cómo comportarse con una nieta que lo defraudaba. Tal vez había que ser comprensivo, no dejarse llevar ni por el dolor, ni por la rabia, ni por el orgullo. Finalmente aceptó. Iría a la fiesta en el momento en que ella apagara las velas de la torta. Ella vendría a buscarlo. Cuando Leni se fue, el Senador se tendió en la cama con la oreja pegada al tabique.

CUANDO NOS ENTERAMOS de la historia, hubo —en nuestra comunidad— reacciones de asombro, de condena de maledicencia; muy pocas de comprensión; ninguna de indiferencia. Buscando la hebra de este enorme bordado, el origen de la habladuría debió ser Mario, que nos visitaba a menudo. Sin embargo no se puede descartar un origen aún más sorprendente del cominillo: hay quienes suponen que fue Frau Richter quien habló por primera vez de las frecuentes visitas de Leni al Senador, y lo que es más paradojal, en la mismísima Oficina, e incluso, mientras sacudía el cubículo en que don Carlos atendía los asuntos de la Comisión de Control. Una tercera teoría remonta el origen de los comentarios a la fuente más bien plural y casi colectiva de la información: muchos visitantes vespertinos del Senador —«esos eternos solicitantes de visas, autorizaciones, permisos e indultos»— se habían sorprendido al encontrarlo en compañía de una linda muchacha alemana. Muy finita, según los varones; preciosa, en el decir de las mujeres más viejas; rarísima en la definición de nuestras Medeas.

Lo cierto es que no podía sorprender la explosión en cadena que siguió a los primeros comentarios. Que a la habitación de un hombre viejo y enfermo asista diariamente una linda muchacha a prepararle una taza de té, dejarle su tocacintas por la mañana para que pueda escuchar música durante el día y pasar a buscarlo cumplidamente cada noche a eso de las once, era sin duda un acontecimiento. Se dirá que esto es una exageración de nuestra parte. Pues bien; piensen, señores, que en nuestro *ghetto* ocurría muy poco a esas alturas del abandono. Téngase presente, además, que éramos habitantes sin esperanza; vivíamos en un país en el que se había decretado la eterna continuidad de lo mismo. Aburridos ya de nuestra propia historia, cada día menos heroica y más doméstica, y a bordo de este buque fantasma en el que nadie —ni la terca tripulación, ni sus resignados pasajeros— esperaba el menor cambio, no era de extrañar que las inocentes visitas de Leni a don Carlos se transformaran en fuente de cominillo y causa de inquietud, especialmente en la Oficina, en razón de las impredecibles consecuencias que el acontecimiento podía tener en nuestras deprimidas, pero no menos explosivas falanges.

Los hechos se pueden narrar prescindiendo del aura escandalosa con que fueron recibidos y amplificados.

Al día siguiente de la primera visita —la noche en que pasó a buscar el regalo de su padre—, Leni quiso agradecer la gentileza de don Carlos regalándole uno de los chocolates que contenían los paquetes, pues los otros los repartió entre sus amigas del cuerpo de baile, menos rigurosas en materia de dietas y privaciones. Como esa noche había pasado el inefable Mario a saber de su divorcio y a rogar que se resolviera de alguna forma la cuestión de las visas, pudo hacer una vez más de intérprete. Leni se sentó junto a ellos y bebió un vaso de vino. Hay que consignar además que esa noche la bienvenida fue extremadamente cordial por que ambos presintieron que el llamado de Leni a la puerta ponía fin a una discusión que estaba orientada a terminar de la peor manera. En realidad el asunto en discusión era arduo, y la cuestión de las visas, en este caso, adquiría un carácter cuádruple, pues se trataba de las dos visas de ingreso para los padres de Lorena y las dos para Lorena y Mario que se sentían con derechos a ir a buscarlos a Tegel y cruzar con ellos la frontera. Y no sólo se trataba de cuatro visas, «¡Cuatro visas!», gritaba don Carlos, «¡Cuatro!», extendiendo su mano con el pulgar doblado sobre la palma, como si hiciera un extraño gesto de exorcismo, sino también de un asunto de procedimiento que se alteraba de manera tan inaudita como la cantidad de solicitudes. «No se conceden visas con menos de quince días de tramitación. No se solicitan visas de un día para otro. Es lo menos que se puede pedir en el caso de las excepciones. Recuerde usted que nuestros huéspedes no tienen derecho a visa, aunque las soliciten con un año de anticipación», repetía una y otra vez don Carlos paseándose por su habitáculo sin mirar a Mario y como si repitiera para memorizar un código extraño que se completaba con argumentos más extraños todavía.

En eso estaba cuando Leni llamó por segunda vez a su puerta.

Esa noche supo buena parte de todo lo que se podía saber de don Carlos. Y lo supo gracias a los buenos oficios de Mario, que se empeñó en traducir de manera fluida para impresionar a la muchacha. Lo primero que asombró a Leni fue saber que el Senador había estado más de un año en el campo de concentración de Chacabuco. Entonces les contó que desde niña y con sus compañeros de escuela había visitado varias veces Buchenwald y que la profesora les había dicho que era muy difícil que algo así volviera a suceder. Impresionada entonces, miraba a don Carlos con ojos tristes y al mismo tiempo admirados, y a ambos hombres les daba la impresión de que en el silencio que seguía a las revelaciones del viejo, ella no sólo estaba meditando o sufriendo, sino más bien buscando en su imaginación algo que hacer por ese hombre solo y enfermo que la casualidad había colocado junto al tabique de su pequeña morada transitoria. También sus ojos se agrandaron cuando supo que don Carlos había aprendido a leer sólo a los dieciséis años en la escuela del sindicato, que había trabajado desde niño en las faenas del puerto, en Antofagasta, aunque había nacido en los campos de la zona central, en Curimón, cerca de San Felipe, y llevado al norte por sus padres, que llegaron en busca de trabajo a Chacabuco.

—¿Chacabuco? ¿Igual que el campo? —preguntó Leni.

—Es el mismo lugar. Cuando los padres del Senador llegaron allí buscando trabajo, como miles de campesinos, era una salitrera. Cuando el Senador volvió allí como prisionero, cincuenta años después, la antigua oficina salitrera había sido transformada por los militares en campo de prisioneros políticos. No es un alcance de nombre; es el mismo lugar.

Mario entonces recuerda algo que puede ser interesante para Leni, y le habla de ese recuerdo, aunque sabe que el viejo no sólo se aburre, sino que se desespera al no entender de qué están conversando.

En noviembre de 1974, pocos días después de su llegada a Berlín, Mario fue invitado a conocer el campo de concentración de Buchenwald. La particularidad que todos resaltaban de este campo de exterminio no es la brutalidad de los procedimientos allí empleados. Auschwitz, Dachau, Buchenwald no se diferenciaban en este punto; compartían el penoso privilegio del salvajismo extremo. La particularidad de Buchenwald era su inmediata cercanía con Weimar, capital de la cultura alemana. Esto significa que los habitantes de la hermosa ciudad pasaban a menudo frente a la casa de Goethe o de Schiller, ambas convertidas en museos, pero podían ver también desde allí el campo de Buchenwald y las columnas de humo que ascendían desde el crematorio.

Recuerda que la visita a Buchenwald la hizo acompañado de Christiane, una joven intérprete de la cual se haría amigo y en cuya casa conocería años después a Eva. Durante el recorrido, Christiane —a quien acababa de conocer esa mañana— lo trató con una calamitosa conmiseración que hacía aún más dramático el recorrido por esa fábrica de muerte y aniquilamiento. Construido en 1934, el campo de Buchenwald llegó a tener 120.000 prisioneros —era más grande que Weimar—, de los cuales murieron cerca de sesenta mil. Administrado conforme a los cánones más exigentes de una instalación industrial, sus pabellones, que almacenaban siniestros stocks, estaban situados en razón de alcanzar una óptima productividad. Estos pabellones llegaron a acumular toneladas de cabello humano, huesos, piel —se sabe que Hitler mandó empastar *Mi Lucha* con piel humana—, oro extraído de las dentaduras. Los prisioneros, luego de ser despojados de la vida y de sus cuerpos, lo eran también de sus pertenencias, si puede pertenecerle algo a alguien en esas circunstancias, por lo cual se fueron llenando también las bodegas y los patios con miles y miles de zapatos, ropas, relojes, bastones de muy distinto valor, anteojos que luego eran separados en espejuelos y monturas, continuando la manía clasificatoria que llevó primero a separar a sus propietarios, si habían llegado juntos y luego a los cordones de los zapatos, al cinturón de los pantalones, a las placas de las dentaduras. Para que se pudiesen reunir estos objetos comercializables, era preciso que un pabellón situado al origen de la serie suministrara la materia prima; es decir, produjera cadáveres. Y la verdad es que los producía a un altísimo ritmo y con eficiencia digna de una mejor causa. La traductora le decía a cada momento que no debería preocuparse, pues ella estaba completamente segura de que algo semejante no volvería a ocurrir sobre la tierra.

—¿Y Chacabuco? —le preguntó Mario.

La intérprete conocía la información que se publicaba sobre los llamados campos de prisioneros de guerra en Chile, aunque estos prisioneros de guerra no habían sido capturados en guerra alguna, sino detenidos en sus casas, en las casas donde encontraron refugio e incluso en las fábricas a las que habían llegado a trabajar la mañana del once de septiembre. Ella también sabía de Dawson, del Estadio Chile y del Estadio Nacional, lugares de detención masiva en donde se torturó y asesinó. Por eso su gesto de solidaridad para con Mario y el intento de tranquilizarlo le parecían a éste doblemente patéticos. Contenían una dosis de engaño intencionado —aunque la intención fuera loable— y producían un efecto penoso desde el punto de vista práctico, pues su certeza algo doctrinaria y fingida de que nunca sobre la tierra se repetiría un campo de secuestro masivo, vejaciones diarias, trabajos forzados y condena a muerte sin ley ni juicio, estaba siendo contradicha en ese mismo momento. Mario recuerda que le preguntó a Christiane si era de Weimar y ella le dijo que no, que era berlinesa. Había nacido en Berlín y en Berlín habían muerto sus padres, en el bombardeo del siete de mayo del 45, el último día de la guerra. Mario piensa ahora que al hacerle la pregunta asociaba el ser oriundo de Weimar con una suerte de ceguera voluntaria que podía tener características genéticas y generar descendencia.

Ella no negaba que existiera Buchenwald. Incluso se ganaba la vida mostrándolo. Negaba que hubiera otros lugares como ése o parecidos a ése. Su fe en el hombre —una confianza mal entendida— la hacía ciega a la reiterada ocurrencia de conductas que contradecían esa confianza. Y prefería entonces olvidar o no ver. «También hay chilenos que se pasean por Weimar evitando mirar hacia Buchenwald», le dije a Christiane.

—¿En Weimar? ¿Se refiere usted a los exiliados chilenos que viven allí? —preguntó Christiane entonces, en 1974; pregunta Leni ahora, doce años después.

—No, por supuesto que no. Era un chiste, una metáfora. Hay chilenos que no quisieron saber desde un comienzo y que se resisten a saber todavía. Viven allá, en Chile, pero es como si se pasearan por Weimar. Chacabuco está muy cerca de Weimar. Es el tema de la ceguera voluntaria y el de la dolorosa conciencia, es Buchenwald y Weimar; es Chacabuco y Chile; es también un viejo tema de nuestra literatura: el tema de la civilización y la barbarie.

—Chacabuco —repitió Leni con acento, y guardó silencio. Todas esas palabras chilenas eran raras pero sonaban bien, sonaban distinto.

Ya estaba cansado de esperar, medio dormido, lamentándose de no haber aceptado la invitación de Leni, arrepentido de no estar compartiendo esa vida que llegaba a través del tabique, cuando sonaron varios golpes en la puerta. Leni, que se había puesto un vestido blanco en forma de túnica con el que se veía aún más delgada, y aros largos del mismo color, y que además había maquillado sus ojos, encendido sus mejillas y acentuado el color de sus labios, lo tomó alegremente de la mano y diciendo «Venga usted, que todos quieren conocerlo», lo sacó de su habitación antes de que el Senador pudiera oponerse.

Al escuchar el silencio repentino que se impuso cuando entró al departamento de Leni, don Carlos comprendió que ella había estado hablando de él con sus visitas. Luego de saludar a las siete u ocho personas que colmaban el pequeño departamento de la muchacha, el viejo recorrió con una mirada rápida y acuciosa los rincones. Quería confrontar ese espacio con el que había ido construyendo su imaginación en los desvelos de las últimas noches. El departamento de su vecina no sólo era por entero diferente del suyo, sino también absolutamente distinto de lo que él había imaginado. Desde luego no parecía un dormitorio, pues la cama que en el cuarto del Senador ocupaba buena parte del espacio, era aquí un sofá adornado con cojines de colores, de modo que la pieza parecía más bien una salita de estar, con las paredes muy blancas (las suyas eran de un ocre oscurecido por el tiempo) en las que lucían sus colores vivos los hermosos afiches de la Komische Oper y del Ballet Estatal. Había también cuadros más pequeños con fotografías del cuerpo de baile, ya sea en ensayos o en plena representación. Esas paredes blancas y la multiplicación del gesto elegante de las bailarinas que desde las fotos y los afiches parecían prolongar la belleza presente de las muchachas ahí reunidas, formaban un marco espléndido para resaltar cada detalle de la decoración, esa silla de Viena, el cofre con emblemas de ciudades que Leni nunca conocería, los brillos y luces del equipo desde donde salía la música nocturna que traspasaba el tabique. Allí sí se notaba que vivía alguien. No parecía un cuarto de hotel. Cada rincón estaba lleno de cosas cuidadas, personales.

Leni, que no le soltaba la mano, luego de la presentación le pidió que se sentara en el sofá. Al Senador le parecía que esa noche Leni estaba más linda que nunca, aunque luego sintió que siempre le había parecido linda, sólo que ésta era la primera vez que estaba sentado en su pieza y la primera vez que ella lo había tenido de la mano un tiempo que llegó a parecerle desesperantemente largo. Pero allí al parecer todo tenía derecho a existir de una forma distinta, más libre y más mágica que en cualquier otro lugar. Tal vez ayudaba a ello la semipenumbra de tonalidad azulina producto del género celeste de la lámpara, las bellas siluetas de las muchachas y la vestimenta nada convencional de los bailarines, cuyas camisas de colores también brillantes estaban adornadas con prendedores extraños, collares que llegaban hasta la cintura y pañuelos de seda puestos con cuidadosa negligencia.

Iniciaba el registro de las presencias que hacían tan diferente su habitáculo del departamento de su vecina cuando se apagaron las luces. En la penumbra vio venir a Leni iluminada por el incierto resplandor de las velas que parpadeaban en su torta de cumpleaños. Se sumó a los aplausos del grupo y dejó de aplaudir cuando vio, como si fuera la sombra de Leni, la figura de un muchacho que apareció de pronto iluminado por el resplandor. El joven cobró vida cuando se acostumbró a la oscuridad iluminada por las pequeñas llamas y le pareció que las velas alumbraban de manera especial su rostro fino, su larga melena, su camisa de mezclilla algo abierta y sobre todo la mano del muchacho junto al cuello de Leni. El resplandor iluminaba su torso desnudo de bailarín y el brazo afectuoso que terminaba en esa caricia deseada posándose sobre los hombros de su vecina. Vio el rostro de la muchacha iluminado por el mismo resplandor y supo en ese instante que jamás había visto un rostro más hermoso. Con un rápido soplido Leni apagó la imagen fugaz de su propia hermosura. Y después de una penumbra tan instantánea como el relumbrón de lo perfecto en esa noche extraña, la luz de las ampolletas iluminó el aplauso que continuaba: aplaudían el beso, ese tiempo demasiado largo en que la boca de Leni era asediada por la del muchacho; el gesto anhelado del abrazo, la mano del joven acariciando la espalda recta y fina de Leni. Ese beso le pareció eterno y también eternos los aplausos que lo celebraban. ¿Por qué se sentía molesto? ¿Podía reconocer que ese sudor sorpresivo era la manifestación de un profundo desagrado? ¿Por qué ese desagrado activaba de inmediato el dolor de aquello que se estaba muriendo en su cuerpo?

Tan pronto cesaron el beso y los aplausos, Leni cortó el primer trozo de la torta y se dirigió directamente hacia don Carlos, que había tratado de refugiarse entre los invitados. Leni puso en sus manos la primera porción de esa maravilla y sorprendió aún más al Senador al aplicarle un ruidoso beso en la mejilla, por lo cual de inmediato aumentaron los aplausos. Pero lo que le hizo desentenderse incluso de la persistencia de éstos, que ya tomaban un ritmo monocorde, fue el segundo beso que Leni aplicó con certeza de enfermera entre el final de su mejilla y el comienzo de sus labios. Don Carlos sintió la humedad del beso arribando al extremo reseco de su boca; sintió un temblor olvidado —tal vez desconocido— y apenas recuperado de la impresión siguió escuchando aplausos que eran, a su juicio, la decadencia formal y obligada de los que acompañaron el beso prolongado y lúbrico que encendió el entusiasmo de los jóvenes.

Le dolía ahora ese beso de Leni en un extremo de su boca. ¿No era ridículo que una niña —¡bien podía ser su nieta!— se hubiese atrevido a tanto en presencia de todos? ¡Y además aplaudían! Se dejó caer sobre el sofá y cuando ya nadie lo observaba —incluso Leni se había retirado a un extremo de la habitación para seguir repartiendo la torta— quiso ser testigo de la conducta de la muchacha. Era de suponer que el joven de la melena era su novio. ¿Por qué, entonces, mientras Leni colocaba trozos de torta sobre los platos el joven bailaba con otra bailarina, una muchacha bellísima? —visto con objetividad, más bella aún que Leni—, ¿y por qué el muchacho la asediaba también con gestos de cariño e incluso en medio del baile la besaba en la mejilla, en la frente, en los hombros?

El sonido del timbre lo sacó de una reflexión que empezaba a ser desagradable. Cuando Leni abrió la puerta vio entrar a un hombre mayor —muy distinto a todos los muchachos que había conocido allí— vestido con un terno blanco y una camisa negra abierta; más canoso que él, incluso —su larga melena era completamente alba—, pero rápido y juvenil en sus gestos, en su sonrisa, en su disposición para abrazar a Leni, para elevarla y hacerla girar en el abrazo mientras ambos se besaban; para sacar de su solapa un pequeño estuche de terciopelo que había ensartado allí como un prendedor y que le entregó dándole también un beso eterno allí donde él seguía sintiendo el de Leni.

El recién llegado —como se decía en las novelas antiguas y como supo un rato después— era un coreógrafo italiano muy famoso invitado por la Staatsoper a participar en la *régie* de *El Buque Fantasma*, luego de haber realizado la coreografía de la ópera de Wagner en Nueva York y París. Cuando Leni se lo presentó, don Carlos no pudo entender lo que ella decía, pero lo dedujo del español casi perfecto que hablaba el coreógrafo, un español con acento italiano que pensó sería el alivio de esa noche, a pesar del cansancio y del dolor agudo que volvía a inquietarlo.

—Quiero hacer una coreografía a partir de poemas de Neruda. Amo a Neruda —le dijo cuando se sentó a su lado y sacó un habano de su chaqueta blanca.

Don Carlos sintió entonces que el alivio no sólo era producto de que por fin entendía lo que le hablaban, sino también del hecho de poder ahora hablar de cosas que conocía. El italiano era simpático, cordial, se dirigía a él con especial atención, como si el resto de la pequeña fiesta no existiera.

—Leni me contó que estuvo usted en un campo de concentración. Tenía muchas ganas de hablar con usted.

—Se lo agradezco.

—Quiero hacer una buena coreografía sobre la humillación —dijo el italiano—. Quiero mostrar el límite de lo que un ser humano puede soportar físicamente. Y quiero mostrar cuánto es capaz de resistir un torturador. Todo esto como coreografía, se entiende. Leni me dijo que usted estuvo en Chuqui...Chami...

—Chacabuco —dijo el Senador entusiasmado. Jamás pensó que pudiera hacerse un ballet sobre esos días tan tristes y tan iguales.

—*Ecco!* ¡Chacabuco! —Y encendió el puro que se había apagado—. ¿A usted lo torturaron en Chacabuco?

—No. Estuve detenido allí varios meses, pero no me torturaron.

—¿Y cómo salió de ahí?

—Gracias a una gestión del Consejo Mundial de Iglesias.

—Perdone la pregunta... ¿Qué religión profesa usted?

—Ninguna.

—¿Y por qué ese Consejo?

—Porque alegó por todos nosotros, creyentes o no creyentes. Es largo de explicar.

—¿Y después se asiló?

—Sí. La salida de Chacabuco era con orden de expulsión.

—¿Y por qué se asiló aquí?

—Porque así lo determinó el Partido.

—¿Y no lo torturaron?

—No.

Empezó a escucharse una música de jazz. El coreógrafo buscó con la mirada y cuando se encontró con los ojos sonrientes de Leni, se levantó, fue hacia ella, le extendió histriónico sus brazos y la invitó a bailar.

Uno de los muchachos —el que desde el comienzo le pareció a don Carlos el más extravagante de todos— le ofreció una copa de vino blanco. El Senador la agradeció e hicieron un brindis en silencio. El vino estaba tibio. Leni bailaba con el coreógrafo de manera bastante íntima, según los cánones del Senador. El muchacho de pelo largo que había besado también largamente la boca de Leni bailaba ahora con la joven más atractiva de la fiesta. La más linda, Leni, tenía su mejilla pegada a la mejilla del coreógrafo y se confundía la cabellera negra, ondulada y larga de Leni, con la melena completamente blanca del italiano. Y sus cuerpos se movían perfectos al ritmo de una música que don Carlos no hubiese podido bailar aunque Leni se lo pidiese; y eran divinos en eso que él ignoraba, el misterioso e insinuante lenguaje del baile; y él veía que el cuerpo del coreógrafo y el de Leni se iban juntando, se iban amarrando en un juego de asedios y fugas que adquiría ritmo y vértigo con la música. Don Carlos pensó —ni siquiera pensó: intuyó, supo, adivinó— que si él hubiese estado en el lugar del coreógrafo, ese mismo baile, los mismos, idénticos movimientos, hubiesen resultado obscenos.

¿Qué edad tenía ese hombre de melena blanca, vestido tan distinto a él, tan lejos del terno gris y de los atuendos ritualizados de la Oficina? Mientras observaba al hombre que bailaba con Leni, algunos invitados —probablemente los más jóvenes— se sentaron junto a él en el suelo e intentaron iniciar un diálogo. Pero a la iniciativa de los muchachos don Carlos sólo pudo responder con gestos que bloqueaban cualquier posibilidad de conversación. Alguien tomó de sus manos el vaso que ya estaba vacío y puso en ellas otra copa, ésta con un líquido oscuro que debía ser cognac y que el Senador entibió haciéndola girar entre sus palmas, acariciando también la idea de que un buen trago de cognac a una temperatura adecuada podía calmarle el dolor que ahora se hacía más intenso. Le hacían preguntas que él no entendía, algunos lo miraban con curiosidad, otros con cierta simpatía, alguno con una curiosidad fría y desconfiada. Y el dolor iba creciendo y crecía la intimidad de Leni con el coreógrafo. Y crecía el cansancio y el otro dolor; la pena intensa que lo inundaba como una primera muerte, anterior a la que se anunciaba con esa tortura de sus intestinos, y que era la simple certeza de que muy pronto todo seguiría transcurriendo, continuarían el baile y los besos, la música y las palabras, pero él ya no estaría allí, ni siquiera para ser el silencioso protagonista del simple acto de ver.

Sorpresivamente Leni se acomodó en el sillón junto a don Carlos, lo tomó de la mano y mirando al coreógrafo para que le tradujera, le dijo:

—Perdóneme. Me gustaría estar siempre a su lado. Ahora que lo conozco, me da pena dejar este departamento. Usted sabe que estoy aquí de paso.

—A mí también me da pena separarme de usted. Mucha pena. El que está aquí de paso soy yo —tradujo el coreógrafo.

—¿Lo autorizaron a regresar? ¿Lo logró por fin? —preguntó Leni con el rostro encendido por un repentino entusiasmo.

—No. Eso ya no es posible.

—Se va a un departamento más grande, entonces. Lo felicito. Me encantaría visitarlo en su nueva casa.

—No, nadie me ha dicho que dispongo de un departamento más grande.

Leni calló un momento antes de preguntar:

—¿Y por qué dijo que estaba de paso, como yo?

—Bueno, es una manera de decir. No me siento bien. Le ruego que me acompañe a mi casa.

—¿Necesita algo? ¿Algún calmante?

—No. Tomaré uno antes de acostarme. Necesito dormir.

Leni y el coreógrafo lo acompañaron hasta la puerta de su departamento. El viejo sabía que la llave estaba siempre en el bolsillo derecho de la chaqueta. Cuando abrió, Leni le hizo un gesto al coreógrafo para que se retirara. Entraron juntos a la pieza. Leni encendió la luz. El Senador caminó hasta su cama tomándose el estómago con ambas manos.

—¿Le preparo una taza de té?

—No, gracias. Quiero acostarme.

Leni lo tomó delicadamente del brazo y le ayudó a caer en su cama. El viejo respiró aliviado y cerró los ojos.

—Perdóneme —dijo Leni acariciándole una mejilla—. No debí insistir para que viniera.

—No, no. Yo quería ir. Gracias por la invitación. Fue una linda fiesta.

—Es buena gente.

El viejo entendió y asintió con la cabeza.

—Ahora quiero dormir —dijo.

—¿Le duele mucho?

Esto también lo entendió.

—No, no tanto. Nadie se muere de este dolor, supongo.

Don Carlos abrió los ojos y la vio tan cerca, tan perfecta en su túnica blanca, nupcial. Era una novia afligida, que apenas contenía el llanto.

—No se aflija. No me voy a morir antes de que usted se vaya de este edificio.

Pero eso era ya para Leni muy difícil de entender. Como no bastaban los gestos y las palabras que con él había aprendido, no entendió lo que don Carlos le decía. Lo besó y después de apagar la luz lo dejó solo en su departamento.

8

A Hermann le habían tirado a la cara unas botas altas y negras, quién sabe de quién y de cuándo —eran unas botas viejísimas— y como no tenía más alternativa, terminó poniéndoselas para proteger sus pies de la nieve. Por culpa de estas botas se estrelló un día con la mirada enfurecida de Paula; en realidad con Paula entera, y por primera vez. Estaba tomando su sopa lentamente en la larga mesa de los refugiados cuando se produjo la colisión. Hermann siempre comía lenta, concienzudamente, pero nadie podía deducir que su monótono rumiar y su mutismo significaran que estaba pensando en otra cosa. En realidad estaba pensando precisamente en lo que hacía en ese momento: en el hecho gratificante e indiscutible de que, tras tantas idas y venidas, tanta sangre y tanta desoladora devastación, la tierra y algunos hombres se las arreglaban para que gente como él tuviera a mediodía una sopa caliente con que entibiar sus tripas. Y con la misma concentración y recogimiento masticaba cualquier cosa, una torreja de pan negro con grasa, una manzana, un trozo de carne seca y salada. Ese mediodía, cuando se llevaba lentamente a la boca una sopa de legumbres —pensando en el milagro de poder comer todavía— fue arrancado de su recogimiento por la mirada expresiva y enorme de Paula, que lo había estado despreciando de arriba abajo larguísimo rato sin que él lo advirtiera, aunque sí advirtió que todo el desprecio que contenía esa mirada se había concentrado finalmente en la zarandeada miseria de sus botas. De inmediato se sumó al desprecio de la mirada la saliva que cayó como una llovizna sobre el cuero ya descolorido, desollado en las puntas, irregular y embarrado en los talones. Hermann giró su cara para mirar la boca que prestaba atención tan ardua y tan lúbrica a un calzado tan modesto. La giró con la misma lentitud con que comía los otros regalos modestos que seguía proporcionándole la vida, y al final del movimiento vio, en la cumbre de un cuerpo más bien chiquito, fino y de apariencia débil recortado contra las tablas del galpón, el rostro más querible que jamás había visto, una hermosura que contenía sin problemas el fulgor indignado de los ojos, la orgullosa postura de la barbilla, el altivo aire de la frente amplia, limitada en el comienzo de sus cabellos negros por el pañuelo floreado que usaban las campesinas de Talitsa, especialmente a la hora de servir la comida a los refugiados. Cuarenta años después, en el jardín de su casa, mirando las flores como si la vista estuviera clavada en otro tiempo, Hermann le contó a Mario que se había enamorado de Paula en el instante mismo en que su saliva cayó sobre las botas arrebatadas a ese oficial nazi que él nunca vio y cuyos despojos había calzado como consecuencia de las variadas miserias del hombre: las físicas, porque hay que cubrir los pies en el invierno de la estepa; las económicas, porque ya no había qué ponerse y un par de botas como ésas podían ser usadas por distintos combatientes —y de bandos distintos— a medida que iban cayendo; y finalmente las miserias del azar, que llevaron a los pies de Hermann, cansados de recorrer Europa combatiendo contra Hitler, esas viejas botas de oficial nazi que despertaron el dolor y la furia de Paula.

En una de las veladas del *ghetto*, Efa nos contó la otra cara de esta historia. Apoyada en alguna traducción, en sus propios gestos y en los gestos que todos terminamos incorporando al relato para encontrar la palabra que los expresara, se fue construyendo la historia de Paula y con ella el antecedente de la mirada furiosa y la saliva insultante que apabullaron a Hermann cuando comía silenciosamente su merienda de refugiado.

Paula vivía en los alrededores de Yedenitz —en la antigua Besarabia— con sus padres, sus cuatro hermanos menores y su abuelo. Cuando su pueblo fue ocupado, vivió en una sola noche su salvación y su desgracia. Efa nos habló primero de su salvación: los soldados tenían orden de culminar la primera fase de los allanamientos llevando a la comandancia a las mujeres que pudieran complacer a la oficialidad y a la tropa. En su casa era la única persona que respondía a las exigencias de una demanda tan desgraciada, de modo que se sumó a la oferta involuntaria de una cincuentena de hembras elegidas para alegrar esa noche, probablemente la única, pues el pequeño poblado no era sino una estación más en un tránsito con objetivos mayores. Lo que allí ocurrió sería para los ocupantes una cosa olvidada en los días próximos, sometidos a exigencias militares mayores y en las cuales ya se vislumbraba el riesgo de la caída.

Lo que un tiempo después para ellos no sería materia de memoria ni de arrepentimiento —ya sea porque los crímenes nuevos borran la conciencia de los antiguos, o porque al final de la suma habría un tiro certero y el eterno olvido— es un recuerdo y una pesadilla que Paula debió soportar toda su vida. Separada de sus padres y sus hermanos, fue llevada al cuartel general que los invasores habían improvisado en la iglesia del pueblo, y allí de nuevo fue separada de su gente —las otras mujeres secuestradas— y conducida a una sala pequeña que el oficial mayor había transformado en su despacho de esa noche. Paula tenía entonces diecisiete años. A esa edad, cumplida en un pueblo tranquilo, se tiene derecho a pensar que esta segunda separación significaba una inmediata condena a muerte que no era capaz de entender. Por eso le extrañó que el oficial la tratara con cierta cortesía cuando le indicó que se sentara y le ofreció un trozo de pan negro y un vaso de agua. Ella sabía que no podían ofrecerle mucho más. El oficial, con quien no cruzó una sola palabra, pues no podían entenderse, fue en cierto modo cuidadoso en sus gestos. Cerró la puerta, lo que atenuó los gritos de dolor que llegaban desde la plaza. Paula sintió que de nuevo la separaban de algo suyo. El oficial se sentó en una silla de cuero con respaldo señorial que había detrás del escritorio y esperó que Paula comiera el trozo de pan; luego, con otro gesto certero, le ordenó que se acercara. Cuando Paula estuvo cerca estiró sus brazos, acarició su cuello y la fue desnudando de las lanas, de la camisa de su hermano, finalmente del corpiño. Estuvo un rato largo contemplando la desnudez de Paula, saciando la vista desde sus pechos trémulos hasta su rostro encendido como en las tardes que tejía junto al fuego. Paula sintió que la mirada del oficial clavada en sus pechos desnudos rompía una intimidad que los hombres de su familia habían cuidado sin que ella tuviera conciencia de lo que eso significaba. El oficial le señaló sus botas y le indicó que se las sacara. Paula, que se había inclinado para facilitar la operación de las manos que la desnudaban, pero también para ocultar esa desnudez, terminó por arrodillarse junto a las botas del oficial. Las retiró con dos tirones eficientes que disimularon mal todo el odio y el miedo que sentía y se quedó esperando no sabía qué, en todo caso algo muy penoso que había estado temiendo desde su secuestro. Entonces, luego de otra pausa, el oficial le hizo un gesto para que nuevamente le calzara las botas. Cuando las tuvo perfectas y brillantes amparándolo hasta las rodillas, pisó fuerte para acomodarlas, dio algunos pasos en dirección a la mesa, tomó un trago de su botella de cognac ucraniano y volvió a sentarse en la silla de cuero. Repitió la mirada que iba de los pechos ya más firmes de Paula hasta sus ojos cada vez más confundidos, y señaló nuevamente las botas. Cuando empezaba a sacarlas a tirones por segunda vez, Paula escuchó los primeros gritos desesperados que llegaban desde la calle. El horror de lo mismo degeneraba doblemente en la repetición. Los gritos que llegaban desde afuera eran cada vez más desesperados, mientras seguía las instrucciones del dedo que señalaba una y otra vez las botas para que se las sacara, para que se las calzara de nuevo. Y cada vez iba más inseguro en procura de la botella que ya no soltó más cuando le hizo un gesto final para que se retirara.

Ésta es la breve historia de su salvación. El oficial no quería tener una mujer, quería tener una esclava. Pero en el mismo instante en que Paula se sintió a salvo, presintió la desgracia. Había pasado mucho tiempo escuchando los gritos y ocupada de esas botas. Afuera todo ardía. Paula corrió la calle larga de su aldea eludiendo las llamas y las brasas, descubriendo el llanto apagado por los gritos. Gritos y llantos la acompañaron hasta llegar al fuego terminal de su casa. El grito de los suyos se había apagado con las llamas; empezaba su llanto, que también el fuego del tiempo iría apagando, aunque mucho más lentamente, y con llamaradas animando su memoria en todos los sueños que vendrían.

La ocupación de Yedenitz duró sólo esa noche. Los extranjeros, que no tenían nada allí, continuaron su marcha; los que allí lo tenían todo se apagaron junto a las cenizas. Las cincuenta afortunadas sobrevivientes —las mujeres más lindas de la aldea— enterraron a sus muertos, ingeniaron cruces desde los tizones, animaron las carretas abandonadas, reunieron los caballos que habían huido del incendio y emigraron hacia el este.

Luego de tres meses alcanzaron la frontera rusa. Allí permanecieron un tiempo que ya no eran capaces de calcular; tal vez otro mes, tal vez otro año. Al final de esa espera incierta fueron enviadas a Talitsa, otra pequeña aldea, un campo de refugiados.

Allí, algunos años después, cuando Paula servía la sopa de legumbres en la larga mesa de los sobrevivientes, sintió que el fuego de aquella noche seguía quemándola. Junto a las patas del caballete vio unas botas altas y negras, su casa ardiendo, una familia perdida, sus diecisiete años agonizando en los rescoldos.

LE LANZARON A LA CARA unas botas altas y negras que reconoció de inmediato —las botas de un oficial de la Wehrmacht— y también de inmediato entendió lo que significaban para el comisario del Ejército Rojo encargado de recibirlo. Sí, eso podía entenderlo. Lo que superaba su capacidad de comprensión era la incongruencia entre su historia personal y esa patada de las botas lanzadas prácticamente a su cara. Había abandonado Alemania ante la inminencia de su arresto; había combatido por la República Española por decisión personal tomada al día siguiente de su boda en Suiza, primera estación de su exilio; por instrucciones de la República se había refugiado en Francia al final de la Guerra Civil; el gobierno colaboracionista francés lo detuvo, encarceló y relegó luego de un año a un campo de concentración en Argelia, en realidad una cárcel común y corriente (una noche Mario nos mostró fotografías de la celda de Hermann que el propio Ministro le había regalado) y en virtud de un convenio entre los gobiernos de Francia, Alemania y la Unión Soviética, al cabo de dos años fue sacado de allí y enviado a la URSS. Llegó finalmente a Talitsa, en cierto modo otro campo de prisioneros, sólo que allí éstos se mezclaban con refugiados de distinto origen, incluidos los presos políticos de Moscú y Leningrado. Allí, en Talitsa, bucólica por su provincianismo de aire chejoviano y dramática por la concentración de abatidos en batallas distintas y bajo distintas banderas, recibiría cuatro años después la gratitud de esas botas lanzadas directamente a su cara. Es cierto que entonces estaba aún sometido a una investigación de los órganos oficiales. Cuando el fallo de estos órganos oficiales fue favorable, lo enrolaron en el Ejército Rojo —decisión que inflamó su orgullo y su entusiasmo— y partió entonces al frente de Stalingrado. Los dos primeros años del sitio histórico los vivió como soldado y los dos últimos, cuando se pensaba que la resistencia ya no era posible, como instructor de niños dispuestos a tomar las armas para defender la ciudad en la que sus padres yacían bajo la nieve. Y cuando estalló la victoria y la paz permitió recobrar una apariencia de normalidad, un remedo de la vida que antes compartieron también los millones de caídos que ya no estaban en la cabecera de la mesa o en la cama compartida, Hermann Grünberg fue enviado nuevamente a Talitsa. Era muy probablemente el único alemán que regresaba victorioso del largo sitio, feliz de la derrota tan auspiciosa del ejército alemán. La Wehrmacht iniciaba su retirada en ése y otros frentes. Los soviéticos que marcharon de regreso con Hermann llegaron finalmente a su hogar, muchos pudieron abrazar a sus mujeres, a sus padres o a sus hijos, empezaron a reparar las huellas de la guerra en el techo de su casa o en las calles atestadas de escombros. Hermann volvió al mismo galpón en que seguían hacinándose los refugiados, los derrotados de todas las banderas, feliz de haber contribuido a la victoria de la única que sintió como suya toda la vida. En Talitsa todo era más o menos lo mismo; los afanes en la agricultura —más necesarios que nunca—, la escuela antifascista, los tragos de ese alcohol extraño que habían rescatado de las papas, y el almuerzo, la única merienda que se servía diariamente en las largas mesas del galpón. En ese campo de refugiados —recinto terminal para extranjeros de procedencia dudosa y prisioneros de guerra nazis— recibió en su cara la enorme agresión del comisario que, al escoger para él esas botas, lo seguía señalando como enemigo, o al menos como sospechoso de serlo.

Cuando Efa nos contaba esta historia tratando de no llorar, sentíamos que nos quería. Y sentíamos que quería ser aceptada en el mundo de Mario. Pero como nosotros dudábamos de que nuestro mundo siguiera siendo el de Mario, la escuchábamos con cariño, pero también con mucha pena. Sabíamos que al abrazarnos ella creía abrazar al mundo de sus padres. Pero ni Mario ni nosotros pertenecíamos ya a ese mundo. Y probablemente ni siquiera sus padres seguían siendo fieles a su propio recuerdo.

9

El vuelo de Panam que trajo a los padres de Lorena a Berlín aterrizó en Tegel a las 16.50, cinco minutos después de lo anunciado. Y allí estuvo puntualmente el Secretario del Partido de Berlín Occidental —el joven flacuchento que atiende la barra de La Batea— levantando una cartulina amarilla en la que había escrito con un plumón verde *Matrimonio Fernández*.

Aunque ocupaba ese cargo hacía sólo dos meses, sabía que cada cierto tiempo sus funciones lo vincularían con acontecimientos más interesantes que organizar una tómbola profondos de la resistencia o para pagar el arriendo de compatriotas amenazados de desalojo. Cuando escuchó el encargo del Senador («Hay que ir a buscar a los padres de una chica») entendió que su deber era descifrar el sentido oculto en ese mensaje, e imaginó una misión de extrema confianza: recibir en el aeropuerto de Tegel, e ingresar luego a Berlín Oriental, a dos eminentes funcionarios procedentes del interior, dos aguerridos camaradas que llegaban, como los mensajeros de la tragedia, desde el corazón de la batalla y con las huellas horrendas de la misma. Por eso le sorprendió que acudieran al llamado unos viejitos de apariencia inofensiva que juraron ser el esperado Matrimonio Fernández.

Cuando don Arnaldo Fernández —el padre de Lorena— tuvo que jubilar, su condición no sufrió el cambio que todos habían previsto.

Lo habitual es que se pase de ser un asalariado activo a uno pasivo, con la consiguiente merma en los ingresos que es de suponer. Instigado por su yerno, el esposo de Cecilia, terminó aceptando que valía la pena el riesgo que lo transformaría de pasivo involuntario, esa especie de cesante honorable y a medio morir saltando, en un empresario que se incorporaba al rentable negocio de la construcción. Se trataba de invertir los quince millones que obtuvo de jubilación en una fábrica de puertas y ventanas. Su yerno entendía del asunto pues era constructor civil y las expectativas que generaba el mercado hacían previsible una inversión sin riesgos mayores y con utilidades más que satisfactorias. Cuando el yerno terminó la fundamentación del proyecto y, luego de la presentación de los demás requisitos, obtuvieron el visto bueno del banco, don Arnaldo vivió durante semanas una serie de emociones contradictorias y en cierto modo angustiantes. Por una parte sentía que de alguna manera el producto de treinta y cinco años de trabajo se había devaluado. No podía explicar muy bien este sentimiento, y menos hacerlo congruente con las razones que se esgrimían en su familia —con la sola excepción de doña Elvira— todas en esperanzada y decidida aprobación de la nueva empresa y la inversión que ella significaba: nada menos que el monto total de su jubilación. Cuando al comienzo opuso una débil resistencia argumentó su absoluto desconocimiento del que sería el nuevo campo de sus actividades. El dominio de la materia por parte del yerno era un factor suficiente de tranquilidad en su familia y el argumento más sólido que todos emplearon para anular sus objeciones. Sin embargo, esos argumentos no pudieron reducir el núcleo sólido de esa incertidumbre que le privó del sueño durante los primeros meses y que se resistía a ser disuelta por cualquier razón que no hiciera pie en su propia y larga experiencia. Don Arnaldo veía las cosas así: durante treinta y cinco años había trabajado en Casa García, una tienda que fue importante hacía un par de décadas, y que los centros comerciales, los malls y los panorámicos terminaran condenando a la quiebra. Cuando ésta se produjo, don Arnaldo logró, paradojalmente, jubilar en condiciones mejores que las esperadas. Pero siempre pensó que esos quince millones eran el producto de un trabajo efectivo que había realizado durante toda una vida. Se le pagaba por lo que sabía hacer, y por lo que hacía bien, según la opinión de todos. Mal que mal entró a la tienda cumpliendo faenas muy menores y luego fue aprendiendo todo lo necesario hasta llegar a ser Jefe de Ventas, un cargo importante en un negocio en el que nunca se empleó el calificativo de gerente para designar a quienes tenían una cierta responsabilidad en la marcha de la Casa. Había recibido entonces esa jubilación de quince millones porque durante muchos años aprendió a conocer las telas, primero al simple tacto y luego sólo de mirarlas; a ordenar los trajes de la forma más adecuada, aprovechando de la manera más eficiente los espacios en las distintas temporadas; a tratar a los clientes con una cortesía que no lindaba jamás en la familiaridad y con una formalidad que no se podría entender nunca como frialdad; muchos años antes del final y cuando recién se casó, ya sabía moverse con soltura en el probador, dar confianza, estimular el gusto del cliente por la prenda que iba a comprar, señalar, antes que éste lo mencionara, ese desnivel de las hombreras o esa arruga del pantalón que sólo se advertía luego de dar algunos pasos, y entonces arrodillarse con elegancia, trazar la línea certera con la tiza aquí o allá, dando con ello por cerrada la compra, a plena satisfacción de usuarios que siempre volvían y que incluso luego llegaban preguntando por el señor Fernández. Y después de los muchos años que dedicó a este aprendizaje y luego a la práctica virtuosa de lo conocido, vinieron, siendo ya Jefe de la Sección Ventas, los que dedicó con idéntico esmero a la enseñanza, para formar a otros muchos que llegaron sin poder distinguir entre una tela de lana, otra de lanilla, un casimir peinado o una franela. Muchos que también terminaron siendo hábiles en el oficio de colocar alfileres en una basta antes de que el cliente lo advirtiera, o hacer la marca de una cruz con un rápido trazo de tiza en el doblez de una solapa. Así, mientras pasaban los años, crecían las hijas, con algún ahorro crecía también la casa de La Cañada, el parrón, la gruta, la reja de fierro que reemplazó la madera, y el portón más ancho, porque algún día —sobre todo si Lorenita entró a la Universidad y prometió asentar cabeza— tendría que pasar por ahí el auto imaginario hacia el garaje aún no construido. Así, la vida era ver crecer a las hijas e ir ampliando la casa de La Cañada. Y la vida eran también las nueve o diez horas diarias en los pisos y las escaleras de la otra casa, la Casa García. Allí los más jóvenes seguían llegando y trataban de aprender, mientras él, ya bastante cansado, debía poner un empeño semejante para no olvidar los detalles de su enseñanza.

Quince millones por un trabajo bien hecho durante treinta y cinco años. ¡Y ahora el banco le prestaba otros treinta para hacer algo que ignoraba absolutamente! Como alguna vez tendría que devolver ese dinero, se sentía enteramente dependiente de las habilidades de su yerno, pero también un favorecido en razón de capacidades que no poseía, una suerte de parásito, una especie de especulador. Y en las noches desveladas, después del tercer o cuarto viaje al refrigerador para tomar otro vaso de agua —que luego se acostumbró a mezclar con algo del vino de la casa— volvía a la cama, encendía un cigarrillo y pensaba: ¿Por qué quince millones por lo que hice bien durante treinta y cinco años y treinta millones por lo que no sé hacer y que no he hecho nunca todavía? ¿En qué va a terminar todo esto? A la mañana siguiente el yerno se encargaba de tranquilizarlo:

—El banco nos presta la plata porque yo soy constructor, don Arnaldo, y porque entiendo mi oficio. Y como hemos formado una sociedad, usted recibe esta plata —o más bien dicho la recibimos nosotros— porque usted aporta un capital. Si el negocio es bueno y disponemos de una base suficiente, el banco nos da un crédito. El negocio de ellos consiste en prestar plata, ¿entiende? No nos están haciendo un favor. Además nos están cobrando intereses y tienen la garantía de la hipoteca.

—¿Y cómo vamos a pagar?

—Con las utilidades de la empresa.
—¿Y eso cuándo?
—Eso depende. Por mí, lo antes posible. Yo tampoco duermo tranquilo con esta deuda. Lo importante es que ya vamos a empezar a producir y tenemos tres buenos contratos. Esto no puede fallar, créame.
—Bueno, si usted lo dice... ¿Y qué papel voy a jugar yo en todo esto?
—Usted es mi socio.
—Pero es que yo no entiendo de puertas ni de construcción.
—Ni falta que hace. Usted es el socio capitalista.

El socio capitalista abordó el avión de Lufthansa a las dos de la tarde del veintiuno de diciembre de 1985. Era la primera vez que volaba y desde la partida ese ruido espantoso de motores anunciando veinte horas con los zapatos a nueve mil metros de la tierra le hizo saber que, junto con la quiebra de Puertas y Ventanas Fernández S.A., este vuelo era lo peor que le podía pasar en la vida. A su lado, también trémula y desencajada, doña Elvira disimulaba su pavor repitiendo el eterno reproche.
—Si me hubieras hecho caso no estaríamos en esto.
—Cállate, mujer. No se habla en los aviones.
Como el silencio era total, por primera vez en mucho tiempo doña Elvira creyó en el radical anuncio de su esposo y desvió la vista hacia las nubes que envolvían las alas enormes del aparato. Cuando el avión se inclinó vio también por primera vez a su ciudad desde una altura que siempre creyó reservada al Dios Padre. Era una enorme extensión de materia parda, casi informe, sin contorno ya de calles ni de techumbres. Esa materia extraña que se seguía alejando no parecía ahora objeto de la mirada de Dios, ni de nadie. Sintió que en ese magma desaparecía para siempre su casa, las casas de sus hijas, la feria de los jueves, los gladiolos que regaba todas las tardes, mojando también los ladrillos de la pandereta.

—Si se viniera abajo, sería mucho mejor —dijo lo más callada que pudo. Ahora sabía que no se hablaba en los aviones y por eso lo dijo bajito para que sólo él la escuchara.

A semejante provocación y con los pies sobre la tierra, don Arnaldo hubiera contestado con un improperio. Pero parece que el miedo tiene también efectos sedantes, porque le habló sin el menor tono agresivo y fue amable como no lo había sido en mucho tiempo.

—Vamos a ver a tu hija. Y vas a conocer a tus nietos. Cuando traigan la comida, trata de probar algo.

—¿Qué comida?

—La que sirven en el vuelo, mujer. Ya te explicaron las niñas.

—¿Me explicaron?

—Te explicaron. Y te pidieron que comieras.

—No puedo tragar, ¿no entiendes eso? —dijo en sordina.

—A lo mejor aquí puedes tragar —dijo don Arnaldo.

—A lo mejor —dijo en otro tono, sorprendida por el acento tierno y asustado de su esposo.

Doña Elvira dejó de comer cuando sus hijas le dijeron que estaba todo perdido y que era mejor irse, sobre todo si a Lorena le estaba yendo tan bien en Alemania. No se lo propuso. No fue un acto consciente de rechazo a todo lo que la estaba rondando desde hacía tanto tiempo. En realidad parecía que esas desgracias se iban borrando con el tiempo o tal vez con la ocurrencia de otras que por la inmediatez parecían mayores. Fue incluso durante un día tranquilo y feliz, al volver de un paseo al Cajón del Maipo, con Arnaldo, Cecilia, su yerno y sus nietos regalones, que no pudo tragar en la casa de su hija el resto de asado que volvió del picnic envuelto en la misma asadera. En el trayecto de regreso estuvo callada, lo que sorprendió a todos y dio origen a bromas que no lograron sacarla de su mutismo. Se vino recordando una frase de Cecilia durante el almuerzo, pero todos creían que estaba embelesada con el río que se iba perdiendo en la quebrada y con las montañas que seguían apoyando el paisaje, aunque éstas también se perdían, se alejaban de su altura inmediata e imponente, a medida que el auto se acercaba a las viñas de la parte alta de Santiago, final del paseo y del domingo.

«¿No le gustaría conocer a sus otros nietos, mamá?»

Anuncio también de ese otro final que estaba empezando a vivir en ese momento; de nuevo perdidas las montañas, ahora también las nubes.

La azafata les ayudó a retirar del respaldo del asiento anterior una bandeja de plástico. Sobre ella colocó otra similar, también de plástico, celeste pero más pequeña, que contenía varios potes —de plástico del mismo color— en los que había un trozo de pollo, unas verduras y unas torrejas de pan que parecían, más que una comida, un alarde de variaciones sobre el mismo material.

El viejo observó a su anciana compañera con la esperanza de verla tomar el tenedor, mirar el plato siquiera, hacer un gesto dedicado a la bandeja. Pero la vio indiferente a esa miseria cuya única virtud era no oler absolutamente a nada. Entonces le dijo en un tono amistoso que ella ya había olvidado:

—Come, mujer. ¿No te alegra pensar que por fin vas a conocer a tus nietos?

Y ella sintió que esta vez, a pesar de las turbulencias, la calidez de su pedido no era un producto del miedo.

PUERTAS Y VENTANAS FERNÁNDEZ S.A. quebró porque el negocio que el yerno le propuso a don Arnaldo era perfecto a condición de no tomar en cuenta la realidad, o no suponer que ésta podía cambiar, como suele ocurrir con más frecuencia de lo esperado, y con una tozudez que casi siempre contradice nuestros deseos.

Ocurrió que diversas circunstancias afectaron el creciente impulso de la construcción y entonces las puertas ya comprometidas no pudieron ser compradas por las empresas que las requerían. Y como éstas quebraron, la quiebra de la flamante empresa de don Arnaldo y su yerno fue también una hoja en el vendaval que remeció la utopía que se estaba gestando, con la consecuente caída de lo que debía crecer y de los frutos que se frustraron, haciendo evidente para la mayoría involucrada en la debacle, y para los proclives a la debilidad de los escrúpulos, la inutilidad del inmenso crimen cometido. Ni el bombardeo de La Moneda, ni los fusilamientos —incluso de uniformados—, ni el genocidio que ensombreció aún más la oscura vida de los extramuros, ni el resquemor y el odio que primero separó a las familias por el conflicto político y que luego unió la magnitud del horror, ni la condición de ciudad ocupada que imperó durante años, con toque de queda, estado de sitio, estado de emergencia y estado total de irracionalidad, parecían haber logrado su objetivo: Don Arnaldo, simpatizante del golpe de estado porque creía en la empresa privada, se preguntaba por qué la Casa García había quebrado, por qué la empresa privada estaba en bancarrota y por qué su propia empresa, ahora que había accedido a la condición de empresario, estaba en la misma situación de quiebra. Su hija mayor debió exiliarse porque la dictadura amenazaba su vida y la de su esposo; y ahora él estaba en la ruina por haber creído en el sistema que desterró a parte de su propia familia. Además, como si todo esto fuera poco, en las cartas a Lorena y Mario les contaba que la empresa con Raúl iba viento en popa.

—A pesar de todo yo creo en el sistema —le repetía su yerno cada día—. El Banco tiene razón: no hay que vender las máquinas.

—¿Y hasta cuándo?

—Hasta que la cosa repunte.

—¿Y entremedio comemos caca?

—Sí. Yo prefiero comer caca a vender la industria a huevo. Además ahora no hay quien la compre.

—Si vendiéramos las máquinas podríamos pagarles algo, por lo menos.

—Una cagada, que además no les sirve. Usted no entiende, suegro. Lo peor que les puede pasar es que nos declaremos en quiebra.

—¿Y por qué?

—Porque ellos también ya están quebrados.

—...
—Tienen que mostrar la mayor cantidad de deudores solventes. ¿No entiende algo tan simple, don Arnaldo?
—Por supuesto que no. Entiendo de telas, de trajes, de ventas. De eso hemos vivido toda la vida.

Y como el yerno tenía razón —aunque esa razón resultara incomprensible al inocente raciocinio de don Arnaldo— el ejecutivo del Banco tuvo que ser franco e incluso algo terminante al pedirle que conservara las máquinas, las instalaciones y la razón social de la empresa, confiándole que ellos también atravesaban por una crisis momentánea que hacía inconveniente evidenciar la insolvencia de sus propios deudores. Le propuso en compensación del derroche que significaba la mantención de una empresa improductiva, las ventajas de un tratamiento conveniente de la deuda. La propuesta excedía la capacidad de comprensión de un hombre simple que había vivido sólo de su trabajo. En medio de su crisis —la de Puertas y Ventanas Fernández S.A.— el Banco le ofreció generosamente convertir su deuda en dólares, cuyo valor a la fecha era de 39 pesos. Una semana después el dólar se elevó a 93 pesos y la deuda aumentó, sumados los intereses, a más de noventa millones de pesos, los cuales seguían reajustándose a diario y acumulando también diariamente el resultado de los intereses. El 13 de enero de 1983 el Banco es intervenido y allí se produce una suerte de segundo milagro, una nueva oferta generosa que don Arnaldo tampoco es capaz de entender: la reprogramación de la deuda que lo favorece a condición de que Puertas y Ventanas Fernández S.A. siga existiendo. El yerno considera que ésta es la salvación caída del cielo. Pero tienen que arrendar un local para mantener las maquinarias. El Banco les asegura que ese gasto vale la pena si tienen en cuenta la ventajosa reprogramación que les han ofrecido. Entonces lo poco que recibían por aquí y por allá, casi siempre trabajos esporádicos del yerno y aportes de otros miembros de la familia, se consume en el arrendamiento de esa bodega maloliente —una destilería clandestina clausurada hace tres años debido a la adulteración de un pisco mortal— y en la cual guardaron como un tesoro dormido las máquinas que en sus desvaríos volverían a producir en un futuro incierto esas puertas y ventanas de las que don Arnaldo nada entendía. A cambio de esta insensatez, el Banco los compensaba con otra aún mayor: la firma de un pagaré por una suma que a don Arnaldo le pareció astronómica, pero que según Raúl tenía la ventaja de los tres años de gracia y un plazo también larguísimo para su cancelación.

—¿Y por qué nos ofrecen esto? —le preguntaba todos los días don Arnaldo a su yerno.

—Usted quiere saber dónde está la trampita, ¿verdad?

—Sí. Yo creo que hay una trampita.

—Usted cree que nos están pasando gato por liebre, pero lo que pasa es que no quieren que nos declaremos en quiebra.

—¿Por qué?

—Para no pasar nuestra deuda a la cartera vencida.

—¿Y eso por qué?

—Porque ellos también ya quebraron. ¿O no entiende?

—No entiendo. Perdóneme, pero no lo puedo entender —dice don Arnaldo hablando ya desde el sueño, semidormido. Hay algo de vigilia asustada penetrando la superficie de su aparente descanso. Nueve mil metros lo separan de la tierra. Siente la precariedad en esa mentirosa ingravidez y el vértigo de su transitoria residencia en el aire.

—Ni falta que hace; ya se lo he dicho —cree escuchar la voz del yerno sobrevolando como un eco remoto el interminable océano nocturno.

—Nunca entiendes nada —dice doña Elvira también a medias en el sueño.

—Cállate, mujer; déjame dormir.

—Firme el pagaré, señor Fernández. Realmente es lo que le conviene.

—Primero tengo que consultarlo con mi yerno.

—Firme, don Arnaldo. Firme.

—¡Te dije que no firmaras!

—Y yo te dije que no se habla en los aviones. Come. Te vas a morir si no comes.

—Si no firma hacen efectivo el pagaré, don Arnaldo.

—De lo que me voy a morir es de no estar en mi casa.

—¿Y no se puede firmar este pagaré sin entregar la casa?

—No se puede. Firme.

—Me gustaba esperarte regando los gladiolos; tejiendo en el parrón.

—Yo sé lo que es una casa, señor Fernández. Estoy tratando de comprarme la mía. Firme, por favor, señor Fernández.

—Venció el plazo. Mire cómo se fueron volando los seis meses. Tengo que entregar la casa, Raúl.

—Entonces, vénganse con nosotros.

—¿Quiere que le suba el respaldo, señor?

—De alguna forma nos arreglaremos. Mal que mal, yo lo metí en esto, don Arnaldo.

—Pero yo no sé si Elvira...

—Sí, sabes. Yo quiero quedarme en mi casa.

—Créame que lo mejor era firmar, señor Fernández. Usted tiene tres hijas casadas, ¿no?

—¿Lo consultó con mi hija, Raúl?

—¡Dios me libre! ¿Usted puso la tetera, papá?

—Quería hacerme un tecito.

—¿Y no siente el olor a quemado? ¿No ve el humo? La tetera no tenía agua, papá. ¡Usted me va a volver loca!

—¿Desea algo, señor?

—Sí, un tecito. ¿Tengo derecho a un tecito?

—Ya no aguanto más, Raúl. Esta vez por suerte no nos incendiamos.

—¿Y qué quieres que haga? Yo me paso el día de aquí para allá, haciendo lo que venga. Tú tienes que preocuparte. Es tu padre, ¿no?

—¡Cállate! Puede estar escuchando.

—¿Te diste cuenta de que dejó de fumar?

—¿Dejó de fumar? ¡Qué buena noticia! Te diré que se encierra horas a pitar en el baño. La casa está ahora pasada a cigarrillo.

—Bueno, está tratando.

—Si quiere puede sentarse atrás, señor. Hay lugar en el sector para fumadores.

—No, gracias. Lo apago. Perdone.

—Perdone usted, señor. Pero son las normas.

—Me dijo que lo había dejado y le creí, Cecilia. Si hasta me dijo que así podía pagarnos lo que gastó con la tarjeta.

—Está abierta a los pasajeros la venta de productos liberados de impuesto. Quienes lo deseen pueden pagar con tarjetas internacionales.

—¿Whisky, señor? ¿Cigarrillos? ¿Relojes? ¿Perfume francés?

—Pero este perfume es carísimo, Arnaldo.

—Bueno, sí... Es algo fino. Pero algún día, un único día... No sé cómo te lo digo. Es que me jubilaron, Elvira. ¡Pero voy a recibir quince millones!

—Mi papá me vuelve loca, Raúl. Ahora le ha dado por ir al kiosco a comprar los cigarrillos de a uno. Y en eso se pasa el día. Sale a cada rato y siempre deja la puerta abierta; pero después se encierra en el baño. Dile que es mejor para todos que no deje de fumar.

—Lorena... Lorena.

—¿No se siente bien, señor? ¿Quiere un jugo? ¿Un tranquilizante? ¿Desea que le incline el respaldo para que pueda dormir?

—Él no duerme nunca de noche.

—¿Le traigo chocolates, señora? ¿O quiere la merienda que no pudo probar?

—Quiero volver a mi casa.

—¿Vive usted en Santiago?

—Ya no.

—¿Tiene parientes en Berlín?

—Una hija.

—Sí; firme, señor Fernández. Es lo mejor.

—¿Cómo iba a firmar eso, Raúl? Nunca tendré ni siquiera la décima parte de todo este dinero. Aunque trabaje otros treinta y cinco años en otra Casa García.

—¡Déjese de huevadas y vaya mañana mismo a firmar! ¿No se da cuenta de que le están cambiando ese pagaré por el otro? ¿O quiere que lo metan preso? ¿Usted creía que nos estaban regalando esa plata? Además, si firma puede estar tranquilo hasta 1985. Acuérdese de que el Banco le dio tres años de gracia.

—Berlín...

—Sí, señor. Va a ver a su hija en Berlín.

—Lorena.

—Tiene que dormir, señor. Todos los pasajeros ya están durmiendo.

—Él es así. No entiende nunca. Nunca entendió que no debía firmar esos papeles. ¿Por qué lo hizo si teníamos nuestra casa? ¡Si usted hubiera visto esos gladiolos en primavera! En ese patio jugaban las niñitas.

—¿Quiere que le apague la luz, señora?

—No, gracias. No quiero dormir. ¿Por qué nos sigue esa estrella?

—No es una estrella. Es la luz de seguridad en el ala, señora.

—Pero titila. Yo creo que es una estrella.

—Es una luz, como te dicen. A nosotros, qué estrella va a seguirnos. Es mejor que te calles y trates de comer algo.

—¿Quiere comer, señora?

—Sí. Quiero un trozo de asado. Pero que sea igualito al que comimos ese domingo en el paseo.

—¡Por fin vas a comer, Elvira! El viaje te ha hecho bien.

—¿Lo que quiere es un trozo de carne, señora?

—¿No le gustaría conocer a sus otros nietos, mamá?

—No, mijita. Yo ya no puedo tragar.

—Tienes que tragar, Elvira. Tienes que tragar. Lorena querrá verte con algo de color en la cara.

—No le haga caso, mijita. Está desvariando.

—¿Quiere que le dé un sedante a su esposo? Está durmiendo muy intranquilo.

—No, mi linda; yo lo conozco bien. Es así. Está loco.

10

No le quitéis la mentira al hombre,
que ya no sabría vivir sin ella.

Henrik Ibsen

El despertar del senador fue plácido comparado con la acuciante sensación de la víspera. La idea de la muerte era algo que se lavaba con el agua de la ducha, que se endulzaba con el kuchen de manzana preparado por *Tante* Ilse, con el café del desayuno; que se olvidaba revisando las penurias acumuladas en las carpetas repletas de peticiones.

La noche que siguió al desatino de la fiesta y al beso de Leni en su mejilla, fue puntual el llamado de su vecina a su puerta y la presencia de Mario en disposición de traducir.

Leni entró como un huracán que aventó sus dolores y sus angustias. Traía un resto de torta que el viejo apenas se atrevió a probar y que Mario engulló con deseos que hablaban de otra ansiedad. Al rato charlaban del remoto pasado del Senador, de lo que Leni preguntaba y preguntaba sin que don Carlos —y menos Mario— entendieran la razón de ese interés.

—Aprendí a leer recién a los dieciséis —dice don Carlos y Mario traduce—, pero el primer par de zapatos me lo puse a los dieciocho. Los compré en Antofagasta, el día que fuimos a escuchar una charla de Elías Lafferte. —Y Mario le explica, como si fuera el acólito, que Lafferte fue uno de los fundadores del Partido Comunista de Chile. Y que los nombres de Recabarren y Lafferte, así como las palabras sindicato, mitin, Federación Obrera, Partido, pampa, Mancomunal, eran sagradas para los mineros de Chacabuco y las demás oficinas salitreras.

—Eran la sublimación casi religiosa de un paraíso perdido y de una promesa incumplida: el salario que nunca recibieron.

Leni no entiende. Don Carlos lo advierte, así como advierte también que ese interés por lo que él le cuenta es un inexplicable interés por su persona.

—La cosa es así —dice interviniendo en el diálogo de Leni y Mario como si fuera en realidad el tercer interlocutor en igualdad de condiciones—. La gente que se vino del sur, del campo, de los fundos de la zona central, estaba entusiasmada con la idea de recibir un salario. Esto no lo habían visto nunca. No tenían la experiencia de recibir dinero por su trabajo. A los campesinos se los contrataba... ¡Qué va!... No había contrato de ningún tipo; se les daba un pedazo de tierra donde vivir y producir algo para la olla, y la llamada galleta, una especie de pan familiar con que reforzaban lo poco cosechable en sus terrenos. Y ése era el salario. Entonces cuando oyeron que en las salitreras los mineros recibían una paga en dinero y que se podían ir cuando quisieran, o cambiar de oficina salitrera, o juntar algo de ese dinero para volver al sur con lo que jamás habían soñado tener, se deslumbraron. Se las ingeniaban para llegar hasta las salitreras, haciendo cualquier trabajo en los barcos, viajando escondidos, qué sé yo. Mi padre puso en eso una platita que recibió de la dueña del fundo, que al morir quiso recompensarlo por los veinte años que había vivido y trabajado para ella. Poco más de treinta tenía cuando partió al norte. ¿Y ahí, con qué se encontraban los que habían llegado de tan lejos? Se encontraban con que no existía el tal salario. La paga del minero era una ficha —ficha salario la llamaban— y sólo servía para comprar en la pulpería de la empresa. Aquí Mario le pide que haga una pausa, pues tiene que explicarle lo que era la pulpería, esa especie de cantina y almacén, le dice a Leni, donde el minero encontraba todo lo que necesitaba comprar, pero a los precios fijados por los dueños de las minas, que eran también los dueños del ferrocarril y de todo lo que tuviera algún valor en el norte.

—Eran ingleses los dueños —dice don Carlos y se entusiasma con su recuerdo—. Los campesinos como mi padre, imagínese usted, habían dejado todo lo que querían porque también querían conocer el dinero. Habían dejado los campos en que nacieron, los pastos de esos campos, las frutas, el vino, la familia, y lo habían cambiado todo por la pampa, ese desierto que no termina nunca y que primero quema el alma y después... Bueno, es tan lindo que no sé cómo contárselo. Ese desierto es más grande que todo este país, ¿sabía usted?

—No, no sabía —dice Leni pestañeando sus ojos deslumbrados.

—Claro. Más grande. La región de Antofagasta es más grande que toda la RDA. Y el desierto es mucho más que Antofagasta. Es que es tan grande que entonces de ahí no se podía salir. Y eso nos pasó. No pudimos salir nunca más. Dejamos lo verde, los ríos, la casa de la infancia para venirnos al norte por la paga. Y terminamos todos encerrados en el desierto, recibiendo esa ficha salario con la cual nos endeudábamos cada día más en la pulpería. Trabajábamos de sol a sol y cada vez les debíamos más a los ingleses. Con el salitre se hicieron grandes fortunas; en esa época se construyeron el Casino de Viña, el Sporting Club, las grandes mansiones de Iquique y de Santiago. La gran farra de los años veinte se pagó en Chile con la plata que producíamos nosotros, cada día más endeudados y viviendo como animales en los barracones de la oficina.

—¿Y por qué no se iban de ahí? ¿Por qué no volvían a su tierra? —pregunta Leni.

—No es fácil contestar a eso. Había varias razones y yo tengo mi teoría. Una razón es que estábamos, literalmente, muy endeudados. Éramos rehenes de nuestra deuda. Y la verdad es que tampoco habíamos perdido mucho al perder lo que usted llama nuestra tierra. La vida del pobre es dura en todas partes. Pero mi teoría, lo que yo viví en carne propia, es que todos nos quedamos porque teníamos la sensación de haber descubierto algo aún más grande que lo que estábamos buscando. Eso le pasa al minero, sabe usted. A veces —rara vez, pero ocurre— descubre algo muchísimo más grande que lo que andaba buscando.

—¿Y qué era eso? —pregunta Leni.

—La libertad.

—¿La libertad? ¿Viviendo como vivían? ¿Pudiendo comprar sólo en la única cantina? ¿Teniendo cada día más deudas? ¿Siendo cada día más pobres?

—Sí, claro. Lo que encontramos finalmente era mucho más grande que el famoso salario. Había días en que podíamos hacer lo que quisiéramos. Y entonces nos íbamos a la ciudad, a Antofagasta. Muchos a tomar y a ver niñas. Pero otros a juntarnos y hablar de lo que no se podía hablar en la oficina salitrera. Ése era el sindicato. Funcionaba en una pieza de la Federación Obrera. Una pieza tan miserable como nuestras casuchas de Chacabuco, pero con piso de tabla, lo que era un lujo para nosotros, y ahí se organizaba la venida de los compañeros y los mítines de la Mancomunal. Para ir a uno de esos mítines me compré el primer par de zapatos.

—¿Y eso era ser libres, según usted?

—Sí, eso. Todos estábamos esperando algo. Tal vez no sabíamos qué era. Muchas veces caminábamos un día entero hasta Antofagasta porque allí alguien iba a decir lo que podía cambiar nuestra condición. Y después, caminábamos toda la noche de vuelta para volver a esa esclavitud que era lo contrario de lo que habíamos buscado. Pero siempre había un esperar. Por eso era tan importante ese alguien que venía a estimular nuestra espera cada tres o cuatro meses.

Hizo una pausa muy seria y Mario sintió que no podía interrumpir ese silencio. El viejo quiso taparlo con una sonrisa, pero era como querer ocultar el sol con una mano.

—Es difícil que usted lo entienda —tradujo Mario.

—No, no. Lo entiendo muy bien —se apresuró Leni con

los ojos encendidos de entusiasmo—. Lo entiendo perfectamente y me sirve mucho lo que usted me cuenta.

—No entiendo cómo puede servirle.

—Es que en este momento tengo una pequeña aparición en el coro de *El Holandés Errante*.

—Es una ópera de Wagner —le dijo Mario a don Carlos en un tono más íntimo.

—¡Sí, sí! Wagner —confirmó Leni con entusiasmo.

—¿Y eso tiene que ver con Chacabuco?

—Muchísimo. Pero veo que están cansados y yo también lo estoy.

A LA NOCHE SIGUIENTE, Leni les contó la historia del buque fantasma.

Los dos hombres se habían juntado allí para aguardarla en esa espera tácita, clandestina, de la cual no se decía una palabra. Podía pensarse que Mario no sospechaba que el viejo sufría el paso de cada minuto hasta escuchar finalmente el sonido del timbre o los golpes suaves de Leni a su puerta; del mismo modo, don Carlos no tenía derecho a suponer que la parsimonia con que Mario planteaba sus problemas o le refería al Senador la conversación de esa mañana con el doctor Wagemann obedecía a la necesidad de hacer coincidir la despedida, muy natural a esa altura de la noche, con el ofrecimiento también explicable de una última copa. Don Carlos necesitaba la presencia de su único intérprete, aunque entendía que ya era bastante tarde y que en algún lugar —el viejo ya no sabía si en casa de Eva, de Lorena o de ambas— estaban esperando a Mario.

A las 23 con veinticinco, como se hizo habitual la última semana, Leni llamó lo más bajito que pudo, aunque don Carlos ya había saltado de su asiento apenas escuchó los pasos de la muchacha acercándose a su puerta. La maniática puntualidad, que a Mario le cargaba, tenía una explicación bastante simple. El último U-Bahn partía de Alexanderplatz a las once y cuatro minutos, y por eso lo normal, salvo un ensayo infrecuente de trasnoche o un compromiso sorpresivo, era llegar a la estación de la Volkradstrasse a las once y dieciocho. El camino hasta su departamento, colocar la cinta en el equipo y hacer una pasadita frente al espejo agotaban los minutos restantes.

Leni fue necesitando cada vez más este encuentro. Tal vez porque tenía lugar a medianoche, cuando los ancianos dormían, o por lo menos cuando dormían sus perros, y a Leni le era más difícil soportar el silencio de los departamentos, la callada agonía de los ciento veinte ancianos asustados y la quietud lúgubre del edificio que la inquietaba al llegar, cuando veía su sombra elemental recortada contra los nubarrones. ¡Qué distinto era el departamento del Senador, la música que llegaba a través del tabique desde su propio equipo, la simpatía tan galante de Mario, su linda barba y sus ojos tan negros! Y sobre todo era distinto hablar de cosas que sólo allí, en medio de esa complicidad, podían decirse. Sí; era mejor estar en ese cuarto, aun cuando ese cuarto fuera un camarote más de la nave de los viudos, y aun cuando ésta fuera tan parecida al buque fantasma del que Leni quería hablarles esa noche.

Para sus anfitriones la noche de Berlín era menos ajena con Leni. El Senador olvidaba por un momento que esos ciento veinte ancianos eran su comunidad final; y Mario, los insolubles problemas que lo acechaban al terminar las apacibles veladas con Leni.

Leni había recogido la enormidad de su melena negra en lo más alto de su hermosura. Se veía aún más esbelta con el moño, más mujer y más cercana. Los besó y se dejó caer agotada sobre el sillón. Tomó un trago largo del vino que le alcanzó Mario y les recordó que esa noche quería hablarles de *El Holandés Errante*.

—Me llamaron para hacer un reemplazo en el coro del *Holandés*. Pero nunca imaginé lo que ese trabajo significaría para mí. Y creo que esto tiene que ver también con ustedes. Lo que usted me contó de Chacabuco, *Senator*, me hizo entender el sentido de esta ópera. Ustedes la conocen, ¿verdad?

—Cuéntanos cómo la ves tú —dijo Mario, que sí la conocía, para no excluir al Senador.

—Bueno, es la historia de un desterrado, un marino que es objeto de una maldición del diablo. De acuerdo a esa maldición, debe navegar en un barco fantasma, impedido por enormes tormentas, de alcanzar la costa con que sueñan todos los marineros. Sólo le está permitido arribar a una cada siete años, y si encuentra allí un amor que lo redima, podrá alcanzar la paz y vivir feliz sus últimos días en ese puerto. La condición para alcanzar la paz y morir en tierra firme es que una mujer lo ame con fidelidad absoluta. La obra empieza cuando en medio de una tormenta el buque fantasma llega con su velamen rojo a la costa de un pequeño puerto de Noruega. Han pasado ya otros siete años y el holandés errante tiene la posibilidad de redimirse mediante la fidelidad de un amor. En ese puerto conoce a Daland, un marino que, al informarse de su historia y de los tesoros que almacena en su buque, le ofrece la mano de su hija y le garantiza su fidelidad. En realidad el padre vende a su hija, ¿no es cierto? Y el holandés llega a ese pequeño puerto y conoce a Senta, que es la hija de Daland, el capitán. Lo interesante es que al comienzo del segundo acto se ve a todas las mujeres del puerto esperando el regreso de sus hombres queridos y a Senta absorta en la contemplación de un retrato que hay en su casa, donde las mujeres, en espera de sus hombres, están tejiendo en las ruecas. Ese retrato es del holandés errante. Aquí entro yo en escena, pero sólo integrando el cuerpo de baile que refuerza al coro. La protagonista es Senta, que sólo tiene ojos para el retrato del holandés, aunque escucha lo que las mujeres hablan de los marineros y siente que todo eso es tremendamente vulgar, muy distinto de lo que ella sueña. Sí, eso; es vulgar, es pequeño, es tan chato. Es como lo que me dijo mi padre cuando me hablaba de los camiones y el tener mucho dinero y sobre el respeto que se ganan quienes lo tienen y todo eso. Cuando le dije a mi padre que era bailarina, creyó que movía un trasero emplumado en una de esas revistas que llaman varietés. No le dije que aquí no existe ese tipo de tonterías, porque no lo hubiera creído, así como no creyó que no quisiera recibir los cien marcos en el café, donde todo el mundo nos estaba mirando. Entonces Senta quiere que alguien venga a sacarla de todo eso, y sueña con el holandés errante. Porque para ella es alguien que no está en ninguna parte; es decir, es lo que ella quisiera ser. Sí; no estar en ninguna parte. Porque Senta tiene miedo. Piensa que estar en alguna parte siempre es estar en el lugar que no se quiere. Y cuando se encuentran finalmente y ella no sabe que su padre la ha vendido, cree haber encontrado la salvación. Pero el hombre errante busca el lugar en que será redimido, en que alcanzará la paz y el reconocimiento. Busca la tierra de la redención porque quiere morir tranquilo. Para morir tranquilo es preciso que lo acoja la tierra del perdón. Ella, en cambio, quiere que alguien la saque de esa caleta miserable, mezquina, grosera, llena de gente que no la entiende y que decide qué debe hacerse y qué no debe hacerse; qué debe decirse y qué no debe decirse; qué debe pensarse y qué no debe pensarse. Lo que me gusta de la puesta que estamos haciendo es que no hay armonización. En la versión original de Wagner, Senta se lanza al acantilado para demostrarle al holandés errante que puede someter la fidelidad de su amor a la prueba de la muerte. Lo que me gusta de esta puesta es la manera de mostrar la paradoja, de iluminar nuestra realidad. El holandés encuentra el lugar en el que sus errores son perdonados, pero ése no es el lugar donde Senta quiere vivir, porque ella no acepta los errores que han arruinado su vida. La tierra redentora donde él quiere morir no es la tierra donde ella desea vivir.

Leni hizo una pausa y el silencio agravó el semblante de don Carlos, que miró a Mario buscando un indicio para continuar una conversación en la cual se veía a Leni extrañamente tensa, dispersa, dolorosamente extraviada. Pero al verlo reconcentrado en la reflexión de Leni, prefirió simplemente bajar la vista y quedarse mirando las manos de la muchacha, que se retorcían sobre su falda haciendo adivinar que en sus ojos (que don Carlos y Mario preferían no mirar) estaban a punto de asomar las primeras lágrimas.

Don Carlos tenía un presentimiento que le palpitaba en el corazón y en las sienes, que le agitaba el alma, y que le hacía doler distinto esa herida que ya no cerraría nunca. Sabía que Leni le hablaba de él, de ella, de ambos, y que esa extraña confesión era una suerte de curiosa declaración de amor y al mismo tiempo un anuncio de ruptura. ¿De qué perdón hablaba exactamente? ¿Y por qué él era visto como el moribundo que busca la paz que nace de ese perdón? ¿O ha venido finalmente a decirme que es una de aquellas que se acerca a los extranjeros para confiarle que se quiere fugar? En el Ministerio, en la Volkspolizei y en los cursos de cuadros le habían hablado de esta costumbre de «algunos círculos descompuestos de la disidencia». Lo hacían incluso para solicitar algún tipo de ayuda que les permita materializar sus intenciones. Pero ¿Leni era eso?

—Cuando usted me habló ayer de su vida y de Chacabuco, y de las vidas de tantos que trataban de salir de allí sin lograrlo, usted dijo que el desierto era enorme, que se los había tragado. Eso es, créame. Lo dijo usted muy bien. El desierto es enorme y nos ha tragado a todos. A usted, a mí, a todos nosotros, aquí y allá.

—No entiendo exactamente lo que me quiere decir.

—Sí, entiende —dijo Leni y las lágrimas empezaron a rodar abundantes por sus mejillas que parecían afiebradas.

—¿No se siente bien? ¿Podemos hacer algo por usted? —preguntó Mario, sentándose a su lado en el borde del sofá. Pero Leni no lo escuchó, pues sólo le interesaba hacerse entender por don Carlos.

—Sólo deseo que me comprenda. Usted es un hombre bueno que ha vivido ya su vida. Usted la vivió, como quiera que fuere. Yo tengo la sensación de no poder vivir la mía.

—Aquí ha podido llegar a ser bailarina —dijo don Carlos.

—Eso parece. ¿Pero sabe usted que estoy condenada a no ser nunca solista?

—¿Por qué? —preguntó Mario tan pronto tradujo la pregunta de Leni.

—Porque mi padre se fugó hace veinte años. Si progresara en mi carrera, tendría roles importantes. Y eso no puede ser, pues jamás tendré autorización para salir de aquí. Una *prima ballerina* tiene que hacer giras, salir a perfeccionarse, representar nuestro arte en el mundo. Y yo no tengo esa posibilidad.

—Usted es muy joven. Esto tendrá que cambiar —argumentó Mario sin mucha convicción.

—Nadie cree aquí que esto vaya a cambiar.

—Usted es bailarina. Eso es lo que importa —insistió Mario para consolarla y para hacer menos notorio el silencio de don Carlos, esa mudez que tanto Leni como Mario sentían dura, desconfiada, pero también cargada de un profundo dolor.

—No. Ése es su error... Usted —dijo mirando a don Carlos— usted dijo anoche: en el mineral éramos rehenes de nuestra deuda. Yo no soy una bailarina. Yo soy un rehén que baila. Un rehén que estudió en la mejor escuela de danza, que recibió en pocas semanas este departamento, que cumple con su función en el engranaje de la Ópera, integrando el cuerpo de baile. Un rehén que sale a saludar todas las noches y llega hasta el borde del escenario para agradecer los aplausos del público; otros rehenes que por las noches olvidan el muro viendo una función de ballet.

Mario pensó no traducir estas últimas palabras de Leni, que construía sus frases entre pequeños ahogos. El viejo advirtió la vacilación de Mario cuando Leni se llevó el pañuelo a la boca.

—¿Qué ha dicho ahora? —preguntó en un tono más duro que sus silencios anteriores.

Mario pensó que esto sería demasiado para don Carlos y que hubiese sido preferible, dada la mejoría evidente del viejo en la última semana, dejar todo en ese punto y eludir un conflicto que se hacía inevitable. Sin embargo algo le decía que la sangre ya había llegado al río, que cualquier ocultación ensuciaría aún más las cosas y que lo único que Leni esperaba de la vida en ese minuto era que su mensaje fuese escuchado. Tradujo entonces cada una de las frases mientras veía enrojecer el rostro del Senador. Y tradujo también la respuesta de éste, que habló con un temblor de barbilla que Mario no le vio ni siquiera en los momentos de mayor indignación.

Poniéndose de pie, el Senador había dicho:

—Creo que me he equivocado. Por favor, déjenos ahora. Estoy cansado. Le ruego que baje el volumen de su música. Necesito dormir.

ENTRÓ EN UN SUEÑO intranquilo con un sentimiento de definitiva aniquilación y despertó poco después a causa del dolor que ya no abandonaba sus miserias. Tenía la boca seca, la lengua endurecida y sentía que los labios le ardían. Necesitaba un vaso de agua. Cuando fue a buscarlo decidió que sería mejor un vaso de *Stierblut* y recordó sus encuentros con Neruda y el vino alegre de esos años. En la diminuta cocina llenó el vaso más grande hasta los bordes, mientras convocaba imágenes de otros lugares, de otros tiempos. Estaba bebiendo de su copa, sentado junto a la pequeña mesa de centro, cuando advirtió que por primera vez en muchos días no llegaba la música a través del tabique. Le pareció que ese silencio era tan implacable como el dolor, y que era también una amenaza. Entre las cosas que estaban terminando para siempre, estaba también la música de Leni, esas notas que ella bailaría al día siguiente en el ensayo, pero también en los meses por venir, en sucesivas funciones que tendrían lugar en noches más benignas, verdes, con la tibieza y el aroma de diferentes veranos.

Alejó con dificultad la cama del tabique y pensó que al acostarse se taparía las orejas con la almohada. En todo caso el silencio era perfecto. Era espantosamente silencio.

Sintió que empezaba a estar lejos de todo. Tomó un sorbo de vino. Lejos de su mundo, que ha perdido hace tanto. Lejos de sus camaradas que ya no lo visitan —salvo el estúpido de Mario, que sólo viene a verlo interesado en su divorcio o en esas malditas visas—. Lejos de Leni. Sí; muy lejos de Leni, confirma llevándose el vaso a los labios. Algo lejos ya de lo que parecía más cercano: ese cuerpo que se muere con dolor. Y aunque lo que más teme no ocurre todavía, sabe que está definitivamente lejos de su tiempo mejor; el único que el hombre se merece.

11

EN VÍSPERAS DE LA LLEGADA de sus padres, Lorena recibió un sobre con membrete de la Oficina. Era la carta en que don Carlos le comunicaba la determinación del Ministerio: esta vez la expulsaban de su «segunda patria», según la expresión a que recurría la retórica oficial en situaciones más amistosas. En rigor, para ella no fueron tierra madre ni la primera ni esta segunda: de ambas fue expulsada en circunstancias semejantes. Luego de recordar los terrores que dieron origen al primer destierro, Lorena se encerró en su pieza con la carta que decidía las miserias de su segundo exilio. Abandonada sobre su cama —ese lugar íntimo, ancho de soledad— desahogó en el llanto la enormidad de su desconcierto.

En algún momento tomó la pistola que guardaban con Mario en el fondo de una maleta que nunca terminaron de deshacer. Luego llamó un taxi y se dirigió a la casa del Senador escondiendo la pistola cargada en el bolsillo del impermeable. Es lógico pensar que se dirigía al departamento del remitente con la intención de matarlo. Pero ella no lo sabía. Una persona puede tomar un arma, apuntar al objeto de su odio —o de su desesperación—, y simplemente no querer matar a nadie. Alguien puede hacer eso abominando incluso de la mera posibilidad de un crimen. Sin embargo, aún dentro de la extrema clarividencia de su sueño, Lorena llegó esa noche a la nave de los viudos, subió hasta el piso trece, caminó el pasillo que también en el sueño olía fuertemente a pintura y entró en el pequeño habitáculo del Senador. No fue necesario que llamara ni que le abrieran, porque esto era un sueño, y en ese sueño el habitáculo era el departamento de don Carlos en la nave de los viudos y al mismo tiempo el mínimo cubículo que ocupaba en la Oficina. El Senador, a medias dormido y enredado en los pantalones demasiado largos de su viejo pijama, intentó convencerla de que ya estaba cerrada la Oficina, que el asunto de su divorcio seguía discutiéndose y que la resolución del Ministerio escapaba a sus facultades. Sobre la cuestión de las visas, había normas claras y plazos establecidos a los que todos debían atenerse. Como Lorena no manifestaba la menor intención de abrir la boca, el viejo le preguntó qué buscaba allí a esas horas de la noche. Lorena sacó entonces el objeto duro y definitivo que pesaba en el bolsillo de su impermeable y apuntándole de una manera incierta le dijo que sólo deseaba meterle esa bala allí donde la muerte llegara segura pero lenta, porque necesitaba del resto de la noche y de su sueño para hacerle sentir todo el daño que le habían hecho.

Despertó a medias con lo azul aclarando en la ventana, la carta aún en la mano, y la única imagen nítida que persistía desde lo otro: el viejo enredado en los pantalones del pijama, temblando frente a la muerte. Tal como ella seguía temblando, tal vez a causa del frío, quizás por culpa del llanto.

YA COMPLETAMENTE DESPIERTA y estimulado el ánimo por una larga ducha caliente, Lorena sintió que esa ola de plenitud que subía a su rostro con los vapores del agua tenía que ver con una visión súbitamente nueva de los acontecimientos del último día. Incluso la carta de la Oficina, principal motivo de la pesadilla, adquiría, en esta sorpresiva reconsideración de los hechos, un sentido positivo: la trama desde el lado correcto, el anverso del tejido. Y así se le presentó, con esa imagen, la estimulante revelación. Las gestiones tenaces y finalmente exitosas de Patricia para que ella pudiera trabajar y vivir en

México, la buena noticia de las visas aztecas, la disposición de los niños para acompañarla en esta nueva aventura, para ellos, en realidad, la primera. Sí, todo lo que recapitulaba y ponía en otro orden tenía ahora un sentido nuevo, pensaba Lorena peinándose frente al espejo aún empañado por los vapores de la ducha. Todo eso era no sólo enormemente positivo, sino a fin de cuentas el conjunto de noticias y soluciones que había estado esperando mucho tiempo y que terminaban conformando su idea de una felicidad posible sin Mario o —cuando era más exigente con su propia reflexión— una idea de todo lo que podía parecerse a la felicidad en un mundo sin Mario.

Por fin vería a sus padres, después de doce años. ¡Qué importaba entonces el enojoso asunto de las visas! Mal que mal el propio Senador había organizado la recepción de don Arnaldo y doña Elvira en Tegel y el traslado hasta la frontera de Friedrichstrasse, donde estaría esta tarde esperándolos. Por fin dejaría Berlín, a más tardar tres o cuatro días después del regreso de sus padres a Santiago. Por fin volvería al teatro. Había soñado con la vuelta al escenario, los ensayos, las diarias funciones; había soñado varias veces con el sol de México. Había soñado con la cercanía recuperada de su amiga. ¡Y todo eso era una realidad que empezaría a materializarse dentro de pocas horas, cuando viera a sus padres aparecer por la puerta para extranjeros de la Friedrichstrasse! Luego de los abrazos, la alegría y las lágrimas, les mostraría a su familia, a los nietos que ellos no conocían, y al yerno algo más gordo, con algunas canas, sabiendo lo que sus padres pensarían: A fin de cuentas no era mal hombre este Mario. Resultó el mejor yerno, a pesar de todo.

Y ahora, mientras se viste apurada, no sea cosa que pierda la reserva en la peluquería, repite esta consideración de su padre y es como si escuchara su voz, su gesto lento y sabio como el tono, diciendo de nuevo: Sí, el mejor, de todas maneras. La realidad por fin se ha ordenado conforme a lo que las cosas son. Y si algún día Mario se fue, hoy es el día del regreso, la vuelta del río a su curso, el retorno del vuelo a la morada.

¡Qué bueno no haberles contado nunca de su partida!

¡Qué bueno haber ignorado en las cartas ese vuelo que siempre tuvo señalado su retorno a la morada! Hablarles de eso hubiese sido de alguna forma una adulteración de la realidad, piensa Lorena, que ve ahora confirmados su intuición y sus deseos. Sí, estuvo muy bien no haber escrito nunca una línea sobre eso. La realidad era mejor que su triste apariencia. La realidad era Mario pasándola a buscar a las cuatro para ir a Friedrichstrasse; era Mario dejando su maleta sobre la cama; sacando de ahí sus camisas, su ropa interior, las fotos de los niños. La realidad era Mario en su casa. La realidad era el curso deseado de la vida persistiendo sin alteración en la continua escritura de las cartas.

De modo que esta última carta, ésta de la Oficina, no pasaba de ser un episodio más, tal vez el más ridículo de todos si se atiende a sus consecuencias efectivas; el más penoso si involucra al pobre Senador ya muriéndose y a una Oficina cada vez menos frecuentada, pues buena parte de sus asuntos empezaban a resolverse ahora directamente en el *Rat des Bezirkes* o en el *Amt für Ausländerangelegenheiten*. Esta carta comunicándole esa determinación arbitraria tenía la virtud de ser el último escrito que pudiera alcanzarla con alguna injusticia. Tenía, en cierto sentido, el carácter de una pieza arqueológica que mostraría en México como una condecoración a su propia dignidad y al valor para no dejarse humillar ni amedrentar. Se ríe entonces Lorena al ver de esta manera la carta que ya sin dramatismo continúa abierta sobre el velador, y se ríe aún más cuando piensa que al redactarla los funcionarios de la Oficina ya sabían de su decisión de partir a México, e incluso sabían que ya contaba con las visas y que los tres pasajes esperaban tranquilos en la parte más alta del closet.

¿Qué pensará Mario cuando le muestre la carta de la Oficina? ¿Verá una remota, pero al mismo tiempo muy directa influencia de la dolorida Eva en esta decisión del Ministerio del Interior? ¿Cómo estaría sufriendo ella ahora lo que Lorena había sufrido durante más de un año y por idéntico motivo? También en este punto el anverso de la trama, su lado recto, disponía formas y colores distintos del revés. Éste era de contornos imprecisos, opaco, confuso. Desde esa opacidad era pensable el gesto despechado de Eva, la petición a su padre para que castigara la carta de Lorena al Ministro con una resolución drástica y aleccionadora. Sin embargo, había en el tejido un espacio tranquilo para Eva, una forma de mirarla que respetaba su dolor y excluía supuestas culpas, pasadas o presentes.

    Y en el anverso de la trama había también un lugar para ese dolor que Lorena también sentía por don Carlos, a quien desde ya perdonaba el haber firmado esa carta ridícula y sin consecuencias. Ahora Lorena viene bajando en el ascensor, está nerviosa, ya no falta nada, en pocas horas Mario estará de nuevo en casa, en pocas horas la casa de Santiago de alguna forma será de nuevo la misma casa. En la planta baja se queda mirando el diario mural en que hace tres días colocó el telegrama de sus padres ensartado con un alfiler, para dar así instantánea y común información al *ghetto*. *Llegamos día 22 Berlín* PUNTO *Vuelo Lufthansa* PUNTO *Felices conocer nietos* PUNTO *Saludos a Mario y tesoros* PUNTO.

    Saca el telegrama y lo guarda en su cartera. El cielo está limpio después de la nevazón y del sol helado de la víspera. No hay nubes. No habrá tormenta en los próximos días. Caminando hacia la estación del U-Bahn, Lorena piensa que finalmente la vida le hizo justicia y que los 400 días que sobrevivió sin Mario, y los 4.700 que vivió sin sus padres, y los 5.000 que vivió casi sin nada de lo suyo, estaban terminando de alguna manera esa mañana, tan parecida a todas nuestras mañanas, con el viento helado silbando entre los corredores que forman los altos edificios y el agua de los charcos congelada todavía, aunque esa mañana Lorena sabía que el viento y el agua le hablaban de otras cosas; que su cuerpo era hermoso resistiendo la embestida del ventarrón y que los pasos siguientes no serían, nunca más, los mismos pasos.

Escuchan una campanada solitaria que acentúa el silencio.

—¡La una!

Mario recuerda que hace un año ese tañido acompañó el primer beso. Entonces era noche, anuncio, promesa de inmediata plenitud. Ahora el sol iluminaba el perfil pálido de Eva y el brillo de las lágrimas en sus ojos y en sus mejillas. El mismo rayo marcaba la otra palidez, los contornos metálicos de la maleta que al final del corredor estaba esperándolo junto a la puerta. Podía ver y sufrir con el perfil sufriente de Eva, porque Eva tenía la vista puesta en la maleta, la imagen también perfecta del abandono.

—Me mentiste.

—No te he mentido.

—Me dijiste que no te vas.

—Es que no me voy, Efa.

—Te vas. Yo miro la maleta. Y tú me dijiste que no te vas nunca de mí.

El esfuerzo de Eva por hablarle en castellano lo sorprendió desde el primer día. Al comienzo le dijo que quería recordar lo que le había enseñado su padre; pero ambos entendían, sin decirlo, que era el gesto mayor de una deseada compañía. Mario se enternecía con los errores de Eva y se maravillaba de la rapidez para aprender los rudimentos de su habla. Y ahora la ternura cedía a un sentimiento de dolor, de culpa. Ella fue aprendiendo con las correcciones que Mario le hacía con una sonrisa, con un guiño, con una mirada cariñosa. Ahora sentía el dolor de cada imperfección como el tributo a pagar por lo que significaba para Eva esa maleta que junto a la puerta hablaba a gritos desde su mudez. Y ellos se parecían a esa mudez. Habían estado en silencio, fumando, mirando los objetos que también desde su silencio hablaban del abandono haciendo pausas que parecían entreactos.

—Tú mentiste. Dijo que no te vas.

—...

—Yo no esperaba mentira.

—...

—Yo no le miento a usted nunca.

Y después de una pausa más larga preguntó:

—¿Le dije yo mentira en este tiempo?

—Voy a hacer lo que te prometí. Pasaré todas las noches contigo. Y es sólo una semana. Además quiero hacerlo, Efa, créeme. No vendré cada noche sólo porque me lo has pedido.

—La maleta está ahí. ¿Por qué?

—Porque para que la mentira sea creíble tengo que tener algo mío en el departamento de Lorena. Tan simple como eso.

—«Para que mentira sea creíble» —repitió Eva con un tono irónico al tiempo que se acentuaba el brillo de las lágrimas en sus ojos—. ¿Y quieres que yo crea mentira?

—A ti no te miento, Efa.

—Me dijo usted que no se va. Y ahora se va.

—¡Es que no me voy!

Eva fue a la cocina y volvió con un vaso de vodka más abundante que las copitas que tomaban por las noches. Mario encendió otro cigarrillo y después de un rato, para disimular el silencio, fue a buscar también un trago a la cocina.

—Yo di todo —dijo Eva. Y agregó luego de una pausa—: Yo no quiero más. ¡Váyase! ¡Váyase luego! *Ich bitte dich!* Mentira mata todo. Mentira mata lo más grande.

—No te he mentido, Efa. Cuando te dije que no volvería donde Lorena no sabía aún de su expulsión. Eso es muy duro para cualquiera. ¿Cómo no visitarla algunas horas durante algunos días? ¡Créeme que nada ha cambiado! ¡Yo quiero vivir contigo! Pero entiende que evitarle este dolor a ella y a sus padres es lo menos que puedo hacer.

—¿Y el dolor mío?

—¡Yo sigo contigo! Es sólo una semana o algo más.

—Me juró usted estar todas las noches conmigo. ¿Cómo puedo creer?

—¡Puedes creer!

—¿Y la maleta, entonces?

Mario tomó un trago largo. Ahora el sentimiento de profunda conmiseración por el dolor que estaba causando a

Eva se enturbiaba con una sensación de molestia, de irritación por lo que a Mario le parecía la tozudez de Eva, que intentaba reducirlo todo a ese detalle estúpido de la maleta. Si la hubiera sacado antes no lo hubiese notado y no estaríamos ahora en esto ni ella estaría sufriendo de esta forma. He sido un imbécil, pensaba Mario, y estaba en eso cuando la pregunta de Eva le llegó como desde muy lejos, como algo en lo que tuvo que recapacitar y para ello repetirse la pregunta varias veces hasta entender su sentido y sus consecuencias.

—Y si Lorena se quedara aquí. ¿Te vas?
—No. Pero ya sabe que debe irse.
—¿Y si se queda? —insistió Eva.
—Sería distinto. Podría hablar con ella en otra situación y explicarles todo a sus padres.
—¿Y tú no irte?
—No, claro que no. Pero ya no se puede hacer nada.
—¿Quieres que hable con el papá?
—Bueno.
—¿Y si Lorena puede quedarse aquí, tú quedas conmigo?
—¡Yo estoy contigo! ¡Esto es sólo una comedia para sus padres!
—Para ella es más que eso.
Y luego de otra larga pausa, agregó:
—Y para usted también.
Mario no quiso responder.
—¿Quieres que yo hable con mi papá?
—No creo que logres nada.

Eva fue al teléfono y marcó el número privado de su padre en el Ministerio. De pie junto al corredor que llevaba a la puerta, esperó la comunicación mirando la maleta y mirando luego a Mario, y más allá de Mario el ventanal, y más allá del ventanal el cielo azul de Berlín, libre de nubes, parecido al de la primera noche, parecido al del encuentro que sintió durante ese año como el comienzo de una felicidad definitiva y que ahora más bien parecía un triste recuerdo.

Mientras esperaba oír la voz de su padre en el teléfono, y

luego de mirar una vez más la maleta, le dijo tratando de hablar con voz firme:

—Yo no puedo ser sin ti. Antes podía vivir, a pesar de todo. O yo creí que eso era vivir. Ahora no sé cómo ser yo si tú no estás.

PAULA HIZO DURAR una odiosa mirada a la maleta de Mario. Tal vez porque la vio ya junto a la puerta no la miró como a una simple maleta con algo de ropa y un par de fotos enmarcadas, sino como a los tentáculos activos de un animal espantoso. Y Mario sintió que Paula miraba su maleta con la misma odiosidad que dedicó de manera ostensible a las botas de Hermann, cuarenta años atrás, cuando lo encontró, concentrado en las cucharadas de su sopa, en el interminable mesón de los refugiados.

Antes de registrar el resentimiento de esa mirada, Mario había sido testigo de los alarmantes desplazamientos de los chicos de la Stasi, que habían ocupado la cuadra para proteger desde sus autos negros y con la ayuda imprescindible de los equipos de transmisión portátiles, la llegada del Ministro al departamento de su hija. Mario fue así advertido de la llegada de Hermann mientras miraba una vez más la hermosa iglesia de María, en un extremo de la Alexanderplatz y puesta allí como un regalo, justo frente a la terraza del departamento de Eva. Vio entonces que los hombres tomaron posiciones no sólo a lo largo de la cuadra, sino también en el interior del edificio, protegiendo sus puertas y los ascensores de un enemigo invisible que debía estar a punto de entrar en acción. Pocos minutos antes de la llegada del Ministro, su guardia personal llamó a la puerta para verificar los últimos controles, y dos jóvenes de aspecto algo tontón y con ínfulas de avispados entraron al departamento para comprobar que allí sólo estaban la hija del Ministro y su conviviente chileno, y que nada extraño ponía en peligro la seguridad del protegido con tantos aspavientos.

La eterna y despectiva mirada de Paula a la maleta de Mario fue precedida entonces de este aparataje, lo que de alguna manera reducía sus efectos o —si se quiere ver el asunto con otro prisma— Paula había hecho durar su mirada a la maleta para que su entrada en escena fuera aún más notoria que el alarde de los agentes de la seguridad.

Al responder a la llamada de Eva, su padre le había dicho que la visitaría poco después de las dos, porque antes debía ir a buscar a Paula al *Regierungskrankenhaus* —el hospital para funcionarios del Gobierno y del Partido— pues a mediodía había sido dada de alta. Que la inefable Paula fuera dada de alta —en el *Regierung* o en cualquiera de los sanatorios que frecuentaba— era sólo una forma de decir. Y así lo entendían Eva, el Ministro y la misma Paula, que, salvo los inconvenientes del excesivo sobrepeso, se veía rosada y rozagante, y acudía a estas curas porque allí la vida era más entretenida que en su casa o en el Instituto de Marxismo-Leninismo —Sección de Historia del Movimiento Antifascista—, en donde nunca tuvo claras sus funciones ni el sentido que tenía llegar allí todas las mañanas. Además, en las curas de los establecimientos del Partido o del Gobierno, abundaban los camaradas llegados de distintos puntos del planeta, en los que la lucha por el socialismo tenía las dimensiones dramáticas que ella extrañaba en la RDA, bastante aburrida y rutinaria, más parecida a las llanuras —esas difíciles llanuras que Hermann le recordaba citando un hermoso poema de Bertolt Brecht— que a las riesgosas y elevadas incursiones que los revolucionarios del mundo practicaban en lugares extraños y distantes y con permanente riesgo de sus vidas. Ha de saberse, además, que la compañía de extranjeros, tan natural y común en los sanatorios del Estado, servía a Paula no sólo para estar «en contacto directo con la revolución mundial», como solía decir sin el menor asomo de vergüenza, sino para eludir el trato cotidiano con los alemanes. Porque la compañera del Ministro del Interior del Primer Estado Obrero y Campesino en Suelo Alemán odiaba a los alemanes por sobre todas las cosas. Y así como le explicó a Hermann ese odio la misma tarde en que le escupió las botas luego de advertir que eran de la

Wehrmacht, también fue directa con Mario cuando vio en éste el desconcierto relativo que le causó una mirada tan odiosa y prolongada sobre su modesta maleta.

—Ésta no es la actitud de un comunista, camarada Mario —y luego agregó, dirigiéndose ya al interior del departamento—: La verdad es que ya no sé si debo llamarlo camarada.

—Mamá, *bitte*, no complique usted más las cosas.

—No soy yo quien complica tus cosas. Para eso siempre te has bastado a ti misma.

—¡No empiecen, por favor! —dijo el Ministro en tono enérgico—. No hemos venido a discutir; hemos venido a escuchar —y luego de aplacar a Paula con una mirada intensa y dura, besó a Eva y le extendió la mano a Mario para saludarlo con la mayor cordialidad de que era capaz en ese momento. Y como en verdad no era capaz de mucho, agregó al saludo una sonrisa tan fría como el sol que llegaba a través del ventanal.

Se sentaron en silencio y luego dedicaron la mirada crítica de siempre al desorden de libros y papeles que entibiaba la cotidianidad del departamento. Eva les ofreció un café. Su padre le dijo que no tenía mucho tiempo, pero Paula le pidió uno en taza grande.

—*Mit Sahne* —agregó.

Cuando Eva fue a la cocina a prepararlo, Mario debió soportar el peor silencio de esa equívoca despedida. Tanto Hermann como Paula trataban de no mirarlo, pero lo hacían con un disimulo que evidenciaba aún más el rechazo. Paula abrió su enorme cartera y sacó un pañuelo mínimo y muy perfumado para sacarse el abundante sudor que la abatía eternamente como una maldición mojada. Para no mirar a Mario, Hermann observaba los movimientos de su hija en la cocina a través del vidrio corredizo que separaba a ésta del comedor. A diferencia de Eva, lo evitaba no sólo a él sino también a esa parte de él que persistía a un par de metros en la maleta.

Cuando Eva volvió con el *Kaffee mit Sahne* y lo puso en las manos de Paula, el Ministro preguntó como si presidiera una sesión de Gabinete:

—¿Cuál es el punto a tratar?

—La orden de expulsión de Lorena —contestó Eva con voz firme a pesar del nuevo brote de lágrimas en sus ojos enrojecidos.

—Antes quiero saber qué significa esa maleta —dijo Paula perentoria.

—Significa que estaré algunos días con mis hijos —respondió Mario.

—¿Ah, sí? ¿Y dónde están sus hijos?

—En su casa, por supuesto.

—Bueno, así es que vuelve usted a lo que siempre fue su casa —concluyó Paula sin intentar el menor dejo de ironía.

—No. Sólo estaré parte de mi tiempo allí, mientras estén los padres de Lorena.

—Es curioso que ahora que está en compañía de sus padres, necesite también la suya.

—¿Y cuánto tiempo van a estar ellos en Berlín? —preguntó el Ministro en un tono más neutro, pero que contenía toda la tensión del momento.

—Una o dos semanas.

—Bien. Me parece bien. Si ustedes están de acuerdo...

—¡Es que yo no estoy de acuerdo! —interrumpió Eva al borde del llanto.

—*Dafür kann ich nichts* —dijo el Ministro.

—Puede suspender la orden de expulsión —dijo Eva recobrando el control.

—No veo qué tiene que ver con el asunto —le dijo el Ministro.

—Supongo que para ella esto ha sido muy duro. Siento el deber de acompañarla —dijo Mario.

—¿Saben los padres de ella que usted ha estado viviendo con mi hija? —preguntó Paula.

Un mínimo silencio fue suficiente para que Paula agregara:

—Porque si ése es el problema, no veo qué pueda hacer Hermann...

—Ése no es todo el problema, mamá. Si se puede evitar algo tan injusto...

—Un momento, *bitte* —dijo el Ministro en tono cortante—. ¿Quién tiene derecho a calificar si es injusto? ¿Quién tiene todos los antecedentes? ¿Quién decide conforme a ciertos objetivos, a ciertos peligros y a cierta información? ¿Ustedes o los aparatos destinados a eso?

—¡Eso! Papá, ¿quién tiene derecho a decir que es injusto expulsar a una persona que no ha cometido un delito y que además no tiene dónde ir?

—Primero: tiene dónde ir. Ella solicitó, y en forma muy descomedida, una visa de salida diciendo que deseaba vivir en México. Segundo: nuestro Estado tiene no sólo el derecho, sino el deber de tomar medidas en los ámbitos que puedan afectar su seguridad.

—¡Qué seguridad! ¡Y qué Estado! Éste no es sólo un Estado, papá. ¡Éste es mi país! No tengo otro lugar donde vivir y quiero querer al país donde vivo. Y me duele que de mi país se expulse a alguien que aquí se llamó tantos años una *chilenische Patriotin*.

—Ella no está aquí para juzgar nuestras leyes.

—Pero lo que ella dijo lo piensan muchos aquí.

—¿Quiénes son esos «muchos»? Disidentes, gente marginal, enemigos de nuestro Estado.

—¡No! ¡Lo pienso yo! Yo soy parte de esos muchos. Y no soy marginal, ni enemiga de mi país.

—Supongo que no me llamaste para decirme esto —dijo el Ministro, ya incapaz de controlar su molestia. Y en su voz había molestia, pero también mucha amargura.

—No. No te llamé para decirte esto, papá. Perdóname. Te llamé para pedirte algo. Y si te lo pido es porque no puedo creer que esa carta ponga en peligro la seguridad de mi país.

—Todo desconocimiento de nuestra legalidad socialista es un peligro para nuestro Estado. Lo que espera el enemigo es un gesto de debilidad de nuestra parte. A partir de ahí se empezaría a minar la base misma de una legalidad que hoy es reconocida por todos.

—¿Reconocida? ¿O quiere decir «soportada»?

El Ministro hizo un nuevo esfuerzo para mantenerse sereno. Prefirió no responder. Dejó pasar un momento y luego se dirigió a Mario.

—Ustedes viven un momento muy difícil como Partido. Nuestro deber es apoyarlos. Si se admiten actos de disidencia de los exiliados chilenos, usted comprende que eso no nos afecta a nosotros. Los afecta a ustedes. Nuestra firmeza es un gesto de solidaridad para con ustedes. Nuestro Estado goza de buena salud. Queremos que nada que ocurra aquí, entre ustedes, termine afectando a los camaradas chilenos. Existe el virus de la descomposición. Le sugiero que hable con el Senador. Él entendió muy bien nuestros argumentos solidarios.

—*Es ist schon fast drei, Hermann!* —(Hermann, ya son casi las tres) dijo Paula guardando en su cartera enorme los pañuelos con que estuvo secando su incontenible sudor.

El Ministro se puso de pie, le dio la mano a Mario con un gesto que una foto registraría como un modelo de cordialidad, se detuvo frente a Eva y luego de un silencio en el que puso ambas manos sobre sus hombros, la besó con cariño.

—Cuídate, hija. Sobre lo que me has dicho, te prometo que lo olvidaré.

Caminaron luego hacia la puerta. Hermann se volvió para sonreír, pero se veía su rostro borroneado por una mancha de amargura. Paula creyó necesario hacer nuevamente ostensible su odiosidad a la maleta. Pero esta vez no sólo le dedicó la misma mirada resentida; se permitió además darle una mal disimulada patadita con sus zapatos plateados.

Desde la puerta ya abierta, y para que el hombre de la seguridad no lo escuchara, Hermann les habló en un tono lo más apagado posible.

—Resuelvan sus problemas. No desperdicien la juventud. Yo creo en las cosas claras. Si ella no está aquí, será mejor para ustedes.

Pero esto apenas alcanzó a escucharlo Eva, que corrió a encerrarse con llave en el baño.

Mario pegó una oreja a la puerta y escuchó los sollozos de Eva, apagados por el ruido del agua llenando la tina.

A los mínimos sonidos que llegaban del otro lado de la puerta se sumaron unos tañidos de campana.
¡Las tres!
A las cuatro llegaban sus suegros a la Friedrichstrasse. Había prometido estar a las dos donde Lorena. Tomó la maleta y pegó de nuevo una oreja en la puerta del baño. Ya no se escuchaba el sonido del agua, aunque sí muy débil pero nítido el ahogado y continuo llanto de Eva.
—Efa, escúchame. ¿Efa? ¿Efa, me estás oyendo? Ahora tengo que irme. Pero volveré esta noche. Y mañana. Y pasado mañana. No faltaré una sola noche. ¡Créeme! ¿Cómo estás? ¡Contéstame, por favor! Dime algo, Efa. ¿Efa? Nos vemos esta noche. ¿Efa? ¡Di algo, por favor!
—¡Váyase!

Lo más urgente que debía resolver Lorena esa mañana era cómo ubicar a sus padres en el departamento si no podía ya —y en buena hora— dejarles el dormitorio matrimonial. Y en eso precisamente pensaba cuando la señal horaria de Radio Berlín Internacional dio las tres. Tal vez era mejor reducir ese tremendo nerviosismo, ese estado de máxima ansiedad, a una mera cuestión de espacios y opciones domésticas. Esa noche dormiría con Mario y eso tenía que ser en la cama nupcial. Los niños, entonces, ocuparían el sofá-cama armable del living y los abuelos las dos camas de la pieza de los niños, más cómodas que el mueble transformable, teniendo esa pieza además la ventaja de la mínima privacidad que los viejos necesitarían durante esos días. Los niños aceptaron esa mañana la idea de muy buena gana y obtuvieron una pequeña ventaja adicional a la ya por sí emocionante de la mínima mudanza: podrían ver televisión hasta el cierre de las emisiones.
Dejó sobre el velador que separaba las que serían las camas de sus padres las mismas fotos que los niños guardaban como recuerdo de otros tiempos: imágenes de la familia unida en las montañas de Erz, risas abrigadas por grandes

bufandas de colores que tenían como telón de fondo la nieve de los Montes Metálicos. Y no satisfecha con esa prueba tangible de la felicidad ininterrumpida, colocó otras fotos de esas vacaciones y algunos testimonios de alegrías aún más antiguas —y ella más joven y más linda; y él, el pelo negro y negra también la barba que usó hasta cumplir los treinta y cinco, día en que descubrió la primera infiltración de las canas en su cabeza oscura de *chilenischer Patriot*—. Sobre el velador del dormitorio principal, en cambio, puso una ya descolorida foto de Santiago: la familia entera reunida bajo el parrón de la casa de Ñuñoa en un almuerzo de domingo.

Esa mañana las peluqueras habían comprendido lo que significaba recibir a los padres que llegaban de Chile y a los que no veía hacía doce años. No les dijo una palabra del otro visitante, que llegaría una hora antes que los padres —que ya debería haber llegado, piensa con preocupación Lorena— y que era la causa velada, pero sin duda la más importante, del acicalamiento. Ahora se está mirando en el espejo de la cómoda del dormitorio, sentada en la cama. Pronto sonará el timbre; primero Mario, después *Tante* Ilse, que por recomendación del propio Mario fue contratada para preparar y atender la pequeña fiesta de esa noche. Dos enormes *Karpfen* esperaban en el refrigerador las manos talentosas de *Tante* Ilse, especialista en la preparación de pescados —truchas y carpas—, delicias de agua dulce, comida que en Berlín alegraba las celebraciones de la Navidad y el Año Nuevo, y que tendrían un justificado anticipo en la previsible alegría de esa noche, a sólo dos días de la Pascua.

A pesar del abrazo y tal como Lorena lo venía imaginando desde hacía varios días, Mario llegó antes que *Tante* Ilse. Lorena lo recibió con un beso y de inmediato advirtió una sombra parecida a un reproche velado en su rostro serio y en sus gestos que aparentaban mal una mentirosa naturalidad; una penosa imitación de la indiferencia, pensó Lorena. Cuando quiso dirigirse al *living*, Lorena lo derivó, con un gesto dirigido a la maleta, hacia el dormitorio en el que además de la foto antigua de la familia, había colocado unos claveles rojos que abrían el esplendor de sus brotes sobre el cuello largo y delgado del florero.

Mario colocó la maleta sobre la cama sin hacer comentario acerca de la presencia tan ostensible de las flores. Luego se sentó junto a su maleta, la vista fija en los pálidos dibujos que adornaban el papel de la pared.

—¿Te ayudo a guardar tus cosas? No tenemos mucho tiempo.

—No hay mucho que guardar. Yo mismo lo hago.

—¿Estás cansado?

—Muy cansado.

—¿No duermes bien? —Y de inmediato se arrepintió de haber hecho esa pregunta.

—No, no. Duermo bien —le respondió Mario y ella escuchó otra cosa, lo que no quería oír, algo así como «no te hagas ilusiones, con Eva duermo estupendamente». Tal vez porque el tono de Mario daba lugar a esa posibilidad, o porque era enorme el miedo a ese fantasma que había llegado con él y su maleta. Todo lo que él contestara de ahora en adelante a cualquiera de sus preguntas —las espontáneas e inevitables y también las largamente preparadas— venía envuelto en referencias a algo que ya no era el mundo Ma-rio que descubrió una tarde soleada de Santiago, sino el mundo Mario-Eva, el mundo del abandono y del invierno, el mundo Eva, en realidad; ese mundo tan distinto en el que —según ella— Mario trataba de encontrar un espacio, una rendija, un hueco en el que cabía muy poco del Mario impetuoso, deslumbrado y por eso deslumbrante del mundo Mario-Santiago-Instituto-Marcha-Juventud-Mineros-Calabozo-Dostoievski-lndianápolis-Senador y este último eslabón de la serie que cerraba aquello personal y único, resonó casualmente en el dormitorio al final de una frase de Mario que ella apenas había oído.

—... de don Carlos. —Y Mario hizo una pausa.

—¿Qué pasó con don Carlos? No te escuché bien, mi amor.

—El viejo se está muriendo. Pero es porfiado como una mula. No quiere irse al hospital.

—¿Y qué piensan hacer?

—El *Regierung* habló con la Oficina. Lo van a llevar mañana, como sea.

—Y eso es lo que te tiene preocupado.

—Sí, porque me pidieron que fuera como intérprete del equipo médico. Una doctora y dos enfermeros, en realidad. ¡Por si se resiste! Pero bueno... ¿Qué estás pensando?

—Estaba pensando en don Carlos justamente. Te vi ahí, con la maleta, y me acordé de la tarde en que fue a sacarte de la comisaría. ¿Te acuerdas?

—Algo.

—Pobre viejo. —Y agregó para sí, en voz baja, reconcentrada en su descubrimiento—: Por eso anoche, entonces.

—¿Qué?

—Nada; después te cuento. Es tarde.

—¿Dónde quieres que ponga mis cosas? —preguntó Mario señalando vagamente la maleta.

—Donde siempre. En tus cajones de la derecha.

Mario hubiese preferido no oír. El tono de intimidad recuperada que Lorena le dio a la frase le parecía desoladoramente patético. Se puso de pie y abrió la maleta para darle la espalda, para que Lorena no viera su propio patetismo, esa humedad instalada ahora en sus ojos al borde del llanto. ¿Lloraba por Eva, que seguía llorando en la bañera? ¿O por el tono íntimo con que Lorena pronunció esa frase tan simple, prosaica incluso: «Donde siempre. En tus cajones de la derecha»? Y faltaba aún la llegada de los padres de Lorena, que lo seguirían tratando como a su yerno; y faltaba la llegada de los niños, a eso de las siete; y faltaba todavía decirle a Lorena que ni siquiera ésa, la primera noche, dejaría de dormir con Eva; y faltaba aún que Lorena entendiera que, aunque dejara sus cosas donde siempre, esos cajones de la derecha hace ya tiempo habían dejado de ser sus cajones.

Estaba pensando todo esto mientras ocultaba el rostro

agachándose más de lo necesario para colocar su ropa en los cajones del closet, cuando sonó el timbre. Se irguió con un pequeño sobresalto y una pregunta muda en los ojos.

—Es *Tante* Ilse —dijo Lorena—. Viene a cocinar y a celebrar con nosotros.

12

La llegada de los padres de Lorena produjo en nuestra comunidad un remezón equivalente a un temblor grado tres, un movimiento del piso que fue percibido pero que no causó reacciones mayores. A esa altura nos habíamos acostumbrado a tal punto al ir y venir de nuestros parientes que en muchos casos producía mayor conmoción la partida de algún miembro permanente de nuestra comunidad que la llegada de alguien desde lo que, en una jerga que iba cayendo en desuso, llamábamos «el interior».

Esta visita, sin embargo, nos impresionaba más que otras. Tal vez porque nos había dolido la soledad de Lorena en este último año, tal vez debido al engaño que ella fue construyendo durante ese tiempo, y del que ya estábamos informados. Todos —cual más, cual menos— habíamos cultivado esa suerte de mentiras piadosas pensando que no podíamos causar más dolor al de quienes, allá lejos, ya habían sufrido demasiado por nuestras decisiones.

Lo que removía nuestros empantanados sentimientos no era entonces la simple visita —aun cuando una visita desde tal distancia y después de tantos años no puede calificarse de «simple»— sino la equívoca circunstancia que la rodeaba. Cuando en las últimas horas supimos que Mario se haría parte de la comedia, aumentaron las expectativas de una feliz solución del intencionado equívoco. Estábamos atentos al desenlace del engaño, pues si los padres de Lorena volvían a Chile sin percatarse de lo ocurrido, no sólo Lorena estaría más tranquila, sino también muchos que habíamos inventado situaciones ideales pensando, no ya en lo que sería la realización de nuestros deseos, sino más bien en lo que desde allá se esperaba de nosotros. Si los padres de Lorena regresaban felices y tan en ayunas como llegaron, entonces era posible creer en el efecto mitigante que tenían allá nuestras piadosas invenciones: trabajos interesantes, sueldos dignos, doctorados, cargos en organismos internacionales, armonía familiar, en fin... las mil caras de un éxito más imaginario que real.

 Así es que esa tarde estábamos todos atentos a la hora de llegada y habíamos calculado que si los padres de Lorena hacían la cola en el paso fronterizo de Friedrichstrasse a eso de las cuatro, llegarían a casa de Lorena poco después de las cinco. Estaba a punto de concluir otro viaje desde el fin del mundo hasta nuestro mínimo reino de la Elli-Voigt-Strasse.

 A las seis de la tarde, cuando había ya anochecido y la ciudad era sólo luces, expectativa y penumbra, estábamos casi todos mirando desde las ventanas de los departamentos, esperando ver aparecer al taxi que finalmente se detuvo frente a la puerta de nuestro edificio. Primero bajó del auto Lorena; luego Mario por la puerta derecha delantera; después el chófer, que fue directamente al maletero y retiró el equipaje de los viejos; finalmente éstos, ayudados por Lorena mientras Mario pagaba al taxista. Desde nuestras ventanas los visitantes eran dos seres incapaces de subsistir sin ayuda; dos ancianos que sólo atinaban a buscar apoyo en los brazos de Lorena y que, al escuchar nuestros aplausos, dirigieron hacia lo alto una mirada ciega.

 Pensamos que estaban agotados y que por eso apenas podían caminar; habían viajado más de veinticuatro horas y mañana sería distinto. Pero en el fondo sabíamos que no sería tan distinto. Y pensábamos en nuestros padres que empezaban a morirse tan lejos, sin tener siquiera la posibilidad de llegar al corazón de nuestro *ghetto* a comprobar que nuestras piadosas mentiras podían ser verdades con las cuales seguir viviendo, un poco más, aquí y allá...

Y para nuestros hijos, que tenían toda la vida por delante —aunque no sabíamos qué tipo de vida: si como la nuestra, de desterrados, o como la que ellos imaginaban, de naturales con el pelo oscuro—, la llegada que presenciamos, acodados en las ventanas abiertas de par en par a pesar del frío, era la aparición de unos seres casi míticos de los cuales la generación nacida aquí no tuvo conocimiento directo: los abuelos. Nuestros hijos se criaron oyendo hablar en su escuela del Opa o de la Oma de sus compañeros de curso. Llegaban ahora a nuestro edificio el Opa y la Oma de los hijos de Lorena. Eran los primeros abuelos que recibíamos en este edificio. Nuestros hijos menores aún no conocían un pariente anciano.

Mientras mirábamos desde las ventanas, los niños que estaban en la calle esperando la llegada del taxi rodearon a los padres de Lorena cuando éstos se bajaron del auto. Los contemplaban sorprendidos, se acercaban para tocarlos, los sentían como algo propio que recién ahora podían conocer.

—Se ve que es la pieza de los niños.
—Pensé que les dejarías tu dormitorio.
—Ssshitt. ¡Que se escucha todo, Mario!
—¿Así lo habías imaginado, Elvira?
—¿Qué cosa?
—La casa, los nietos, la ciudad, todo...
—Ojalá les guste. Ojalá no noten nada.
—¿Por qué no les dejaste tu dormitorio? Estarían más cómodos.
—Lo había imaginado todo más grande. Todo mejor.
—¿También a los chicos?
—No. A ellos los había imaginado más cariñosos. Apenas estuvieron dos minutos con nosotros y se fueron.
—Son niños, Elvira. Tienen que jugar. Estaban nerviosos con todos sus amigos ahí, mirándonos. Si hasta yo estaba nervioso.

—Porque nuestro dormitorio es para nosotros. Por eso guardaste tus cosas en tus cajones.
—Pensé que era para hacer más creíble todo. Para que vieran que sacaba mis cosas de aquí todos los días. ¿Qué te pasa? ¿Estás cansada?
—Estoy muy cansado, Elvira.
—¿Estás llorando? ¿Por qué estás llorando, Lorena?
—¿No los viste? ¿No llorarías tú también si vieras a tus padres así?
—¿Cómo crees que están, Arnaldo?
—Creo que están bien. El edificio es un buen edificio, los niños se ven sanos y Lorena había estado en la peluquería. Si uno va a la peluquería, es señal de que está bien, me parece.
—Tú vas a decírselo.
—Habíamos dicho otra cosa.
—Tú se lo dices, la culpa es tuya.
—El tiempo pasa para todos, Lorena. Te entiendo, pero no llores porque se van a dar cuenta.
—¿De qué?
—De que estás llorando. Por el tabique se escucha todo.
—Habla más bajo, entonces.
—Habla más bajo, Elvira. Pueden estar en la pieza del lado.
—Quisiste decir otra cosa.
—No. ¿Qué otra cosa?
—Que se van a dar cuenta de lo nuestro.
—¿Ya se habrán dado cuenta, Arnaldo?
—No creo. Pero si insistes con tu porfía, seguro que se van a dar cuenta esta misma noche.
—¡Habla más bajo!
—¡Si no comes se van a dar cuenta! ¡Van a notar que algo pasa!
—Si te ven llorando, claro que van a creer que algo pasa, Lorena.
—Por eso me encerré aquí. Si me encierro a llorar en el baño o en la cocina se notaría más. Así piensan que me estoy arreglando para la comida.

— 204 —

—Come, Elvira, por favor. ¿Quieres chocolate?
—No. ¿De dónde lo sacaste?
—Lo dieron en el avión. Venía en la bandeja.
—Difariaste.
—¿Qué?
—Difariaste todo el viaje. La azafata se reía de ti. Tuve que decirle que estabas loco.
—¿Qué decía?
—Hablabas con todo el mundo. No querías firmar los papeles del banco.
—Voy a preparar un pisco sour para tus viejos.
—¿Trajo pisco mi papá?
—No. Lo haré con vodka, como siempre.
—Hay tiempo todavía. No me dejes sola, Mario. Tengo una pena tan grande. Es como un ahogo; me cuesta respirar.
—Me cuesta dormir, eso es todo. Si durmiera bien, todo lo que hablo sería parte de un sueño.
—Pero lo dices despierto. Disfariar, se llama eso. Más vale que les cuentes la verdad esta misma noche.
—Dijimos que después de una semana. Que tengan una ilusión, al menos. Tenemos que ver si nos gusta aquí.
—Igual no tenemos alternativa. El que no tiene nada, nada puede elegir. Siempre lo dijiste, de ti lo aprendí. Y mira en lo que terminamos. Esta pieza es chica, ésta no es mi cama; me ahogo aquí.
—Tienes que aguantar y comer.
—No puedo comer. No trago. ¿Qué quieres que haga?
—Ya no falta mucho. Ya nos vamos a morir. Hagámoslo molestando lo menos posible, Elvira.
—No llores, Lorena, por favor. Tomemos un trago. Déjame ir a buscar algo. ¿Quieres el vodka solo o con jugo de naranja?
—Me quiero morir. Sí... Eso quiero... Y que nadie se dé cuenta... Como si no hubiese existido nunca.
—...
—¿Qué te pasa? ¿Qué oyes?
—¡Sssschit!

—Tú tienes que decírselo.
—¿A ella o a él?
—A ella. Ella es tu hija.
—Pero él es el dueño de casa.
—Entonces a los dos. ¡Pero esta noche!
—Habla más bajo, Elvira. Se ve que aquí se escucha todo.
—...
—¿De qué hablan, Lorena?
—¡Oh, Dios mío! ¿Qué falta, todavía?

Mientras estas voces, a pesar de la sordina, lograban infiltrar la permisiva frontera del tabique, otra entonación cantarina y despreocupada llegó hasta los dormitorios desde la cocina y luego también desde el comedor, confundida con el tintineo alegre de las copas y la vajilla. *Tante* Ilse cantaba. Cantaba siempre. Y no eran las penurias que otros ocultaban muy bien, una causa para dejar de hacerlo.

Mientras cocinó las dos hermosas carpas en la olla más grande que pudo conseguir, cantó una milenaria canción de Sajonia que había aprendido siendo muy niña, es decir, recién terminada la primera guerra y lo más probable es que se la cantara entonces para celebrar, si no la victoria, al menos la sobrevivencia. Una vez que las carpas estuvieron cocinadas, con los aderezos y condimentos que se habían transmitido de generación en generación, como esas canciones, hizo caer sólo unas gotas de vinagre blanco en el caldo de los pescados, y éstos tomaron de inmediato y como por arte de magia un color azulino que se fue extendiendo por el pellejo brillante de las carpas hasta transformarlas en dos suculentas ballenas azules atrapadas en el fondo de la olla.

Estimulada por la perfección de esta metamorfosis para ella inexplicable, *Tante* Ilse hizo una mudanza en su repertorio y dio en cantar villancicos de Navidad, atendida la inmediata ocasión de la fiesta. *O Tannenbaum* acompañó los últimos detalles de la mesa servida con mantel blanco y adornada con un candelabro de plata de su propiedad, regalo de bodas que rescató por azar en un trueque de mercado negro, seis meses después de terminada la guerra. Esto en verdad fue lo único que recuperó de su casa, que terminó siendo parte de los escombros en que fue transformada Dresden por los bombardeos de la aviación norteamericana, al final de la guerra y cuando ya se firmaba la capitulación.

Alguna relación misteriosa entramaba la existencia de ese candelabro recuperado y la fiesta de Navidad.

Como si de una orilla de la misma historia y de los mismos días hubieran estado siempre las bombas y los escombros, y de la otra los villancicos, el candelabro y las carpas azules con que en su tierra se celebraba, desde hacía siglos, la Navidad. *Tante* Ilse no era cristiana —no era una creyente que frecuentara las iglesias—, pero tomaba su candelabro de plata como si fuera una cruz para exorcizar la desgracia siempre amenazante y la infinita brutalidad que tantas veces la había rondado. Por eso, cada vez que era invitada a cocinar sus gloriosas carpas azules y atender las fiestas como correspondía, *Tante* Ilse, que como sabemos había perdido casi todo en la guerra, se cuidaba de no olvidar —aunque por culpa de los años tendía cada vez más a hacerlo— el candelabro de plata que podía aliviar también las desdichas de los otros.

Desde el aparador de *Tante* Ilse llegaban hasta nuestras mesas, bastante más primitivas, no sólo su candelabro sino también el largo mantel blanco que heredó de su suegra y las pesadas servilletas con las iniciales enlazadas de su esposo —que conoció el desierto de África en la ofensiva de Rommel y allí terminó sepultado—, bordadas con caligrafía gótica en una esquina del paño, pesado como una bandera.

La tercera maravilla que traía *Tante* Ilse a las casas que requerían su concurso no era tangible como el contundente candelabro y las graves servilletas, sino algo impalpable, algo parecido al cielo azul tan escaso aquí en estos días de invierno: su impresionante voluntad de ser. Y no decimos de vivir o de tener esperanza. Voluntad de vivir supone en cierto modo un proyecto, algo parecido a un programa, y eso se emparenta peligrosamente con el fetiche del éxito; y la manida esperanza es la palabra más presente en la boca de los afligidos. No; en *Tante* Ilse brillaba con luz propia la mera voluntad de ser. Esto es: de ser ella misma, felizmente ocupada con sus carpas azules; de seguir siendo a pesar de todo lo que se destruyó y murió a su alrededor; de ser siempre un instante de la plenitud, aun cuando, como decía divertidamente al despedirse de nuestras veladas: «No sé si ésta será mi última fiesta. Estoy feliz de no saberlo. *Gute Nacht, meine Herrschaften*».

En torno a su candelabro, *Tante* Ilse desplegó como un abanico los siete puestos, cuidando que los espacios fueran idénticos y que las iniciales enlazadas coincidieran con la parte visible de las servilletas. Los siete comensales eran los dueños de casa —que como se sabe ya no lo eran—; los padres de Lorena —que no estaban allí por la razón que se creía—; los niños —que desertaron antes de pasar a la mesa— y la mismísima *Tante* Ilse.

—¿QUÉ FUE LO ÚLTIMO que comió con ganas, doña Elvira? —pregunta Mario tratando de aportar a la solución del forzoso ayuno.

—Ya no me acuerdo.

—Un bizcocho en el vuelo —dice don Arnaldo para disimular la respuesta cortante de su mujer.

—Eso apenas lo tragué —insiste doña Elvira en un tono aún más duro.

—Pero qué recuerda como lo último que comió con ganas de comer, mamá.

—Un pedazo de carne. Un trozo de asado.

—¿Tenemos carne, *Tante* Ilse?

—Hay un trozo en el frizer. Puedo prepararlo.

—No se preocupe; no vale la pena. Igual no puedo comer.

—Un trozo de asado, mamá. Como ese último que comió.

—¿Te acuerdas de ese asado, Elvira? —pregunta don Arnaldo, esperanzado, tratando de influir con su tono cariñoso en su determinación.

—Claro que me acuerdo. Lo comí mirando el río. Yo tenía todavía el gusto de ese asado en la boca cuando vi pasar nuestra casa. Sí. Yo estaba mirando el río y de repente pasó flotando nuestra casa. Se iba. Se fue con el río.

—*Tante* Ilse: hágale, por favor, ese trozo de carne —dijo Lorena ya con cierto aire de fastidio.

—No. No quiero ese trozo de carne —insiste doña Elvira subrayando con acento despectivo *«ese trozo de carne»*.

Tante Ilse se pone de pie y va a la cocina, luego de hacerle un gesto de complicidad a Lorena.

—¿Quién es esta persona? —pregunta doña Elvira apenas *Tante* Ilse ha salido

—*Tante* Ilse. Nos ayuda cuando tenemos invitados. Cocina estupendo; va a ver, mamá.

—¿Y por qué se sienta a la mesa?

—Porque es como de la familia.

—De tu familia. En mi casa nunca vi a una sirvienta sentada a la mesa.

—Ella no es una sirvienta, mamá.

—¿Qué hace aquí, entonces?

—Me ayuda..

—¿Y le pagas?

—Por supuesto.

Doña Elvira hace una breve pausa para subrayar el peso de su conclusión y dice luego, con un tono algo indiferente, sin despegar los ojos del rostro de su marido:

—Es una sirvienta, entonces.

—Es una amiga de la casa. Es viuda y le ayudamos. Así se gana la vida —interviene Mario con ánimo conciliador.

—No me gustaría ganarme la vida de esa forma. Yo quiero volver a mi casa.

—Va a volver, mamá. En dos o tres semanas va a estar de vuelta en su casa —dice Lorena haciendo una caricia rápida en la mano de doña Elvira, que parece un objeto ya sin vida, tan pálido como la blancura del mantel. Y agrega en tono jovial—: ¿Cree que no podemos atenderla bien unos días?

—Eso es —apoya don Arnaldo y luego, sin poder evitar

el reproche, se dirige a su mujer—: ¿Por qué dices eso? Ya lo conversamos, ¿no?

—Mejor me guardo la lengua —dice doña Elvira bajando la vista.

—Sí, guárdatela —dice don Arnaldo. Y es como si dijera: «¡Córtatela!»

—¿Y un postre? ¿Le gustaría un postre de chocolate, mamá?

—Sí, me gustaría.

—Por fin, mamá. Está tan delgada. —Y se levanta para ir a la cocina.

—No, no. Me gustaría, pero igual no puedo tragar. Y no me digas que estoy flaca —agrega ahora con la voz quebrada—. Yo no he dicho que no quiero comer. He dicho que *no puedo comer*.

—Déjenla, por favor. Así se pone más nerviosa —ruega don Arnaldo

—Diles por qué estoy nerviosa.

—Bueno, el viaje.... Ver a los nietos que no conocías...

—Diles la verdad.

—¡Elvira!

—¿Cuál es la verdad?

—Lo que les decía. Está más nerviosa lejos de la casa.

En un patético arrebato infantil, doña Elvira lo imita para ridiculizarlo: «Está más nerviosa lejos de la casa».

—Elvira, compórtate. Si sigues en esto, hago lo que te dije que haría.

—¿Qué le dijo que haría, papá? ¿Qué es lo que tratan de decirnos?

—Nada —dice doña Elvira mirando a don Arnaldo.

—Nada —confirma don Arnaldo mirando a su mujer.

Y luego de una pausa, doña Elvira le pregunta a su yerno:

—¿A qué hora es la primera misa?

—¿La primera misa? No sé, en realidad.

—¿No sabe? Vi una iglesia cuando llegábamos. Seguro que está a pocas cuadras de aquí.

—Averiguaremos temprano a qué hora es la misa —promete Lorena.

—La primera —insiste doña Elvira.
—La que haya, mamá. Si es que hay una en esa iglesia.
—No van a misa. Ya me habían dicho. Aquí nadie va a misa —dice doña Elvira para sí, lo que le permite acentuar el tono de reproche.
—Te dije que no tocaras ese tema, Elvira.
—¿Y cómo encuentra a sus nietos, mamá?
—Indiferentes.
—Coma ensalada, don Arnaldo. Le recomiendo esas papas. Están adobadas con Dill.
—¿Qué es eso?
—Todos estos años han preguntado por sus abuelos.
—Dill es, cómo le digo. ¿Qué es Dill, Lorena?
—¿Qué cosa?
—¿Qué es Dill? Esto que tienen las papas.
—Eneldo. Así es que no diga que son indiferentes, mamá. Son niños, simplemente.
—Pero ya se fueron.
—Están comentando con los amigos del edificio cómo son sus abuelos. Ellos también estaban nerviosos, mamá.

De vuelta de la cocina, *Tante* Ilse entra en el comedor sonriente, entusiasta, como un tanque en día de parada.

—*Das ist aber ein wunderbarer Braten geworden!*

Todos están pendientes de doña Elvira, que se queda mirando el trozo de asado caliente, jugoso, fragante de aliños. Luego lo aparta lentamente, sin decir palabra, mirando en el aire como si buscara una mosca que revolotea lenta hacia el techo.

—¿Alguien quiere otra porción de carpa? —pregunta Mario.

Nadie contesta.

—Aquí los taxis son del Estado, supongo —pregunta don Arnaldo.

—Así es —contesta Mario.

—Y si uno quisiera tener una flota de taxis privada, algo no muy grande, digamos dos o tres taxis, ¿qué se hace?

—Nada. No hay taxis privados.

—Tuvimos que esperar más de una hora en el frío. Supongo que usted también trabaja para el Estado.
—Hago clases en la Universidad. También en Chile trabajaba para el Estado.
—Pero ahora hay universidades privadas. Usted ganaría mucho más.
—No creo.
—¿Y trabajando en la Universidad, se gana lo suficiente?
—Sí. Gano lo suficiente. Y hago lo que me gusta, don Arnaldo.
—Publicó un libro de cuentos, papá. Y escribió el guión de una película, aparte de su doctorado.
—Entonces ustedes están bien —concluye don Arnaldo.
—Bien, papá. Como usted ve, estamos bien. Y cuéntennos, ¿cómo están Cecilia y Chepita?
—Bien. Muy bien también.
—¿Y por qué dijo que veía la casa navegando en el río, mamá?
—Porque eso veía en el sueño —se apresura don Arnaldo
—¡Ah, era un sueño! —dice Mario sirviendo más vino.
—Un sueño, un sueño —repite don Arnaldo acercando su copa.
—¿Y cómo está la casa, mamá?
—Está bien, ¿no?
—Siempre me acuerdo del parrón. ¿Pudieron agrandarlo, como pensaban?
—Sí. Ahora está más grande.
—Ya sé lo que podría tragar.
—¡Diga mamá!
—Me gustaría comer un trocito de chirimoya.
—Pero eso no hay aquí, mamá. ¿No quiere una manzana?
—No, manzana no. No puedo tragar manzanas.
—¿Son muy caros aquí los hospitales, Mario?
—Aquí son gratis, don Arnaldo.
—¿Gratis? ¿Y cómo se financian?
—Con los impuestos que paga todo el mundo.

—¿Y si alguien no vive aquí permanentemente, cómo hace para ir a un hospital?
—No sé. Pero hay varios médicos chilenos que pueden ver qué es lo que tiene, mamá.
—Yo estoy bien. Me gustaría que vieran a Arnaldo.
—¿No se siente bien, don Arnaldo?
—Me siento bien.
—¿Qué le pasa, papá?
—Diles la verdad.
—¿Qué le pasa a mi papá, mamá?
—Está mal de la cabeza.
—Es una broma de Elvira. ¡Qué bueno es este vino, Mario! Déme otro poco.
—Es húngaro. Yo también lo encuentro buenísimo.
—Hay lugares muy lindos aquí. Tenemos que ir al Báltico y a Dresden. ¿Cuántos días piensan quedarse? —pregunta Lorena.
—Bueno, no tenemos un plan fijo. Así es que podemos ir adonde quieran, hijita.
—Vamos a hacer un buen plan. Una o dos semanas son suficientes para ver lo más interesante.
—Primero me gustaría que examinaran a Elvira.
—Que te examinen a ti. No duermes. Te lo pasas difariando.
—No digas leseras.
—Hablas toda la noche.
—¿No duerme bien, papá?
—A mi edad no se duerme mucho.
—¿Y a usted, le cuesta dormir, mamá?
—No tanto como comer. Al final siempre duermo algo.
—¿Le gusta el departamento, mamá?
—Prefiero mi casa.
—Bueno, ya va a estar en su casa. Es cosa de días.
—¿Quieren el postre de chocolate con crema o con helado, *meine Herrschaften*?
—Con crema, es usted muy amable —dice don Arnaldo en un tono cómicamente caballeroso, casi una galantería.
—Yo no —dice doña Elvira molesta.

—¿Con helado? —le pregunta *Tante* Ilse mirándola fijo a los ojos.

—Yo no puedo tragar, pero seguro que usted no ha podido entenderlo, no es su culpa —responde doña Elvira sosteniendo la mirada de *Tante* Ilse con la misma odiosidad.

—Con helado, *Tante* Ilse —dice Lorena.

—Yo lo quiero con un poco de brandy. Ahora va a probar un brandy de Moldavia, don Arnaldo. Y va a dormir como un lirón —dice Mario parándose para buscar su brandy de Moldavia, que él sabe sigue guardado, desde hace un año, a la izquierda del aparador.

Muy tarde, casi al amanecer —desde la ventana ve cómo empieza a azular el cielo—, Lorena tiene el oído dispuesto al ruido de la llave en la cerradura. Espera que la puerta se abra porque eso significa el regreso de Mario. ¿Está con Eva? ¿Está en el hospital acompañando la agonía de don Carlos? Cuando sonó el teléfono, ya al final de esa comida interminable, intuyó que la llamada era para Mario. Y en efecto, tenía que ver con su ausencia esa llamada. Mario la atendió en el teléfono del dormitorio y cuando ella dejó a sus padres con *Tante* Ilse y se acercó a su pieza, Mario ya había sacado el abrigo del closet y se dirigía a la puerta.

—¿Qué pasa?

—Don Carlos está en el hospital. Parece que se está muriendo.

—¿Quién llamó?

—Leni.

—¿Y por qué te llamó a ti?

—Porque no conoce a otra persona a quien avisar.

—¿Y qué puedes hacer tú?

—No sé. Ir al hospital; supongo que es lo primero.

—No me mientas.

—¿Qué?

—No me mientas. No esta noche. ¿No te parece que ya tengo suficiente?

—No te entiendo.
—¿Quién te llamó?
—Leni.
—¿No era Eva?
—No, claro que no. Tengo que irme, Lorena. Leni llamó desde el hospital. No puedo dejarla sola con el viejo.
—Voy contigo.
—¿Por qué?
—Porque también quiero saber qué pasa con don Carlos.
—Quédate con tus padres, Lorena. Es lo mejor.
—¿Cuándo vuelves?
—Luego, supongo. Explícales a tus viejos.

Y ya en la puerta, abrazándolo, Lorena se atreve a la pregunta que más teme:
—¿Si no te hubieran llamado por esta razón, te habrías quedado conmigo?
—Creo que no. Le prometí a Eva pasar las noches con ella.
—No es eso lo que habíamos acordado.
—Habíamos acordado hacer una comedia creíble para tus padres. Ellos no han notado nada.
—¿Y si no vuelves?
—Ellos van a dormir. Mañana en la noche me verán de nuevo. Ahora lo que importa es don Carlos. Si no es algo grave, volveré. Pero luego iré donde Eva.
—No es lo que me habías prometido.
—Te prometí que no se darían cuenta de nada. Tú también tienes que colaborar. Anda a estar con ellos. Ya debe parecerles raro todo esto.

Lo acompañó hasta la puerta y se quedó mirando cómo esperaba la llegada del ascensor. No tenía su maleta en la mano, pero era como hacía un año, sólo que ahora no sabía si se iba directamente donde Eva o si, en realidad, corría al hospital, presintiendo una inminente desgracia. Algo que empezó con la llamada y terminó con el semblante preocupado de Mario esperando el ascensor le hizo creer que no le mentía. Pero pasadas ya tantas horas —sus padres se habían acostado hacía rato y los niños dormían sobre la alfombra junto al televisor que sentía aún encendido— imaginó que aun cuando fuera cierta la desgracia, desde el hospital Mario se había ido directamente donde Eva. ¿Por qué no la llamó? ¿No se dio cuenta de lo que había significado para ella esa noche?

Encendió un cigarrillo y quiso fumarlo, como hacía siempre a esa hora, en el balcón. Entonces descubrió que si no quería despertar a los niños ni a sus padres, estaba condenada a la mínima dimensión de su dormitorio. Su espacio se había reducido y Mario no estaba con ella. Abrió la ventana a pesar del frío y se quedó mirando la multiplicación de edificios que no terminaban, ahora todos con las ventanas oscuras: un desierto de cemento, la prefiguración de un cementerio, el anticipo del final. La nieve silenciosa era también parte de ese indeseado anticipo. Pensó que si no se oía un solo ruido, eso tenía que ver con la muerte de don Carlos. O con Mario, metido en otro nicho, tal vez menos silencioso, tomando un trago con Eva antes de ir a la cama.

Entonces escuchó el primer ruido.

No era el de la puerta, el que ella esperaba.

Venía de la pieza de los niños. Era la cadencia de una discusión en sordina que fue creciendo y que resultó penosamente perceptible cuando abrió la puerta de su pieza y se acercó a la que ocupaban sus padres. Con la oreja pegada a la madera escuchó un ruido de sábanas, un alegato violento pero contenido en el ahogado límite del murmullo, unas pisadas leves sobre el piso. Y después, muy nítidas, las voces:

—Ya se dieron cuenta de todo. Eres un maricón. No fuiste capaz de decirles. Anda tú mismo a buscar una bacinica.

—No puedo moverme, Elvira. Anda tú, por favor. Sé que si me muevo voy a ensuciar la cama.

—Yo no conozco esta casa.

—Llama a Lorena.

—Está durmiendo.

—¡Despiértala!

—¡Cómo se te ocurre! Tienes que aguantarte.

—No puedo.

—Yo me he aguantado de muchas cosas.

—¡No puedo! Anda a buscar una bacinica.

—¿Cómo voy a saber dónde hay una? Lo más seguro es que no haya aquí una bacinica. Anda al baño.

—Tú sabes lo que pasa si me muevo. No puedo más.

—Anda al baño. Anda caminando de a poco.

Cuando se disponía a buscar alguna palangana, un lavatorio, algo que resolviera el apuro, Lorena escuchó un ruido de sábanas, unos pasos acelerados, y luego el comienzo de un llanto. Al abrir la puerta sintió también la tronadura que aliviaba los intestinos de su padre y una ola de fetidez que jamás olvidaría.

Sorprendido en la única intimidad que le quedaba, don Arnaldo instintivamente trató de refugiarse debajo de la cómoda. Cuando Lorena abrió la puerta y miró hacia el interior para saber qué estaba pasando y cuál era el motivo de la disputa, vio en la penumbra que su padre intentaba esconderse en el único mueble disponible, arrastrando su flaca humanidad hasta meterla bajo la cómoda, al tiempo que con sus manos, que lo empujaban en ese desesperado movimiento, intentaba también ocultar el penoso resultado de la sonajera que estremeció sus tripas.

Lorena sintió el olor de los excrementos de su padre y al unísono la otra indecencia, más terrible y más dolorosa, saliendo de la boca de su madre:

—Te cagaste de nuevo, viejo cagón.

Escuchó también el llanto del viejo, que fue creciendo de a poco, como si hubiera ocurrido muchas veces y el ritmo de ese crecimiento fuera cosa aprendida.

—Eso te pasa por comer como comes. Como comen todos aquí, los chanchos. ¿No querías postre de chocolate? ¿No tomaste el brandy ese? Mira cómo te estás cagando ahora. Tú vas a limpiar. Y yo me voy a ir. No sé adónde. Pero yo me puedo ir. Yo estoy limpia. Mañana voy a misa y el padre va a saber que soy santa.

—Pásame algo, Elvira. Papel, algo.

—Aquí no hay nada. No es mi casa.

—Mi pañuelo. En el bolsillo de mi pantalón.

—Todos dicen que estoy flaca. Pero cuando te mueras voy a conocer al hombre que me ha estado esperando todos estos años.

—Vas a despertar a Lorena. Pásame mi pañuelo.

—No. Por tu culpa perdimos la casa. Que te vean así. Y diles que no tenemos nada. Que hemos venido a quedarnos porque aunque esto no nos guste, no tenemos otro lugar donde vivir.

Lorena fue a buscar un lavatorio y algunos paños para limpiar a su padre. Al hacerlo, cerró la puerta con mucho cuidado, no quería que la escucharan, no quería que se sintieran en la situación de explicarle todo lo que ella desde ese momento sabía.

13

LORENA ACABA DE CUMPLIR los cuarenta, ahora está llorando, ya se le ven algunas canas; desde una ventana del hospital mira el cielo despejado de Berlín, estrellas cruzando la noche de la ciudad dividida; y esplendores de fiesta, fuegos artificiales que celebran la noche de Año Nuevo. A sus espaldas don Carlos se está muriendo, también sus padres morirán pronto y ella estará allí; sus hijos seguirán creciendo, sus sueños seguirán creciendo, pero ella sabe que estará allí, más cerca de sus hijos que de sus sueños. ¿Por qué a mí?, se pregunta calladita, y una segunda voz, una que navega desde adentro hacia el oído, le contesta: *¿Sólo a ti? ¿Crees que sólo a ti?* Escucha los últimos estertores del viejo y recuerda que una noche, perdida en el tiempo y molesta a la memoria, lo quiso matar; recuerda también una antigua conversación en el Indianápolis; el Senador ejercía una atracción magnética, era buenmozo, simpático, prometía toda la libertad imaginable en el mejor de los mundos; creía posible el paraíso en la tierra. Recuerda una tarde soleada de Santiago, una boina, un libreto, unas manzanas. Recuerda un calabozo, un beso de Mario, el *Sputnik* perdido entre esas mismas estrellas, vistas aquella noche desde la puerta de su casa.

(¿Quién vivirá ahora en su casa?)

Recuerda un antiguo canto. Voces que siempre la acompañaron y que suenan esa noche de Año Nuevo con más fuerza que la espectacular detonación de los fuegos artificiales.

> *Rosita por verte*
> *la punta del pie*
> *si a mí me dejaran*
> *veríamos a ver.*

Vio a Patricia escondiéndose entre bastidores, haciéndole guiños, sonriéndole, invitándola a lo que no se atrevía. ¡Había pasado tanto tiempo! Apenas llegara a su casa —esa que muy pronto también dejaría de ser su casa— le enviaría un telegrama.

> *Llegaron mis padres.*
> *Me quedo en Berlín.*
> *Te mando una carta*
> *«veríamos a ver».*

¿A ver qué?

¿Cómo explicarle que si esperó su visa tantos años, no tenía sentido solicitar ahora otras para sus padres?

Era mejor diluirlo todo en ese recado ambiguo: va carta. Lo difícil de explicar se anuncia en una carta que nunca se envía. Para dar la noticia siempre es mejor un telegrama. «Me quedo en Berlín». Ni siquiera eso era verdad. Otra amiga, residente en Berlín Occidental —esa parte de la ciudad que ella no conoce—, le dijo que era posible (posible, no seguro) conseguir un trabajo en una fábrica de cecinas. Ahí siempre necesitaban mano de obra, de preferencia extranjeros. La mayoría eran argelinos, turcos, portugueses. Ésa era una posibilidad. Si todo resultaba podría instalarse de hecho en Berlín Occidental. Su amiga le ofrecía acogerla en su departamento por un par de semanas, y después de un tiempo todo se arreglaría. En la fábrica ganaría lo indispensable para mantener a sus padres. Y viviendo ahora del otro lado del muro, podría visitar a sus hijos un par de veces en la semana. Ya sabía que ellos no recibirían la autorización para acompañarla. Y todo eso se lo contaría a Patricia en la carta anunciada. Por ahora se permitiría una frase de despedida que le restara patetismo al telegrama.

Rosita por verte
fabricando salchichas
si a mí me dejaran
veríamos a ver.

Sí; lo enviaría de inmediato. Se iría derechito del hospital al correo y mandaría el telegrama. Tres frases. Cortar con el sueño de una vez. Un telegrama tiene la virtud de aclararlo todo con un solo golpe de machete.

Me quedo en Berlín,

sería la primera frase. Pero ésta dio de inmediato lugar a otra que imaginó mirando los artificios luminosos que seguían estallando en el cielo en esa noche de Año Nuevo.

Moriré en Berlín.

Pensaba en sus hijos, que nunca dejarían de necesitarla; y en sus padres, que ya no podían seguir viviendo sin ella.

Oyó entonces que la puerta se abría, después unos pasos, luego un silencio; y después del silencio los pasos de la enfermera acercándose.

—*Sind Sie die Tochter?*
(¿Usted es la hija?)
—*Nein. Was ist los?*
(No. ¿Qué pasa?)
—*Der Herr ist gerade gestorben.*
(El caballero se acaba de morir.)

La pérdida de don Carlos confirmó en nosotros una certeza que acompañó a Lorena el último tiempo que vivió en Elli-Voigt-Strasse: lejos del retorno que soñábamos y nunca lo suficientemente cerca del mundo que pretendía acogernos, cada partida reforzaba una experiencia que terminó configurando nuestra mirada: la vida era una pérdida continua. Perdíamos la esperanza de volver; perdíamos a quienes alentaban esa esperanza y alegraban nuestros recuerdos —el único regreso posible—; y perdíamos día a día, aunque no lo notáramos, nuestra capacidad de sobrevivir.

Poco después de la muerte del Senador uno de nosotros recibió la invitación de la Oficina para asistir al estreno de un film soviético en el Cine Internacional. El invitado hizo lo posible para interesar a otro con esas entradas y como no lo lograra, asistió al estreno para que no fueran a verse vacíos los asientos entregados a la Oficina. Resultó que la película en cuestión había estado prohibida durante muchos años y se acababa de estrenar también en Moscú. Al verla todos sintieron que eso era algo nuevo, que eso era verdad. Tres días después había frente al Cine Internacional una fila interminable; cuadras y cuadras de personas interesadas en ver ese film, cosa que jamás ocurría con las películas soviéticas, aunque en conformidad con lo planificado, nunca estaban menos de seis semanas en cartelera. Ésta, sin embargo, fue retirada al quinto día y de eso no dejó de hablarse en los cafés y en los sitios de trabajo durante semanas (por lo menos las seis semanas que debió durar su exhibición), acrecentado el interés por el solo hecho de que todo cuanto se dijera de ella caía más bien en el terreno de las conjeturas y por ello de la exageración. Lo significativo es que era la primera vez que en la RDA se retiraba de cartelera una película que se estaba exhibiendo en Moscú; esas que se presentaban con la imagen de la pareja proletaria que giraba alzando la hoz y el martillo. ¡Y cómo nos acordamos entonces del entusiasmo de don Carlos por la descomunal escultura que lo sobreviviría por los siglos de los siglos!

A raíz de esto y de otros indicios, se empezó a hablar de ciertos cambios en la orientación del régimen soviético, pero eso era muy difícil de creer. Y mucho más aún, que el gobierno del Primer Estado Obrero y Campesino en Suelo Alemán se adaptara a ellos, suponiendo que tales cambios se hicieran efectivos.

Si los más optimistas insistían en que algo empezaba a cambiar, la gran mayoría descreía con indiferencia o suponía maniobras para tranquilizar a los iracundos. En nuestra comunidad había tanta esperanza como la manifestada por nuestros anfitriones: en realidad, ninguna.

Lorena nos visitaba de vez en cuando acompañada de sus hijos. Cruzaba la frontera de Friedrichstrasse dos o tres veces a la semana para verlos. Mientras no pudiera asegurarles un buen pasar más allá del muro, optó por aceptar que aquí vivían en un mundo privilegiado. Y la verdad es que los niños viven aquí, sin saberlo, un extrañísimo privilegio que les concedió la historia: en ningún lugar del mundo es más triste dejar de ser niños.

Pero los hijos de Lorena están aún lejos de esa desgracia, y Lorena misma acepta la separación, consciente de que allá no podría ofrecerles lo que aquí les da el Estado que la separó de ellos. Cuando nos visita, nos duele verla tan tranquila por la seguridad que les garantiza la Oficina Grande, y al mismo tiempo tan desdichada por haberlos perdido.

Anoche, después que el auto negro del Ministerio vino a buscar a los niños, Lorena nos contó que esa tarde había estado con Mario en el Espresso. Le trajo esta vez *El jardín de al lado*, de José Donoso, recién recibida en Westberlin. Estaba segura de que a él le iba a gustar.